Le Déluge

MICHELLE PRAK

Le Déluge

Traduit de l'anglais (Australie) par

ISABELLE D. PHILIPPE

Harper Collins
NOIR

Titre original :
THE RUSH

Première publication par Simon & Shuster, Australie.

HARPERCOLLINS FRANCE
83-85, boulevard Vincent-Auriol, 75646 PARIS CEDEX 13
Tél. : 01 42 16 63 63

www.harpercollins.fr

ISBN 979-1-0339-1480-8 — ISSN 2551-0096

Prologue

Mardi 7 février
18 heures

— Le ciel est menaçant, on ferait bien de se dépêcher.

Après être montée dans son quatre-quatre, où Bronte, haletante, la rejoint d'un bond, Quinn Durand consulte son téléphone. Elle a perdu trop de temps à la ferme et jure tout bas. Pas de message, le réseau est déjà peu fiable. Elle a pourtant vérifié les bulletins météo régulièrement les premières heures. Quand a-t-elle arrêté ?

Elle met le contact, puis prend la direction des barreaux noirs de la grille au loin. L'horizon est d'un violet surnaturel et des nuages de pluie, étroitement enchevêtrés, amènent une nuit précoce. Le soleil devrait normalement flamboyer encore quelques heures, mais il ne fait pas le poids aujourd'hui.

Arrivée à la clôture, Quinn tourne à gauche pour revenir au Pindarry, tenant fermement le volant comme sa mère le lui a appris. « Les deux mains sur le volant, chérie. Si tu as un accident, les secours mettront des heures à arriver. » La terre de chaque côté de la route est orange. Au-delà, aussi loin que la vue peut porter, s'étendent des rangées de petits buissons d'arroches rêches. La lumière du soleil devient plus dure chaque année. Il viendra un temps où même les arbustes les plus coriaces ne pourront plus lutter. Mais ce champ d'épines survivra aujourd'hui encore. Ce soir, la pluie rebondira sur la terre dure comme des cailloux.

L'eau est la bienvenue, même si cette région semble ne jamais trouver le bon équilibre. Plus tôt, la radio a annoncé que les routes seraient inondées et les agglomérations isolées. Le cœur de Quinn bat plus vite. Elle avait onze ans lors des dernières inondations, son père était encore vivant. Elle se revoit courir sous l'averse en gloussant et en criant, talonnée par les chiens de la maison, qui se montraient mutuellement les crocs dans une excitation contagieuse. Sa mère riait en tournant sur place, les bras tendus comme une star de cinéma. Quinn n'avait jamais vu un aussi beau sourire sur sa figure. « Pensez aux citernes d'eau ! » criait sa mère.

Les pluies torrentielles avaient duré encore un jour, et puis un autre, et les danses et les sourires n'avaient pas tardé à disparaître. Son père et les membres de son équipe crapahutaient à la ronde avec des visages fermés et des chapeaux ruisselants. « Rien que de l'eau et des bêtes mortes ! » avait-il dit au téléphone. Ils avaient perdu plus de la moitié de leur bétail par noyade et quelque chose que Quinn avait du mal à prononcer à l'époque – hypothermie. Voisins et bénévoles s'étaient regroupés avec des bulldozers et des pelleteuses pour s'atteler à la terrible corvée d'enterrer les carcasses.

Une décennie plus tard, et après des années de sécheresse consécutives, cette crue reste de sinistre mémoire. Les propriétaires locaux ont de nouveau grand besoin de pluie, essentielle à leur existence, pourtant cette perspective déstabilise toujours Quinn.

L'habitacle de la voiture s'assombrit et de grosses gouttes s'écrasent sur le pare-brise, signes avant-coureurs de ce qui est à venir. Les essuie-glaces étalent la poussière sur la vitre, barbouillant celle-ci comme des doigts d'enfant. Bronte tourne vers elle ses yeux bruns inquiets. La chienne, qui n'a pas quitté Quinn depuis qu'elle était un chiot blond-roux, voyage partout avec elle.

— Tout va bien, ma belle.

Il reste encore du temps pour atteindre le Pindarry avant la disparition du soleil.

Ce matin encore, elle aidait Matt et Andrea à remplir des sacs de sable et à les empiler contre les murs, laissant un tas de secours accessible près de l'entrée du pub, tant qu'on n'était pas sûr de l'endroit où on pourrait en avoir besoin. Ils ont assez de vivres si la tempête les coupe du monde durant quelques jours. Ils en ont même suffisamment pour les prochaines semaines, c'est toujours comme ça qu'on s'en sort ici. Quinn ne sait pas comment elle va tenir le coup, si elle doit rester coincée avec ses employeurs et leur petit garçon, Ethan. Ce sont des gens sympathiques, pondérés et polis, même pendant les périodes les plus animées du pub, mais c'est leur domicile, et Quinn chérit sa solitude. Raison de plus pour passer le reste de la journée dans son ancienne maison. Petit à petit, elle vide les pièces, déménage trois générations de la famille Durand. Elle a cessé de demander l'avis de sa mère et de son frère, qui ne veulent plus discuter de ce qu'il faut garder ou jeter. Ils sont dispersés sur le continent désormais, chacun en un lieu différent, à l'aube d'une nouvelle vie. Ils ne comprennent pas le réconfort que Quinn trouve ici. Les débuts de soirée sur la terrasse de ciment, la caresse de la bise de février sur la nuque.

Chaque fois qu'elle retourne à la ferme, Quinn récupère de nouveaux objets, qu'elle stocke dans sa chambre au pub.

Aujourd'hui, c'étaient d'autres albums de photos, plus quelques outils de son père, qui pourraient intéresser Matt. Et le fusil paternel. Elle ne sait pas trop quoi en faire. Peut-être Ryan en voudra-t-il. Son père leur a appris à s'en servir il y a des années. Pour le moment, il est rangé dans son fourreau, posé dans la longueur du coffre de la voiture.

Quinn connaît si bien les tournants et les déclivités de la route qu'elle se vante par jeu de pouvoir conduire les yeux bandés. Aussi, quand un monticule inconnu apparaît sur la bande d'arrêt d'urgence droit devant, elle ralentit et plisse les paupières pour scruter la bruine. C'est peut-être un kangourou mort, même si ça fait longtemps qu'on n'a pas vu de kangourous dans le coin. Il n'y a rien pour eux par ici. Un sac d'ordures, alors ?

Bronte gémit et s'agite fébrilement sur le siège tandis que le quatre-quatre perd de la vitesse. Quinn fait descendre sa vitre, des particules de pluie lui volent au visage. L'air est encore chaud. Elle dépasse la bosse au ralenti, les yeux écarquillés.

— Merde, murmure-t-elle.

Un corps, une vision étrange et fragile, sa tête vulnérable posée à terre.

Elle se gare et coupe le contact, tendant la main pour saisir l'Akubra défraîchi qui protégera sa tête de l'averse.

Elle repousse la chienne.

— Pas bouger.

Si c'est bien ce qu'elle croit, son bouvier australien rouge ne doit pas fouiner aux alentours.

La pluie mitraille Quinn tandis qu'elle court vers le corps. À mesure qu'elle approche, ses pas ralentissent, ses yeux s'élargissent encore, à l'affût du moindre mouvement ou signe de vie. Un adulte, bras et jambes inertes, à la merci du déluge céleste.

Elle a le souffle coupé à la vue du visage blême, enflé et tuméfié. Un homme, corpulent, les paupières hermétiquement closes. Elle se baisse. Accroupie à portée de main, elle voit finalement sa poitrine se soulever sous son T-shirt trempé.

— Hé, vous m'entendez ?

Sa voix semble enfantine à ses propres oreilles.

Bronte jappe dans la voiture alors que Quinn balaie le secteur du regard. Aucun véhicule en vue, pas de trace de dérapage, ni de bris de verre. Pas d'autre corps. Comment cet homme est-il arrivé là ? On dirait qu'il est tombé du ciel. Le Pindarry est encore à quatre-vingt-dix kilomètres à l'ouest, et l'exploitation la plus proche se trouve à soixante-dix kilomètres au sud-ouest. Le bourg le plus près, guère davantage qu'une station-service et une alimentation moribonde, est Mindarie, à deux cent deux kilomètres au sud. Quinn et cet inconnu sont les deux seules personnes à des milles à la ronde.

Qui que ce soit, d'où qu'il vienne, il a besoin d'assistance médicale, de toute urgence.

Soudain un bras se lève, une main glacée agrippe le poignet de Quinn.

Elle hurle en tentant de se libérer, entend les lointains aboiements de Bronte. Elle a beau s'arc-bouter sur l'asphalte, la main de l'inconnu est un étau impossible à desserrer.

I

HAYLEY

Lundi 6 février
9 h 30

Qui sera le premier dans l'eau ? Hayley a décidé que ce serait elle. Elle sourit, non d'excitation devant le plouf imminent, mais à l'idée de nouer des liens avec les autres. Ils s'en souviendront plus tard, ils se souviendront de la spontanéité de Hayley, amoureuse de la plage et âme du groupe.

Ôtant ses claquettes d'un coup de pied, elle s'élance sur le sable, gauchement au début au milieu des mottes plus molles et plus profondes sur lesquelles elle manque trébucher, puis plus vite une fois atteinte la couche compacte, dure comme du marbre, en lisière des vagues écumantes. La mer se plisse à un rythme quasiment prévisible. Hayley lève les jambes plus haut pour se préparer à la froideur de l'eau. Elle n'a pas peur de pousser un cri quand sa peau entre en contact avec l'océan, et se retourne pour voir la réaction des autres.

Scott se tient en retrait comme prévu, les bras croisés. Elle connaît le contenu exact de ses pensées. *Pourquoi Hayley se comporte-t-elle ainsi ? Pourquoi se donne-t-elle en spectacle ?* Des trois, son petit ami était celui qui la préoccupait le plus quand elle a émis cette idée, le projet romantique de se retrouver ici au départ de leur road-trip.

— Si nous partons de la plage, alors ce sera vraiment un voyage du sud au nord, a expliqué Hayley. Il n'y a pas mieux. On ira d'une mer à une autre. C'est plus sympa que de quitter simplement la maison un matin pour foncer tout droit dans la circulation…

Livia s'approche à son tour, un sourire crispé aux lèvres. Elle porte un short en toile tout simple et un T-shirt crème avec lesquels d'autres filles se fondraient peut-être dans le paysage. Sur Livia, cette tenue révèle des membres hâlés et robustes qui bougent avec souplesse, et dont Hayley ne peut détacher les yeux. Il n'y a rien d'hésitant ni de gauche chez Livia, elle est gracieuse. La lumière matinale brille sur ses cheveux courts. Ses lunettes de soleil enveloppantes sont un nouveau modèle de protection écoresponsable. Au moment d'entrer dans la mer, Livia croise les bras sur sa poitrine dans un frisson théâtral. Les filles échangent un sourire, de l'eau à mi-mollet.

— Tu viens ? lance Hayley à Scott.

Il fait la grimace, Joost planté à ses côtés. Leur différence de taille produit un effet comique. Scott n'est pas exactement petit, mais on ne dirait pas non plus de lui qu'il est grand. Joost en revanche, on le décrirait comme *cet Hollandais super grand*. Il tend brusquement une main et tape sur le bras de Scott, comme pour le désigner dans un jeu de poursuite. Scott recule en fronçant le sourcil. Sans avoir rien remarqué, Joost lève et abaisse plusieurs fois chacune de ses jambes, puis court jusqu'à l'eau. Tout le monde regarde ses membres grêles gesticuler d'un côté à l'autre et l'emporter par-delà la première rangée de vagues jusqu'à ce qu'il ait de l'eau à la taille. Puis il joint les bras pour former une flèche au-dessus de sa tête et plonge.

— Frimeur, dit Livia avec son accent brésilien.

Hayley glousse tout haut en se tenant le ventre. Joost réapparaît, ses cheveux roux plaqués sur le front, puis replonge sous la surface.

Livia patauge vers elle.

— C'est magnifique !

Hayley a envie de répondre : « C'est toi qui es magnifique. »

Elle se retient. Chaque chose en son temps, se sermonne-t-elle. Elle aime bien Livia et ne veut pas effaroucher sa nouvelle amie.

Des pêcheurs à la ligne se profilent sur la jetée, à cent mètres de là. Des bonshommes allumettes couleur indigo, qui les observent peut-être. Des goélands méfiants planent au-dessus de leurs têtes. Les jambes de Hayley se sont adaptées à la fraîcheur. Elle avance sur le fond marin, savourant le sable sous la plante de ses pieds. Ce moment est parfait. C'était une bonne idée de les amener ici.

Quand elle jette un regard à Scott, celui-ci est en train de s'éloigner, tête baissée. Il va s'affaler là où le sable rejoint le mur de béton, s'installant dans un recoin d'ombre. Même aussi tôt, il fait plus de trente degrés. Scott, qui a le teint blafard, n'a pas l'habitude du soleil. Hayley le regarde enlever ses lunettes pour les examiner. Elle ne sortira pas de l'eau pour aller voir, ne le laissera pas gâcher ce moment.

Hayley et Scott ont réuni ensemble l'argent du voyage, leurs premières vacances depuis qu'ils ont commencé à sortir ensemble deux ans plus tôt. Vivant en colocation avec lui, et près d'affronter leur troisième et dernière année d'une licence de comptabilité, Hayley rêvait d'aventure. Si cette expédition d'Adélaïde à Darwin n'était pas le choix le plus exotique, c'était un des plus économiques. Et Hayley espère que cela l'aidera à apaiser sa culpabilité de ne pas avoir vu grand-chose de son propre pays. Elle en a assez d'entendre en cours les récits de voyage des étudiants étrangers et de ne jamais y avoir part. Convaincre Scott que c'était le moment parfait pour un road-trip lui a demandé plusieurs mois d'efforts.

— Quand on sera diplômés et qu'on aura un travail, on n'aura plus que quatre semaines de congé par an, a-t-elle souligné. Ce n'est pas beaucoup…

— Ça alors, merci de me le rappeler ! s'est exclamé Scott.

— Allez, un road-trip, ça va être marrant !

— On est fauchés.

— Ce n'est pas cher ! On n'a pas besoin d'aller à l'hôtel, on n'a qu'à dormir sous la tente…

— Tu oublies le plus gros poste de dépense.

— Quoi ?

— L'essence.

— On peut trouver d'autres personnes pour rouler avec nous, partager les frais…

Scott avait l'expression butée qu'il prenait toujours quand Hayley proposait quelque chose de nouveau.

— Oui, on peut faire ça, mais qui allons-nous inviter ? Tous les gens qu'on connaît sont occupés, ou alors je n'aimerais pas me retrouver en voiture avec eux…

— Passons une petite annonce sur un site ou un forum de voyage, je ne sais pas…

— C'est comme ça qu'on rencontre des tueurs en série !

Hayley lui a donné une bourrade sur le bras.

— Arrête ! Je suis sérieuse, j'ai envie de le faire.

— D'accord, il y a un forum dont j'ai entendu parler…

Ainsi Scott a-t-il fini par aider Hayley à réaliser son plan, il s'est même arrangé pour emprunter le quatre-quatre de son grand-père et la tente de sa sœur. Tous deux se sont mis en congé de leur job d'étudiant – Hayley chez un marchand de donuts et Scott dans l'équipe de nuit d'un supermarché. Hayley a déniché un forum de routards en ligne et surfé sur les discussions.

— On n'a même pas à passer une annonce, a-t-elle dit à Scott. Il y a plein de candidats au voyage ici…

Ils ont trouvé Livia en premier et fait sa connaissance dans le hall de son auberge de jeunesse, par un soir moite de janvier à Adélaïde. Le couloir était encombré de distributeurs automatiques de chocolat et de nouilles instantanées. C'était un défilé de jeunes qui paraissaient tous incroyablement cosmopolites, en bonne forme et pleins de vie. Hayley étudiait le panneau d'affichage fixé à un mur, avec ses prospectus pour des compagnies de bus, des cours de surf ou des circuits économiques sur l'île Kangourou.

À vingt-quatre ans, Livia était la plus âgée de la bande. Avec son pantalon de treillis, ses bottes noires et sa coupe en brosse, Hayley trouvait qu'elle avait l'air de sortir du film *Terminator*.

— Qu'est-ce que tu dirais si je me coupais les cheveux comme elle ? a-t-elle demandé plus tard à Scott.

Hayley, elle, portait une coupe au carré géométrique, conçue pour la faire ressembler aux meufs des jeux vidéo que Scott admirait, un style pas facile à entretenir.

— Ne va pas te raser le crâne, a prévenu Scott. Ça pourrait ne pas t'aller, tu as des traits complètement différents !

Livia se trouvait à Sydney pour un sommet international sur le changement climatique destiné à la jeunesse, un événement roulant organisé chaque année sur un continent différent. Sydney était son troisième sommet. Elle avait réservé pour la fin février une place sur un bateau écologiste partant de Darwin, dont l'objectif était d'empêcher la pêche illégale.

— Waouh, tu es une globe-trotteuse ! s'est écriée Hayley. Une vraie aventurière ! Tu n'as pas peur que ce soit dangereux à bord ?

— Dangereux ? Tu veux dire, en mer ?

Livia a braqué ses yeux noirs sur Hayley.

— Oui… les pêcheurs, ils ne vont pas s'en prendre à vous ? Et s'il y a des pirates ?

Livia a souri.

— C'est sûr qu'ils ne seront pas contents, mais on ne va pas s'arrêter parce que les méchants peuvent nous faire peur, si ?

— Comment peux-tu te payer tous ces voyages ? a demandé Scott.

Hayley lui a flanqué un coup de pied sous la table.

— J'ai obtenu une bourse d'un fond pour le climat, et mes parents m'aident aussi.

— Incroyable, énorme, a commenté Hayley, aspirant bruyamment son *bubble tea*.

Livia a voulu connaître le gabarit du véhicule, savoir s'ils étaient capables de changer un pneu, s'ils emporteraient une réserve d'essence…

— Que des bonnes idées, a dit plus tard Hayley à Scott, même si aucune d'elles ne leur était venue à l'esprit.

— Elle est intelligente, on a intérêt à l'emmener avec nous, a-t-il reconnu.

Ça leur a pris plus de temps pour trouver Joost.

Les trois quarts des autres candidatures étaient féminines, or Scott refusait de « voyager avec une bande de filles ». Mais les profils en ligne des garçons mettaient Hayley mal à l'aise, avec leurs sourires trop lubriques, trop lisses ou trop hypocrites. Elle a déclaré qu'elle ne voulait pas « voyager avec une ordure ». Sur sa photo en ligne, un selfie avec les canaux d'Amsterdam à l'arrière-plan, Joost était soigné et rayonnant.

— Et lui ?

Hayley a tapoté l'écran, et Scott s'est penché pour lire son profil.

— Hollandais. La plupart sont anglophones, non ?

— Je crois.

— Il a l'air pas mal, je trouve.

À leur rendez-vous dans un café en ville, Joost s'est levé d'un bond pour proposer une chaise à Hayley. Il a servi de l'eau à tout le monde pendant qu'elle consultait sa montre Apple. Il avait le sourire facile et une vitalité qui ont capté l'attention de Hayley, tandis qu'il expliquait que ses parents finançaient son année sabbatique après son diplôme d'ingénieur obtenu aux Pays-Bas. Joost a fourni de bonnes réponses à toutes leurs questions, ils n'ont rien trouvé à redire.

— Je ne sais pas s'il me plaît, a confié Scott, une fois qu'ils se sont retrouvés seuls.

— Tu charries ? Où est le problème ?

— Tu ne le trouves pas un peu con ?

— Pas du tout, il était si poli. Charmant ! Si on ne fait pas un choix rapidement, on ne partira jamais.

Scott a donc fini par céder et Joost a intégré la bande.

Hayley regarde celui-ci revenir de la baignade, secouer la tête de gauche à droite pour chasser l'eau de ses oreilles décollées.

Elle se tourne vers Scott, assis à distance, les mains à plat sur les genoux, surprise qu'il ne soit pas absorbé par son téléphone. Ces vacances vont être difficiles pour lui, parce qu'elles impliquent moins de temps sur un écran et plus de socialisation, plus de moments dans la nature. Ses copains internautes vont lui manquer, sa console de jeux aussi. Scott passe la majeure partie de ses journées à scruter son ordinateur portable, et ce n'est pas parce qu'il se consacre à ses études. Ce voyage lui fera du bien. Il va un peu bronzer. Cela leur fera du bien à tous les deux, se dit Hayley. Ils pourraient recommencer à se parler vraiment.

— Il faut qu'on y aille, lance-t-elle.

— Je suis d'accord. Cette plage est très sympa, mais notre programme est chargé, approuve Livia.

— Première escale, Port Augusta !

— C'est loin ?

— Près de quatre heures de route.

— Quatre heures ! Ce pays est si grand.

— Le Brésil n'est-il pas aussi grand ?

— C'est sûr, mais je ne fais pas le tour du Brésil en voiture.

Un fracas retentit derrière elles. Au moment où Hayley se retourne pour regarder, elle est bousculée par un mur d'eau glaciale. Joost éclate d'un rire saccadé étonnamment aigu en étreignant son abdomen blanc. Hayley glousse pour montrer qu'elle a de l'humour, clignant des yeux pour en chasser le sel.

— Tu ne te baignes pas ? s'enquiert Joost.

— J'avais juste envie de me tremper les pieds, répond Hayley.

Sa vision se trouble, et se frotter les yeux ne fait qu'aggraver les choses.

— L'océan est magnifique. Vous êtes gâtés, les Australiens !

— Merci.

Hayley est radieuse, comme si la qualité de l'eau dépendait d'elle.

Joost se penche avec un grand sourire, tambourinant sur la surface de l'eau du bout des doigts, prêt à lui envoyer une nouvelle gerbe.

Livia lui lance un regard noir.

— T'as pas intérêt.

Des taches roses colorent les joues de Joost et, bien qu'il n'ait que dix-neuf ans, ses cheveux roux semblent déjà reculer. Avec un petit sourire contrit, il se redresse et regagne pesamment le sable. Hayley ne peut pas croire qu'il supporte la grosse chaleur. Elle observe la manière dont ses vêtements de coton lui collent à la peau, puis se souvient que sa serviette à elle est dans le coffre du quatre-quatre, pliée au pied de son sac à dos. Tout va bien. Rien ne peut gâcher ce moment.

Elle remonte sur le sable durci, marque une halte les bras levés au-dessus de la tête, puis tourne lentement comme si elle était sur un manège, le soleil flou derrière ses paupières.

2

ANDREA

Mardi 7 février
15 heures

Andrea, debout devant le Pindarry, agite la main. Une routine qu'elle trouve parfois ridicule, comme si elle imitait un membre de la famille royale à un balcon du palais, mais ce n'est pas facile de faire venir les touristes aussi loin. Elle veut s'assurer qu'ils racontent à leur famille et à leurs amis leur séjour dans un charmant et sympathique pub de l'arrière-pays australien.

— Bye-bye !

Ethan saute le long de la terrasse couverte, imitant les adieux de sa mère, mais le bambin de trois ans étudie les lames de bois plus qu'il n'observe les clients sur le départ, concentré sur son prochain saut à pieds joints. Andrea sourit en le regardant, les petons sanglés dans des tennis vertes, les coudes serrés contre les côtes, la bouche froncée entre des joues rebondies.

Les deux véhicules de location disparaissent dans des tourbillons de poussière. Elle écarte les boucles moites de sa nuque, puis interroge le ciel. Il est difficile de croire que la pluie arrive. Au-dessus de leurs têtes, la lumière est encore éblouissante et les rares nuages évoquent des coups de pinceau expérimentaux jetés sur une toile. Avec un peu de chance, Quinn ne perdra pas trop de temps à la ferme et ne se laissera pas surprendre par l'orage. Andrea baisse les yeux pour méditer sur les sacs de sable placés de chaque côté de la porte d'entrée à double battant et empilés à l'autre extrémité de la terrasse. Il ne va quand même pas pleuvoir autant ? Mais la terrasse n'est qu'à cinquante centimètres au-dessus du parking en terre battue devant eux, alors mieux vaut se montrer prudents.

— OK, moussaillon, rentrons, dit Andrea.

Sans cesser de sauter, Ethan se dirige vers elle, seul signe qu'il a entendu sa mère. Elle attend à la porte, accommodant sa vision à l'ombre fraîche.

Le bar de devant est un espace rectangulaire tout en longueur, avec des tables et des banquettes en bois disposées sous des fenêtres qui donnent sur la terrasse ombragée. Rares sont les jours où toutes les tables sont occupées, sauf pour les courses hippiques régionales, les voyages organisés ou les rallyes automobiles de l'arrière-pays. À ces occasions, ils peuvent rencontrer des gens venus du monde entier. Matt disait que c'était l'avantage de gérer cet endroit. Par les temps qui courent, Andrea sait bien que, d'où que viennent les clients, ils mettent toujours autant de temps à tergiverser sur le menu et laissent toujours la même pagaïe derrière eux. Pendant les périodes d'affluence, ils recrutent souvent de jeunes routards pour des séjours de quinze jours. Quinn est leur seule employée à temps complet. À eux trois, ils se partagent efficacement la charge de travail du pub isolé.

Matt débarrasse la table du dernier box, empilant les assiettes dans le creux d'un bras. Il porte son uniforme, un jean en denim, des bottes marron éraflées et une chemise à carreaux

aux manches retroussées – jamais il n'achèterait de chemisette. Il entasse les couverts cliquetants par-dessus, puis tend la main vers un mug à café vide.

— Je m'en occupe, dit Andrea.

— Merci, chérie.

Ils tournoient l'un autour de l'autre, bien rodés à ce ballet.

Son mari bat en retraite dans la cuisine, accessible par une porte de l'autre côté du bar.

— Tu es prêt à aider maman ? demande Andrea à Ethan.

Il secoue la tête.

— Je ne t'en veux pas.

Elle rit en le regardant se précipiter vers une table où il a laissé une collection de figurines animales.

Andrea empile des tasses, tire un torchon de sa poche arrière et essuie le dessus de la table avant de passer derrière le comptoir. Ils ont installé une machine à café flambant neuve en reprenant la licence du pub, une idée à elle, et ça a payé. Aujourd'hui, ils servent plus de *latte* que de *lager* à des voyageurs soucieux de leur sécurité. Andrea nettoie les tasses et, une fois qu'elles brillent, les range en piles.

Matt réapparaît dans l'encadrement de la porte, ses bras tachés de son ballant le long du corps. Andrea sait qu'il s'interroge sur les autres tâches à effectuer.

— Quoi qu'il arrive, nous avons des provisions, déclare-t-il.

— Ouep, répond-elle.

— Les voitures sont à l'abri.

— Oui, oui.

— Les poubelles extérieures sont sécurisées, les granges sont fermées. Nous avons entassé des sacs de sable jusqu'au canyon. Tu veux que je fasse autre chose ?

— Et notre dernier visiteur ?

Andrea ne tient pas à être confinée avec un inconnu pendant la tempête à venir. C'est-à-dire, si le pub se retrouve vraiment isolé. Ça pourrait ne pas arriver, après tout. Nouvelle dans cette partie éloignée d'Australie du Sud, Andrea écoute les experts, mais ne peut s'empêcher de se demander si tous ces préparatifs ne vont pas se révéler inutiles.

— Merde, je l'ai oublié !

— Il va vouloir devancer la météo.

— Je pense que tu as raison.

Matt s'approche pour lui donner un baiser rapide sur le front. Il ébouriffe les cheveux fins d'Ethan, puis sort à grands pas vers les chambres d'hôte.

Les « cabanons », six unités préfabriquées, contiennent juste assez de place pour y coincer un lit double. Ils offrent un couchage de dernière minute assez confortable aux visiteurs, surtout ceux du genre à passer des heures d'affilée au bar et à ne plus pouvoir reprendre le volant. Tel le gars entre deux âges qui a débarqué de Sydney la veille. Il leur a fait bonne impression, bien qu'il ait dégoisé des histoires ennuyeuses et interminables.

— Viens, mon cœur, sortons par derrière, lance Andrea à Ethan.

Même s'il pèse son poids et sait marcher depuis longtemps, elle le hisse sur une hanche et le porte pour traverser la cuisine. Celle-ci forme un grand espace avec une chambre froide de plain-pied, des banquettes alignées le long des murs verts et une table haute au centre. Une porte mène à une aire extérieure occupée par deux congélateurs verticaux et un groupe électrogène plus tout jeune. Puis, au bout d'un petit couloir, on descend une marche et on se retrouve dans le logement familial.

Cette moitié arrière de la bâtisse de pierre et de brique comporte deux chambres de taille identique et une seule salle de bains. Il y a un salon entre les deux, sans fenêtres. Andrea aime la configuration du lieu parce que celui-ci les aide à fuir le soleil de plomb. Certains soirs, après avoir couché Ethan, Andrea et Matt se serrent sur le canapé mou avec Quinn à l'autre bout et, les pieds posés sur la table basse, ils regardent des films ensemble. Matt s'assoupit toujours au milieu, laissant Andrea et Quinn discuter de l'histoire à voix basse. Andrea n'était pas sûre de vouloir une employée à domicile, mais Quinn fait maintenant partie de la famille, un peu comme une nièce. Elle apprécie sa compagnie.

Ethan se tortille pour se libérer. Andrea le pose à terre et le regarde faire courir ses petits animaux en plastique sur les meubles. Il reste encore la cuisine à ranger, mais elle s'affale dans un fauteuil, jambes tendues. Mis à part le joyeux bourdonnement d'Ethan, pas un bruit. La chaleur est trop étouffante pour que les oiseaux chantent, et il n'y a pas un chat au bar. Pas un drone de trafic, pas un avion dans le ciel. Pas d'amis qui toquent à la porte ou téléphonent pour fixer rendez-vous. Au début Andrea savourait ce sentiment de paix, mais ces derniers temps celle-ci paraît plus dense, plus contraignante, ralentissant toute chose. C'est un vide grandissant, et elle commence à se sentir isolée.

Matt aime la solitude, les tranquilles étendues environnantes, leur isolement vis-à-vis de leurs voisins les plus proches. Bizarrement, il s'extériorise davantage ici. C'est comme s'il s'était retrouvé, comme s'il avait perdu de ses anciennes inhibitions. Il accueille les visiteurs à son de trompe, rit et raconte des blagues bruyantes derrière son bar, arpente la maison avec Ethan sur le dos. Même ses ronflements sont plus sonores. Andrea a fait le contraire : elle s'est repliée sur elle-même, est devenue plus contemplative, plus hésitante. Parfois, quand leur petite équipe est seule au pub, la voix de Matt la fait sursauter.

Elle se lève pour aller dans sa chambre, se plante devant le grand miroir dressé dans un coin. Elle porte un short en jean, un top rouge informe et des tennis avec des chaussettes. Ses copines d'Adélaïde frémiraient devant une telle tenue, même si elles ne se sont pas vues depuis des mois – depuis des années pour certaines – et ne sont pas près de se revoir. Se rapprochant de la glace, elle se passe les doigts dans les cheveux, à l'affût des mèches grises qui se glissent au travers. Une teinture sera bientôt nécessaire, une corvée pour laquelle elle n'est pas pressée. Ici, elle est sa propre coiffeuse.

Elle se tourne de côté, pose les mains sur son ventre. Sa rondeur ne sera pas longue à devenir visible pour Matt. Attendre Ethan a été incroyable, ces mouvements, ces poussées intérieures continuelles. C'était une époque excitante, tout ce que désiraient Andrea et Matt. Mais un deuxième enfant ? Elle ne l'a dit à personne, pas même à son mari. La décision est redoutable. Elle n'est pas prête. Pas pour un bébé, pas au Pindarry...

3

HAYLEY

Lundi 6 février
12 h 30

Hayley a les pieds posés sur le tableau de bord. Elle se sent rebelle et insouciante, pour la première fois de sa vie. Le soleil tape sur le pare-brise. Elle rajuste ses lunettes de soleil roses, acquises avec jubilation pour ce voyage. La première fois qu'elle les a mises, Scott a levé les sourcils sans rien dire.

Il hoche la tête en direction de ses tennis.

— Ne te gêne pas.

— Quoi ?

— Cette voiture n'est pas à nous, je te rappelle.

— Je ne fais rien de mal.

— Hayley, ça me met mal à l'aise. Et si je dois freiner brusquement ?

Elle tire la langue à Scott, puis repose les pieds par terre. C'est vrai, ils ont emprunté le quatre-quatre, mais celui-ci n'est plus tout neuf et il ne manque pas grand-chose pour l'envoyer à la casse. Ce type de véhicule Diesel sera bientôt interdit, le grand-père de Scott n'a pas réussi à le vendre. Il leur a dit qu'ils pouvaient aussi bien le prendre pour un dernier voyage…

Hayley a éprouvé un sentiment d'imposture en montant à bord. Que connaissait-elle aux quatre-quatre et aux circuits touristiques de l'*outback* ? Les pneus sont énormes, il y a un pare-buffle à l'avant et une galerie sur le toit au-dessus de leurs têtes. Les sièges sont défoncés, et le cuir autour du levier de vitesse est tout craquelé. Une tache marron orne la portière de son côté ; quelqu'un a sans doute renversé du café. Un relent de café, c'est peut-être ça que renifle Hayley, mais l'odeur peut aussi venir de Joost à l'arrière. Elle espère que non. Hayley ne veut voir aucun défaut chez ses nouveaux potes de voyage, pourtant il empestait quelque chose quand ils se sont retrouvés ce matin.

Sur le parking de la plage, avant de vraiment prendre la route, Scott a mis une éternité à ajuster le siège du conducteur et les rétroviseurs, les réglant au centimètre près. Maintenant ses lèvres sont serrées, ses épaules contractées. En dépit du fait que la voiture soit bien adaptée à leur parcours, et que Scott ait prétendu vouloir se charger de la majeure partie de la conduite, Hayley peut sentir sa tension. Il ne conduit pas souvent, et certainement pas un véhicule aussi encombrant. Leur moyen de transport habituel reste le métro, qui les amène de leur maison de banlieue en colocation au campus universitaire.

Hayley effleure doucement la cuisse de Scott.

— Ça va ?

— Ouais, j'ai la forme, répond Scott.

Il contracte sa jambe, Hayley retire sa main.

Un instant, elle examine ses ongles fraîchement manucurés, un plaisir si rare. A-t-elle eu raison de choisir « bleu néon » plutôt que « rose bonbon » ? Elle y fait attention en tout cas, de peur qu'ils ne s'écaillent. Elle regarde fixement le vieil autoradio du tableau de bord, compte ses angles, y compris les arêtes intérieures et extérieures. Un, deux, trois, quatre… cinq, six, sept, huit. Dans le sens des aiguilles d'une montre et dans le sens contraire. Là encore, à revérifier. Quand elle prend conscience de ce qu'elle est en train de faire, elle reporte son regard sur le plat pays dehors. Ils longent une parcelle de terre carbonisée – des champs brûlés dans les derniers incendies de l'été. De temps en temps, on aperçoit des maisons en ruine, et parfois, à côté, un véhicule affaissé et rongé de rouille. Encore plus rarement, de petits bouquets d'arbres s'agrippent à l'accotement, dont plusieurs ont l'écorce noircie. Si seulement Hayley connaissait leurs noms ! Un pipeline blanc les escorte désormais, elle ne se rappelle plus quand il est apparu. D'où vient-il et où va-t-il ? Elle caresse ses ongles lisses, espérant que Livia et Joost ne lui poseront pas de questions. Des lettres peintes en noir sur le pipeline passent à la vitesse de l'éclair : IL N'Y A PAS DE PLANÈTE B.

— Dans combien de temps on arrive à Port Augusta ? demande Livia.

Hayley consulte son programme.

— Cinquante minutes environ.

Des semaines durant, Hayley a préparé leur itinéraire, gardant une carte multicolore sur son application de voyage, ajoutant et soustrayant des attractions à visiter, estimant temps de trajet et étapes, recourant à la date limite d'arrivée à Darwin de Livia comme point final. Longue de deux mille huit cents kilomètres, la Stuart Highway est l'épine dorsale de leur équipée, l'axe routier qui partage l'Australie en deux. Hayley a prévu des incursions occasionnelles sur de petites routes pour visiter des sites touristiques tels que la barrière à dingos, les grands lacs salés et d'anciennes formations rocheuses. Et puis il y a un pub sympathique de l'arrière-pays, le Pindarry Hotel, que Hayley a hâte de connaître, à proximité de sources chaudes. Elle a sauvegardé de brèves notices de chaque lieu, qu'elle a relues plusieurs fois. Elle songe aux photos qu'elle prendra, au trésor d'expériences à publier sur son compte Instagram, aux hashtags qu'elle pourra enfin utiliser. Les autres étudiants de troisième année en comptabilité seront tellement jaloux !

— On peut écouter autre chose ?

Scott incline la tête vers l'enceinte Bluetooth nichée entre eux, qui diffuse actuellement la playlist de Hayley.

— Tu n'aimes pas Marshmello ? dit-elle.

— Ça commence à me soûler, c'est tout.

— Bien sûr, pardon. Je ne voulais pas monopoliser la musique…

Hayley se penche sur son écran, parcourt sa bibliothèque musicale et tombe sur une des listes de Scott. Un morceau de Pop Smoke emplit la voiture.

Scott agite la tête.

— Je préfère.

— Putain, ouais, acquiesce Joost.

Livia enfonce ses écouteurs dans ses oreilles. Hayley se demande si elle aussi était soûlée par Marshmello. Qu'est-ce que les Brésiliens écoutent ? Peut-être des artistes dont Hayley n'a même jamais entendu parler. Elle se promet de lui poser la question plus tard.

Hayley ouvre l'appareil photo de son portable, puis brandit l'écran par la vitre, où défilent des champs jaunes flous.

— Qu'est-ce que tu fais ? lance Scott.

— Je prends des photos.

— Il n'y a rien à voir.

— Ne sois pas idiot, les paysages ne manquent pas.

De la tête, Scott indique la route droit devant.

— Prends une photo de ça !

Hayley relève les yeux, à temps pour voir une carcasse de kangourou ensanglantée, deux corbeaux qui s'envolent de leur proie.

— Scott, gémit-elle, tu es dégoûtant !

— Oh ! le pauvre, s'écrie Livia.

— Il s'est fait écraser.

Scott est impassible.

— Il y a des tas de kangourous, non ? lance Livia. J'ai entendu dire que c'est une véritable plaie…

Ne sachant quoi répondre, Hayley est reconnaissante à Joost de prendre part à la conversation.

— Une invasion, il paraît. Le gouvernement les fait abattre…

— J'espère qu'ils font ça de manière humaine, réplique Livia.

— Comment ça ?

— Tu sais, rapidement. Avec précision. Pas d'empoisonnement ou de pièges, sans douleur…

Joost regarde Scott.

— Tu as déjà chassé le kangourou ?

Scott fronce les sourcils.

— Non. Pourquoi, je devrais ?

— Je croyais que c'était un passe-temps par ici ?

Hayley secoue la tête.

— Jamais de la vie !

— Il y a quelques années, j'allais chasser le canard avec mon grand-père, raconte froidement Scott.

Hayley regarde fixement son petit ami.

— Par pitié, dis-moi que c'est une blague ! Tu ne m'en as jamais parlé.

— Ce n'est jamais venu sur la table.

— La chasse au canard, la chasse au kangourou, ça revient au même, c'est cruel.

— Ça peut être un genre de safari, riposte Joost. Une expérience des plus intéressantes, unique.

— C'est dégueulasse, déclare Livia d'un ton sévère. C'est inhumain de chasser des bêtes innocentes pour le sport !

— Mais si elles doivent être tuées de toute façon ? Les kangourous dégradent l'environnement, tu le sais toi-même.

Hayley recompte les angles de l'autoradio, espérant que la conversation prendra un tour différent.

Comme s'il lisait dans ses pensées, Scott lance :

— Je vais faire contrôler l'alignement des roues en arrivant à Port Augusta.

— Pourquoi ? Tu as tout vérifié avant le départ.

— Ça… ça ne me paraît pas normal.

Scott incline la tête en indiquant le volant, comme si le problème était évident pour tout le monde.

Joost s'agite sur la banquette. Hayley sent ses genoux pointer dans son dos.

— Excuse-moi, dit-il.

— Pas de souci, répond-elle.

Il se tourne vers Scott.

— S'il y a quelque chose qui cloche avec l'alignement, qu'est-ce qu'on fait ? Tu vas le faire réparer ?

— Pas sûr, rétorque Scott, mais je préférerais le savoir avant de faire mille kilomètres dans le désert, et que la voiture tombe en panne et nous laisse en rade. Pas toi ?

— Est-ce qu'on récupérerait notre argent ?

Joost émet un gloussement.

Hayley fait semblant de rire, même si ce n'est pas drôle. Ils ont mis de l'argent en commun pour payer l'essence. Et si elle est responsable des fonds récoltés, il ne s'agit pas d'une activité lucrative. Hayley a pour unique intention d'accomplir un voyage mémorable à travers l'Australie en compagnie de nouvelles connaissances. Scott et elle ont beau avoir organisé le transport et l'itinéraire, ils sont tous dans le même bateau. Après tout, ils vont partager ce petit habitacle pendant les douze prochains jours. Elle les considère déjà comme une équipe, la bande d'amis qui lui manque tant depuis le lycée.

Livia tapote sur sa vitre.

— Hé, des montagnes !

Hayley se retourne pour regarder.

— Les Flinders Ranges ! précise-t-elle, contente de les avoir reconnues. Sublimes, non ?

La chaîne montagneuse se dresse majestueusement au-dessus de la plaine, formant une muraille crénelée. Aux yeux de Hayley, elle est paisible, mystérieuse, gardienne de secrets séculaires. Les gorges entre les sommets baignent dans une ombre violette, fournissant de fraîches retraites aux animaux. Ou aux bêtes enchantées des contes de fées.

— Je les croyais plus imposantes, remarque Joost.

— C'est seulement le début, réplique Hayley. Elles font des centaines de kilomètres de long. Mes parents m'y ont emmenée quand j'avais huit ou neuf ans. Tu serais surpris de voir à quel point c'est vert là-bas, presque un pays différent de celui où nous nous trouvons en ce moment, avec ces routes sinueuses… C'est très pittoresque.

— Si tu le dis. Ce n'est pas tout à fait les Alpes…

— Le paysage est incroyable, tu ne trouves pas, Scott ? Il y a aussi le Devil's Peak, avec sa crête sinistre qui se détache au-dessus du vide. Impressionnant !

— Ouais, c'est pas mal.

Scott ne tourne même pas la tête.

— Si on y faisait un petit tour ? suggère Joost.

— Ce n'est pas notre chemin.

— Mais elles sont juste là !

— On est en Australie, vieux, pas aux Pays-Bas, on va mettre une éternité pour les atteindre…

— Combien de temps ?

— Ça fera au moins deux heures de plus, une pour l'aller, et une autre pour le retour.

— Bigre ! s'exclame Joost.

Tous se moquent de son expression.

— Ça craint, je sais, mais on ne peut pas s'arrêter pour tout voir, reprend Hayley. On va suivre notre plan, d'accord ? Rester sur la Stuart Highway, atteindre Darwin à temps…

— Absolument ! dit Livia. J'ai un bateau à prendre, vous vous rappelez, les gars ?

Les garçons semblent se détendre en entendant l'inflexion brésilienne de Livia. Elle aurait pu leur annoncer que le moteur était en feu, ils auraient acquiescé avec le sourire.

Hayley consulte son portable. Elle a lu qu'ils pourraient ne plus avoir de réseau en remontant vers le nord, sans trop y croire. Comment des zones blanches peuvent-elles exister avec la technologie disponible aujourd'hui ? Elle ouvre son appli météo, puis se retourne sur son siège pour être face aux autres.

— Hé, la pluie annoncée… Elle pourrait arriver plus tôt que prévu.

— Mais il ne pleut jamais vraiment en Australie, si ? dit Joost.

— Pas comme en Europe, j'imagine.

— Et on est en été, insiste Joost.

— Tu te rappelles une petite chose nommée changement climatique ?

Livia arque les sourcils.

Joost feint de regarder l'heure sur sa montre.

— Il t'a fallu presque trois heures avant d'en parler. Je pensais que tu aborderais le sujet plus tôt…

Livia agite les mains.

— Quel autre sujet y a-t-il ?

— T'en as pas marre ?

— Je suis une militante écologiste, qu'est-ce que tu crois ?

Le Hollandais ricane.

— Il s'agit littéralement de notre avenir ! insiste Livia. Tout le monde doit se battre pour la planète, c'est le seul truc qui compte vraiment.

— Hé, tout fonctionne bien ! répond Joost. Il fait juste un peu trop chaud… Mais on aime tous bien la chaleur, je me trompe ?

— Il ne fait pas juste un peu trop chaud. Dans certaines parties de la planète, il fait plus froid en fait, d'où ce nom de *dérèglement* climatique. Ça touche les animaux, les insectes, les plantes, les récoltes, tout, l'ensemble de l'écosystème. La majorité des gens ne s'en rend pas compte parce qu'il y a des paliers.

— Ouais, intervient Hayley, on peut se raconter qu'on s'en sort bien. Mais nos enfants, petits-enfants et arrière-petits-enfants ?

— Nous ne serons plus là pour entendre pleurer nos petits-enfants, réplique Joost. Advienne que pourra…

Hayley en a le souffle coupé.

— C'est terrible de dire un truc pareil. Personnellement, je pense sans arrêt aux sécheresses, aux feux de brousse et à la montée des eaux, et à ce que ça signifie pour les populations à venir. Ça m'angoisse. Je devrais en faire plus, je sais, pas seulement recycler et utiliser des pailles en fer pour boire…

— Ignore-le. Il fait de la provocation, n'est-ce pas, Joost ?

Livia regarde par la vitre.

— Les Néerlandais ont récupéré beaucoup de terre sur la mer, reprend-il. Les générations futures trouveront aussi des solutions, j'en suis sûr.

— Peut-être que vous, les Hollandais, pourriez aider les pays du Pacifique qui s'enfoncent dans l'océan, suggère Scott.

— Oui, pourquoi pas ? Ils n'arrêtent pas de demander de l'aide, à vous leurs voisins australiens, et ils peuvent toujours attendre, parce que vos politiciens sont racistes.

— Joost, pourquoi tu ne la fermes…

— S'il vous plaît, interrompt Hayley. Arrêtez de vous disputer ! Je voudrais qu'on passe un bon moment ensemble. Ce voyage est tellement cool ! Ce n'est pas cool ? Regardez autour de vous. Il n'y a quasiment personne sur la route et, ce soir, on dort à la belle étoile. J'ai si hâte !

Tout le monde se tait tandis que le morceau de Pop Smoke suivant résonne dans l'habitacle. Le martèlement des basses détonne avec la quiétude du *bush* à l'extérieur. Ils dépassent une pancarte RESTRICTIONS D'EAU EN VIGUEUR. Hayley contemple le relief des Flinders Ranges par la fenêtre de Scott, tambourinant sur ses cuisses avec ses doigts selon leur séquence habituelle, une ondulation apaisante.

4

LIVIA

Lundi 6 février
13 heures

Un vaste auvent métallique abrite la station-service et son aire de ciment. C'est un bâtiment blanc carré aux vitres teintées, derrière lesquelles on distingue à peine les silhouettes mouvantes des clients. Un appareil photo pendu au cou, Livia longe les pompes à air puis deux portes de toilettes cabossées pour se rendre à l'arrière de la construction, chassant avec ses mains les mouches collantes qui assaillent son visage. L'auvent et le ciment se terminent là, et ses bottes crissent sur des cailloux couleur de neige sale.

Livia est habituée aux fortes températures du Brésil. Ici, c'est différent, plus intense. Le soleil est une lampe chauffante implacable qui lui tape sur la tête. Et si elle est honnête, elle passe davantage de temps en intérieur quand elle est chez elle. Ses parents aiment vivre ainsi, sécurisés dans l'appartement familial climatisé du dixième étage, où chaque jour se déroule selon un train-train rassurant. Même son cursus universitaire est entièrement virtuel. C'est une des raisons pour lesquelles elle aime voyager. Se mouvoir dans le monde réel, tout en essayant de se convaincre qu'elle peut aider à le sauver.

Elle s'arrête devant un grillage à hauteur de taille. De l'autre côté, un mur de buissons épineux qui poussent dans la terre rouge la plus éclatante qu'elle ait jamais vue et où une file de fourmis bouledogues se fraient résolument un chemin. Elle sort son téléphone. Il est près de minuit à Curitiba. Et, si ses parents dorment, sa sœur cadette Camila peut-être pas. Il s'écoule à peine une seconde avant que son appel reçoive une réponse.

— Tu es encore debout ?

— Oh ! *Olá para ti também !* répond Camila.

— Qu'est-ce que tu fais ?

— Pas grand-chose, je suis assise sur le balcon et j'écoute de la musique.

Livia imagine la scène : Camila, les pieds posés sur la table de jardin, entourée de gratte-ciel et de fenêtres allumées, ses écouteurs sur les oreilles.

— Où es-tu ? demande sa sœur.

— Dans un endroit perdu qui s'appelle Port Augusta.

— On dirait un nom américain. Tu es sûre d'être dans le bon pays ?

— Ah, oui, j'en suis sûre. Comment ça s'est passé hier ?

Livia a aidé à planter des centaines d'arbres à Curitiba. Au début, ses parents la taquinaient sur son idéalisme, croyant que son intérêt serait de courte durée. Aujourd'hui, tous sont actifs dans des groupes écologistes locaux, contribuant à lever des fonds et faire pression sur des chefs d'entreprise ou des représentants de la société civile, ainsi qu'à recruter d'autres bénévoles verts. Pendant que Livia voyage, sa mère, son père et Camila continuent à militer et lui envoient des mises à jour régulières. La veille, ils hébergeaient un atelier de culture de graines.

— Ça s'est vraiment bien passé, répond Camila. Une douzaine de personnes environ sont venues.

— Hmm, grogne Livia. C'est quoi, le problème des gens ? La participation aurait dû être meilleure…

Elles rattrapent leur retard sur les performances au basket de Camila et la route de Livia pour les quelques prochains jours, avant que cette dernière mettre un terme à la communication.

— Sois sage, conclut-elle.

— Toi aussi, fais attention ! réplique Camila.

Livia se tourne afin que les Flinders Ranges apparaissent au-dessus de son épaule, prenant plusieurs selfies avec son portable tenu à bout de bras. Elle ouvre la bouche comme pour s'exclamer « Waouh ! » et présente son meilleur profil, puis remet le téléphone dans sa poche. Elle publiera les images sur Instagram une fois remontée en voiture – le moment est venu de faire des photos plus professionnelles désormais. Elle lève son Canon puis commence à mitrailler les montagnes. L'horizon est si large, l'espace et le ciel sont si vastes qu'il est difficile de les embrasser, aussi accablant que soit ce soleil brûlant ! Derrière sa lentille, elle se concentre en prenant sa respiration. Peut-être qu'elle campera dans les Flinders Ranges si elle revient un jour en Australie, peut-être même qu'elle amènera Camila avec elle. Le coin est plus arboré que prévu, même si des secteurs ont l'air calcinés quand elle zoome sur eux. Toutes sortes d'animaux sauvages cohabitent dans les montagnes : wallabies, kangourous, cacatoès blancs, peut-être des aigles. Livia se demande comment ils vivent. Récemment, une catégorie de wallabies des rochers a été déclarée éteinte. Cette pensée suscite en elle une mélancolie familière. Une espèce disparaît et on est impuissant. Mais après chaque sommet sur le climat, comme celui de Sydney, elle retrouve son énergie ; rencontrer des militants engagés comme elle, venus du monde entier, lui redonne espoir.

Livia passe la main sur ses cheveux courts. Il fait incroyablement chaud, trop chaud. Il est temps de regagner l'ombre.

Joost nettoie le pare-brise, étirant un bras maigre sur la vitre avant de revenir dans l'autre sens. Livia est contente de le voir mettre la main à la pâte. Elle pensait qu'il serait plus nonchalant, du genre à attendre que les autres fassent le travail à sa place. Peut-être est-ce son accent aux inflexions autoritaires et recherchées qui est difficile à dépasser. Elle se répète d'être moins critique.

Scott et Hayley ressortent de la boutique. Il glisse son portefeuille dans la poche de son short et elle porte des casse-croûte en équilibre dans ses bras. Hayley est adorable, pense Livia, mignonne, idéaliste, et puis ses lunettes de soleil roses sont originales. Sa coupe courte ne la flatte pas, et si Livia était une amie proche elle lui conseillerait de laisser repousser ses cheveux. Elle est lente dans ses mouvements et parle doucement, mais en même temps n'a pas peur de prendre la parole et d'essayer de contenter tout le monde. Livia aime ça. La frange de Scott lui retombe sur les yeux, et sa taille épaisse est le signe d'un étudiant qui passe ses jours et ses nuits dans son fauteuil. Le couple échange des murmures, aucun d'eux ne sourit.

— Ça va ? lance Livia. Vous avez fait vérifier le… l'alignement des roues du quatre-quatre ?

— Ouais, ouais, répond Scott, tout est normal.

— Je pense qu'il devrait arrêter de conduire, dit Hayley. C'est trop pour une seule personne.

— Mais je vais très bien.

Hayley paraît vexée.

— Tu ne peux pas conduire tout le trajet, Scott, c'est pénible de rester concentré autant d'heures...

Il regarde devant lui d'un air énervé, semble réfléchir un instant.

— Bon, je vais conduire jusqu'à la prochaine étape, et puis quelqu'un d'autre prendra le volant. Tu es satisfaite ?

— Tu avais promis d'arrêter en arrivant à Port Augusta ! On y est maintenant, il est temps de changer.

Avec un grognement, Scott ouvre brutalement la portière côté chauffeur et s'installe au volant, mettant fin à la discussion. Joost, lui, s'attaque alors à la lunette arrière, son T-shirt taché aux aisselles d'auréoles de transpiration.

Des rugissements de moteurs approchent. Les filles se retournent pour regarder et Joost marque une pause, alors que six motos entrent dans la station-service pour venir faire la queue devant la série de pompes suivante.

Hayley ouvre sa portière et déverse ses casse-croûte à l'intérieur.

— Allez ! presse-t-elle Livia.

Livia grimpe dans l'habitacle bouillant et tend la main vers sa gourde, tandis que Scott met le contact et que la climatisation se remet en route en chuintant. En ayant fini avec son lavage de vitres, Joost se dirige au trot vers les toilettes.

Une fois leurs bécanes éteintes, les motards se dégourdissent les jambes sous leurs épais vêtements de protection. Comme on doit souffrir là-dessous ! Leur simple vision donne à Livia la sensation d'étouffer. Un des motards en empoigne un autre dans une clé de tête, un semblant de lutte affectueuse, jusqu'au moment où part un coup de poing. Leurs copains hurlent, puis peinent à les séparer.

— Oh ! mon Dieu, ils se battent ! dit Hayley en se glissant sur son siège. Qu'est-ce qu'on fait ? Vous croyez que le personnel va sortir ?

Finalement, les deux hommes sont écartés l'un de l'autre par leurs amis, mais ils se débattent en jurant jusqu'à ce que l'un des deux s'éloigne en trombe. Au moment où il passe devant le quatre-quatre, Livia contemple fixement les disques noirs qui trouent ses lobes d'oreille. Il pose sur elle des yeux bleus inquiétants et, entendant son rire, elle détourne le regard.

— Ils me rendent nerveuse, gémit Hayley.

— Ne t'inquiète pas pour eux, répond Scott, avant d'ôter ses lunettes pour les nettoyer délicatement au moyen d'un chiffon tiré de la boîte à gants. Ils déconnent…

— Ils se battaient, tu as bien vu !

— Ils me rendent nerveuse moi aussi, insiste à son tour Livia.

— J'espère qu'ils ne se dirigent pas vers le nord comme nous, ajoute Hayley. Tu t'imagines être dans le même camping ?

Scott soupire.

— C'est juste une bande de potes en balade, il n'y a pas de quoi se mettre dans tous ses états.

— C'est un truc de femme, explique Livia.

— Qu'est-ce que ça veut dire ?

— Nous avons conscience de notre environnement, tout le temps. Pas le choix.

— Ils n'ont pas le droit d'être ici ? Vous voulez qu'ils restent à la maison juste parce qu'ils vous rendent nerveuses. Je croyais que les filles voulaient l'égalité… Pour moi, ce n'est pas très égalitaire.

— Bien sûr qu'ils peuvent aller où ils veulent, je dis juste qu'ils ont déclenché notre radar, d'accord ?

Livia consulte Hayley du regard.

Hayley acquiesce d'un signe de tête.

— Oui, exactement. Ils m'inquiètent, il n'y a que comme ça que je peux me l'expliquer.

— Comme tu veux, conclut Scott, qui émet un nouveau grognement. Où est passé Joost ? Pourquoi met-il tant de temps ?

— Il s'achète peut-être un déodorant, murmure Hayley en se tournant vers Livia. Tu as l'habitude de voyager seule ?

Livia secoue la tête.

— D'habitude, je participe à un sommet ou à une marche avec un groupe. Je ne fais mes petits détours personnels qu'après. Même alors je ne suis jamais seule, je me connecte avec des gens sympas. Comme toi.

Les deux filles échangent un sourire.

— J'admire vraiment ce que tu fais, déclare Hayley. Je suis allée à des marches pour le climat dès ma première année de fac, mais je ne me suis jamais impliquée comme toi. Je suis si molle…

— Il y a beaucoup de choses qu'on peut faire en plus de marcher. Tu connais mon blog, non ?

— Ouais, je l'adore.

— J'ai écrit une série « Sauve la planète », tu devrais la lire, elle dresse la liste de dix changements simples qu'on peut apporter en une semaine.

Hayley incline la tête.

— Carrément ! Je vais l'ajouter à mes favoris.

Ils observent quelques motards entrer dans la boutique, tandis que d'autres s'occupent de leurs bécanes.

— J'aime l'idée de partir faire du bénévolat outre-mer, d'aider des villageois à trouver de l'eau ou de travailler dans une réserve naturelle, réfléchit à voix haute Hayley. Peut-être après ma licence. Je ne suis encore jamais sortie d'Australie…

— Jamais ?

Livia avait entendu dire que les Australiens aimaient voyager.

Hayley fait un signe négatif de la tête.

— Le plus loin où je me suis aventurée, c'est Canberra, et c'était une sortie scolaire. Nous avons visité le Parlement. Tellement barbant.

— Où aimerais-tu aller ?

— Partout ! Même au Brésil, un jour. Je pourrais peut-être te rendre visite ?

— Totalement, approuve Livia, bien qu'elle doute de garder le contact après ce voyage sur la Stuart Highway.

Elles ne semblent pas avoir grand-chose en commun.

— Le voilà enfin ! annonce Scott d'une voix forte.

Joost réapparaît, il court, sourire éclatant, ses coudes osseux en action. Quand il remonte en voiture, sa tête moite manque heurter Livia, qui se rejette en arrière.

— OK ! s'exclame-t-il. Qu'est-ce qu'on attend ?

5

HAYLEY

Lundi 6 février
13 h 30

Alors qu'ils atteignent la zone des cent dix kilomètres au nord de Port Augusta, un ronronnement de motos se rapproche en douceur. Hayley jette un coup d'œil à son rétroviseur latéral. Les bikeurs se traînent à la façon d'une file de fourmis. Leurs engins vrombissent jusqu'au moment où ils doublent leur véhicule l'un après l'autre. Elle reste mal à l'aise plusieurs minutes, souhaitant qu'ils accélèrent. Pourquoi voyagent-ils en meute ? Le dernier motard leur envoie un baiser.

— J'ai eu une moto dans le temps, dit Joost.

— Je croyais que les Hollandais ne roulaient qu'à vélo, ironise Scott.

— Très drôle.

— Comment fait-on pour pédaler avec des sabots ?

Hayley surveille du regard les motos devant eux. Est-ce que maintenant... ils doivent rouler derrière ces types ? Ça tombe mal. Finalement, les motards laissent le quatre-quatre dans leur sillage, se réduisant à des points dans le lointain gris de la route.

— Bon débarras, murmure-t-elle tandis que le dernier disparaît de leur vue.

— C'est quoi, ton problème ? demande Scott.

— Je me sens mieux quand ils ne sont pas là.

— Arrête de dramatiser !

Hayley saisit un paquet de chips, même si elle s'est promis de ne pas l'ouvrir avant au moins une heure.

— On adore les drama queens, claironne Livia de la banquette arrière.

Hayley éprouve une bulle de bonheur parce que Livia semble être de son côté.

Joost farfouille dans un petit sac en papier, en sort une pomme verte.

— Ça vous dit ?

Tous font signe que non. Il commence à manger en mâchant vite et bruyamment. Chaque bouchée résonne dans les oreilles de Hayley.

— Combien de temps jusqu'à Mindarie ? demande-t-il.

— Pourquoi ? Tu as déjà besoin d'aller aux toilettes, vieux ? lui lance Scott.

— Mes parents m'ont envoyé un message, ils veulent savoir.

— C'est sympa, commente Hayley. Tes parents se font du souci pour toi ?

— Bien sûr qu'ils se font du souci, j'explore le trou du cul du monde, en plein désert.

— À t'entendre, on croirait que c'est horrible, réplique Scott.

— Tu peux dire à tes parents qu'on a encore deux heures de route, répond Hayley.

Jadis ville ferroviaire, Mindarie est aujourd'hui une halte ensablée pour voyageurs nord-sud, promettant quelques commerces, une station-service et un des derniers téléphones publics de la brousse. Hayley a vu sur Instagram d'innombrables photos prises sur place. Il y a un terrain de camping au nord de la ville, la première étape d'une nuit qu'elle a programmée pour le voyage. Son ventre se serre à la perspective de dormir sous la tente avec Scott, leur petite cachette à eux, de l'enlacer dans ses bras à la nuit tombante. Tous les deux seront ensemble pour la première fois dans la nature et hors de la ville. Peut-être oubliera-t-il sa mauvaise humeur ? Ils pourraient même coucher ensemble, pourvu que Hayley soit sûre que personne ne puisse les entendre. Elle serait mortifiée de savoir que d'autres les écoutent.

Non qu'ils aient fait beaucoup de bruit ces derniers temps. Leurs rapports sexuels ont été furtifs, superficiels, parfois trop bâclés et frénétiques, sans doute parce que Scott boude. Il veut faire des trucs au lit que Hayley ne veut plus faire. Ses doigts autour de son cou, le plat de sa main qui lui fouette les fesses. Elle a visionné assez de contenus pornos pour savoir qu'il imite ce qu'il voit en ligne. Au début c'était excitant, puis ça a commencé à tourner au sordide, comme si elle était un objet soumis, comme s'ils n'étaient pas ensemble. Que penserait Scott si elle le fouettait ? L'idée est risible, mais pourquoi pas ? Pourquoi est-ce toujours aux femmes d'être humiliées ? Hayley a fini par y mettre un terme en détachant les mains de Scott de son cou pour le pousser à prendre ses positions bénignes préférées. Mais, dans les rares occasions où ils font l'amour, Scott ne la regarde plus dans les yeux. Ils vont souvent se coucher à des heures différentes ; il veille tard au salon, absorbé par son ordinateur portable. Elle le soupçonne de regarder plus de porno et préfère ne pas y penser. Ce road-trip, leur proximité, ça renouvellera leur relation, elle en est sûre. Tout le monde sait que les filles mûrissent plus vite que les garçons. Scott a besoin de temps pour combler son retard.

Hayley propose le sac de chips ouvert à ses compagnons de voyage, mais personne n'en veut. Elle en fourre un peu plus dans sa bouche, savourant le sel et l'huile, avant de ranger le sac dans le vide-poches du siège. Compte une nouvelle fois les angles de l'autoradio… un, deux, trois, quatre… vérifie ses calculs antérieurs. Quand elle regarde dehors, un plan d'eau verdâtre immobile émerge à leur gauche. Une lagune morte, pense-t-elle, avant de distinguer un mouvement et de bondir sur son siège.

— Regardez, regardez ! Un émeu !

Elle appuie son doigt contre la vitre. L'oiseau enjambe un chaume d'eau saumâtre, levant ses pattes filiformes avec des mouvements saccadés.

— Waouh ! s'exclame Livia, qui applaudit. C'est le premier émeu que je vois en liberté. Incroyable.

— Un oiseau bizarre, lâche Joost. Moche.

— Comment peux-tu dire ça ? Pas moche, élégant. Et puis ils ont des yeux si grands et si beaux…

— Regarde comme il est maladroit, il arrive à peine à courir. C'est fou que l'espèce ait survécu.

— Je regrette de ne pas l'avoir pris en photo, déclare Livia.

— On ne s'arrête pas, rappelle Scott.

— Je ne t'ai rien demandé, je dis juste… que je n'étais pas prête.

— Montre-moi ton appareil, lui lance Joost.

Livia tire une housse noire sur ses genoux, allume son appareil. Tous se penchent ensemble vers elle pendant qu'elle parcourt ses images récentes.

— Combien de mégapixels ? veut-il savoir.

— 32.50, répond Livia.

— Tu as différents objectifs ?

— À la maison, oui. Je n'emporte que celui-ci en voyage.

— Pourquoi n'utilises-tu pas simplement ton portable ? Ils font de bonnes photos…

— C'est sûr, les portables ont de bons appareils photo, mais mon Canon les écrase.

Hayley se demande s'il y a une attirance entre eux. Est-ce qu'ils baiseront ensemble pendant le voyage ? Elle écarte cette pensée. Si Joost est peut-être intéressé, Livia est probablement très exigeante. Joost a un certain charme, mais c'est encore un gamin, trop soucieux d'impressionner. Livia préférerait sûrement quelqu'un avec plus d'expérience, comme elle. Peut-être avec un corps plus musclé, dessiné comme le sien. Par ailleurs, il sent bizarre, et ça s'est aggravé depuis la station-service de Port Augusta. Ce n'est pas juste une odeur corporelle de transpiration, dessous il y a aussi une couche plus douceâtre, comme des fruits pourris. Ça vient peut-être de ses tennis. Hayley cherche une façon polie de le lui dire.

Elle allume la radio.

— Qu'est-ce que tu fais ? demande Scott.

— Je veux écouter la météo.

— Consulte ton portable.

— Ce n'est pas aussi détaillé.

Le ronronnement d'un bulletin ABC résonne dans l'habitacle. Un gros titre sur les prochaines élections, suivi d'un reportage sur le cyclone Benedict en formation au large du littoral nord.

— On parle de Darwin ? s'enquiert Livia.

— Ne t'inquiète pas, il sera loin le temps qu'on y arrive, assure Scott.

Les prévisions météo pour l'Australie-Méridionale incluent de « possibles crues éclair » dans le nord de l'État.

Hayley écarquille les yeux.

— Que dites-vous de ça ? On se dirige droit dessus.

— C'est dans la même zone, mais ça n'a rien à voir avec un cyclone, réplique Scott. De toute façon, ils parlent de « *possibles* crues ». Je parie qu'il ne se passera rien, et s'il se passe quelque chose, on ne verra que quelques flaques.

Il éteint la radio.

Hayley observe un moment son partenaire. La ceinture de sécurité tendue sur son ventre mou, les yeux étrécis derrière ses lunettes. Heureusement qu'il a raison, mais que connaît-il à la météo ? Il ne sort presque jamais.

— Ce serait merveilleux qu'il pleuve, dit Livia. Tout a l'air si sec ! Il tombe combien d'eau par ici d'habitude, Hayley ? Tu le sais ?

— Euh, pas trop.

Hayley se remet à tambouriner des doigts en réfléchissant à son programme de voyage. Aucun plan d'urgence n'est prévu en cas de mauvais temps, elle prie pour que personne ne la questionne sur ce point. Il leur faudrait descendre dans un motel, mais Scott et elle ont budgété seulement des emplacements de tente. Les « possibles crues » pourraient tout gâcher.

Joost s'agite, défonçant une fois de plus son dossier.

— Vraiment, on va continuer à parler météo ? On a cinquante ans ou quoi ?

— De quoi tu veux parler alors, Joost ? demande Livia.

— Des filles ? Des chaudasses australiennes et des lieux où on les rencontre.

Livia pouffe de rire.

— Oh ! grandis un peu !

— T'en dis quoi, Scott... Où se cachent toutes les jolies filles ?

Hayley fixe son petit copain du regard, attend sa réponse.

Scott marque une pause, le visage calme.

— On ne va pas croiser de meufs par ici, répond-il. Tu aurais dû rester à Sydney ou Adélaïde, si c'est ce que tu recherches, vieux. Il valait mieux faire la tournée des boîtes, pas celle de l'outback.

— Il doit y avoir des petites provinciales dans le coin. Des petites provinciales mignonnes et esseulées...

Hayley glousse de nervosité.

Livia pousse un soupir.

— Changeons de sujet.

— Pourquoi ? s'insurge Joost.

— Parce que je sens que ça va devenir dégoûtant.

— Rien de ce qui me concerne n'est dégoûtant. Tout est beau, chérie.

— Très drôle.

Saisissant son Canon, Livia étudie le paysage avec son objectif.

La conversation cale. Dix minutes passent. Le balancement du quatre-quatre berce Hayley. Quand elle jette un regard à Scott, il a les yeux qui se ferment.

— Hé ! s'écrie-t-elle en lui tapant sur le bras. Ça va ?

Scott se redresse.

— Bien sûr.

— Les mecs, on devrait changer de conducteur, insiste Livia. Je suis sérieuse.

— Non, ça ira, je te promets.

— Ça ne me gêne pas de te remplacer, propose Joost.

— Je te remercie, Hayley.

Lentement, Scott secoue la tête.

— Ce n'est pas une critique, tu conduis depuis des heures, proteste-t-elle. Allez, fais une pause, détendons-nous à l'arrière. S'il te plaît…

Scott reste silencieux. Il va tous les ignorer. Mais soudain il jette un œil à ses rétroviseurs. Le quatre-quatre s'arrête dans des geysers de gravillons.

— Très bien, qui prend la relève ? demande-t-il, se renversant sur son siège, une main encore agrippée au frein à main.

— Moi.

Joost détache sa ceinture.

— Tu as déjà conduit en Australie ? s'enquiert Hayley. Tu as un permis international ?

— Tu m'as déjà posé la question à notre rencontre, tu as oublié ?

Tous les quatre descendent de voiture et en font le tour pour changer de place. La canicule fait suffoquer Hayley, instantanément assaillie par les mouches, qu'elle chasse des deux mains.

Au moment où elles se croisent, Hayley ne peut s'empêcher d'admirer les fesses bien roulées de Livia sous son short en toile. Elle s'en veut de se retourner pour regarder, tout en sachant qu'elle le referait à chaque fois. Elle se glisse derrière le siège du conducteur et tire sur sa jupe pour couvrir ses cuisses. Joost recule, l'obligeant à basculer les genoux pour éviter d'être écrasée. Il règle le rétroviseur intérieur, branche son portable sur la prise électrique et consulte l'écran.

— Pas de réseau, dit-il. Grotesque !

— Bienvenue en Australie.

Scott articule distinctement chaque mot.

Ils reprennent la route. Les épaules de Joost bouchent le champ de vision de Hayley et les fenêtres paraissent plus petites à l'arrière du quatre-quatre. Les chips sont restées dans le vide-poches du siège passager, où Livia est assise. Hayley regrette de ne pas les avoir prises avec elle.

— Vous avez toute la technologie à votre disposition et il n'y a toujours pas de couverture cellulaire ? s'exclame Joost.

— C'est un grand continent, vieux, réplique Scott. Plus grand que la Hollande…

— Les Pays-Bas.

— Comme tu veux. L'Australie est cent quatre-vingts fois plus grande.

— Oh ! on a fait des recherches !

— Il n'y a qu'à installer quelques antennes-relais pour couvrir ton pays… C'est complètement différent ici. Nos centres régionaux sont plus éloignés.

— Exactement. Aux Pays-Bas, les villes sont à courte distance les unes des autres. L'Australie a davantage besoin d'une bonne couverture que nous. Si on est perdu dans la brousse, on est tout seul, la police est trop loin pour te porter secours. Les gens se retrouvent en rade et meurent dans l'outback, c'est pas vrai ? L'outback est si vaste à fouiller, autant être perdu sur Mars…

Scott croise les bras sur sa bedaine.

— Vieux, les gens n'ont de problème que si leur véhicule tombe en panne. Et s'ils n'ont pas de réserves d'eau…

— Pourtant, vous les Aussies, vous ne pouvez pas accorder vos violons pour les antennes-relais !

— Nous avons emporté plein d'eau ! claironne Hayley. Nous sommes organisés, les gars, il n'y a aucune raison de s'inquiéter.

— La plupart des gens qui meurent meurent parce qu'ils abandonnent leurs véhicules, poursuit Scott. Et parce que ce sont des cons de touristes qui n'y connaissent rien…

— Ou s'ils marchent sur un serpent venimeux.

— Beaucoup de pays ont des serpents mortels, proteste Livia. L'Australie a davantage à offrir. Les animaux les plus remarquables dont on puisse rêver. Des plages sublimes, qui ne sont pas aussi surpeuplées qu'elles le sont par chez nous…

— Des requins tueurs, l'interrompt Joost.

Livia le regarde, se gratte l'oreille.

— Si tu n'aimes pas l'Australie, pourquoi tu es venu ici ?

— Je n'ai jamais dit que je n'aimais pas l'Australie.

— Tu n'arrêtes pas de critiquer…

— Je ne fais que souligner son côté dangereux. Il faut aimer les risques !

— Alors tu aurais peut-être dû rester en Europe, et visiter quelques musées et cathédrales sans risques. Aller voir Big Ben ou la tour Eiffel. Ou d'autres monuments phalliques…

Hayley glousse de rire, presse une main sur sa bouche.

— Non, vous ne me comprenez pas. Le danger me plaît. Il rend cet endroit beaucoup plus intéressant que si…

Joost embrasse d'un geste l'immense étendue plate de l'autre côté de la vitre.

— … Si on se contentait de regarder ça, achève-t-il.

— Pouvons-nous changer de sujet ? implore Hayley.

Ce que dit Joost sur la couverture réseau est vrai. Sauf que, pour elle, c'est un avantage. Coupés des distractions numériques, ils pourront se concentrer les uns sur les autres. Sans devoirs de fac, sans le réseau Reddit, sans ses potes qui jouent en ligne, elle captera mieux l'attention de Scott. Inclinée vers lui désormais, Hayley attend qu'il se tourne pour qu'elle puisse lui donner un baiser.

Mais Scott ne se tourne pas. Au bout de quelques minutes, il écarte les jambes et laisse aller sa tête contre le dossier, les yeux fermés.

Hayley contemple la nuque de Livia, ses cheveux soigneusement coupés ras comme ceux d'un cadet de l'armée. Une main sur le volant, l'autre bras appuyé contre la vitre, Joost se met à fredonner avec Pop Smoke, qui sort toujours du haut-parleur. Hayley n'aime pas sa décontraction, ni la lenteur avec laquelle il détourne les yeux de la route pour les laisser s'attarder sur Livia. Cramponnée à son siège, Hayley se penche sur lui, sent son odeur fétide.

— Tu as déjà conduit sur de longues distances ? demande-t-elle.

— Bien sûr.

— Genre, à cent kilomètres à l'heure ?

— Oui.

— De ce côté-ci de la chaussée ? De quel côté tu conduis, dans ton pays ?

— Pourquoi tu poses autant de questions ? On dirait un entretien d'embauche.

— Je vérifie, c'est tout.

Joost sourit avec nonchalance.

— Détends-toi, Hayley. On a tous dû faire confiance à la conduite de Scott, maintenant c'est à moi que vous devez vous fier.

Hayley se renverse sur son siège, agrippée des deux mains à la sangle de poitrine de sa ceinture de sécurité, et regarde fixement les broussailles qui défilent. Quand elle porte de nouveau son regard dans l'habitacle, Joost lui fait un clin d'œil dans le rétroviseur intérieur.

6

ANDREA

Mardi 7 février
17 heures

Quand Andrea rouvre les yeux, elle est un peu perdue. Quelle heure est-il ? Quel jour est-on ? En clignant des paupières pour se réveiller, elle se redresse lentement. Elle est étendue sur le divan de la salle du fond, le cou raide et endolori. Son dernier souvenir, c'est d'avoir fait la lecture à Ethan.

Sa grossesse la fatigue. Qu'est-ce qui l'attend encore ? Pour Ethan, elle a eu des nausées aux deuxième et troisième mois, le type de malaise lié à des fringales irrépressibles. Peu importe le nombre de fois où elle mangeait, sa faim ne disparaissait pas. Est-ce que ce sera la même chose pour son deuxième enfant ? Pas de vomissements jusqu'ici. Ce sera plus difficile à gérer, alors qu'elle a déjà un tout-petit. Sans parler de l'hôtel.

Andrea se frictionne le visage, puis se remet debout et contourne la pile de livres d'images posée sur le tapis. Ils en ont amassé une bonne collection ; on leur glisse des livres dans leur boîte postale de Mindarie une semaine sur deux, semble-t-il. C'est son unique petit plaisir. Elle se rend compte qu'elle essaie de compenser pour Ethan l'absence de garderie et de visites à la bibliothèque – toutes choses dont il bénéficierait en ville. Une habitude qui coûte cher, mais Matt n'a soulevé aucune objection. Il doit connaître aussi ses raisons.

Andrea suit le couloir menant à la cuisine du pub et continue jusqu'à la salle de bar-restaurant.

— Salut, la dormeuse, lance Matt.

Il s'est assis à une des tables côté devanture, un ordi portable ouvert devant lui. Ethan est installé sur la banquette opposée avec son bocal de crayons de couleur et des papiers épars. Il fait plus sombre que d'habitude à cette heure-ci. Des nuages d'acier cachent le soleil, et Matt a allumé les plafonniers. Le changement d'atmosphère met Andrea mal à l'aise, c'est comme si elle avait dormi des jours au lieu de quelques minutes. Comme si quelque chose lui avait échappé.

— Me suis dit que j'allais rattraper notre retard sur les factures.

Matt se charge de toute la paperasse du pub et aime se pencher sur les chiffres, veillant à l'équilibre du budget.

— Quinn n'est pas revenue ?

— Non.

Matt secoue la tête.

— Je commence à m'inquiéter.

— Nous la verrons pour dîner, ma chérie. Elle rentre à cette heure-là, d'habitude.

Avec un signe de tête, Andrea se glisse à côté d'Ethan et pose la main à plat sur une feuille de papier pour qu'il la dessine. Andrea glousse au contact du crayon avec sa peau. C'est un de leurs derniers jeux préférés.

— Maman !

Ethan lui commande de ne pas bouger.

Matt tape sur son clavier à un rythme de sénateur. Pendant qu'il parcourt les chiffres, Andrea admire ses longs cils, les mêmes que ceux de leur fils. Elle s'interroge sur le bébé qu'elle porte. Est-ce que ce sera un autre garçon ou une fille ? À qui ressemblera-t-il ou ressemblera-t-elle ?

Un grondement retentit au loin. Fugitivement, Andrea pense que c'est le tonnerre annoncé. La famille se tourne pour regarder dehors, où une petite piste amène les voyageurs de la route principale au Pindarry. Le grondement se transforme en bruit de moteur.

— Qui ça peut être ? demande Matt.

Andrea fait la grimace.

— Oh ! s'il te plaît, ne me dis pas qu'il arrive quelqu'un maintenant !

Matt se lève de table puis, Andrea et Ethan derrière lui, pousse la porte d'entrée moitié verre, moitié bois. Andrea se pose sur un banc extérieur avec vue sur le parking désert, bordé des deux côtés par des gommiers fantomatiques. L'air est moite. Une bande violette à l'horizon annonce le changement de météo attendu. Le bourdonnement de moteur s'intensifie, soulevant une poussière rouge, et Ethan s'agrippe à son genou.

— On dirait des motards, déclare Matt en plissant les yeux. Je me demande s'ils vont s'arrêter…

— J'espère que non, murmure Andrea.

— Je m'en charge, mon cœur, ils n'ont pas l'air très nombreux. Tu pourras rester derrière avec Ethan.

Elle esquisse un petit sourire, reconnaissante envers son mari de sa sensibilité.

Des années avant sa rencontre avec Matt, Andrea travaillait déjà dans un pub de la région du Riverland. Elle sortait à peine de l'adolescence. C'était son premier job loin d'Adélaïde, bien avant qu'elle apprenne à avoir l'air occupée et cassante, à l'époque où tous les clients semblaient encore inoffensifs. Un des habitués était un bikeur, la quarantaine, le menton en galoche hérissé d'une barbe dure. Il s'asseyait souvent seul, réservant les trois quarts de sa conversation à Andrea. Tandis que les autres membres du personnel la charriaient à son sujet, Andrea croyait que son attention était une simple gentillesse teintée de solitude.

Un jeudi soir après son service, le bikeur l'attendait devant le bar. Il a émergé des ombres d'un mur de brique, la faisant sursauter.

— Excuse-moi, c'est juste moi, a-t-il dit.

Après l'avoir reconnu à la lumière du clair de lune, Andrea a laissé échapper un petit rire gêné, comme s'il était impoli de sursauter.

— Vous m'avez fait peur.

Portant une main à sa poitrine battante, elle l'a contourné, suivant son trajet habituel à travers le parking pour rejoindre la rue d'après. De là, la location qu'elle partageait avec deux autres jeunes femmes ne se trouvait plus qu'à quelques pas. Elle n'avait pas assez d'économies pour acheter une voiture. D'ailleurs, la ville était si petite qu'on en avait vite fait le tour.

— Qu'est-ce qui presse ?

Le bikeur a aligné sa marche sur la sienne. Une musique rock assourdissante émanait du pub, une lumière jaune brillait de l'autre côté des fenêtres opaques.

— Je suis fatiguée, je dois rentrer pour m'écrouler sur mon lit.

— Je vais te déposer, j'ai un casque supplémentaire.

Elle a fait signe que non.

— Non, ça ira.

— Allez, ne sois pas timide, a-t-il lancé d'un ton chaleureux. Tu peux avoir confiance en moi. Depuis combien de temps on se connaît, Andrea ?

— Je ne sais pas.

— Je croyais que tu avais dit que tu étais fatiguée ? Tu n'as pas envie de faire tout le chemin à pied, pas après être restée debout toute la journée…

— Merci, vraiment, ce n'est pas loin.

Une main lui a saisi le coude et l'a fait tournoyer.

— Allez, a imploré le bikeur.

Andrea a flairé l'odeur du bourbon dans son haleine. Il avait une tête de plus qu'elle, et sa main est descendue de son coude à son poignet, resserrant sa prise.

— Lâchez-moi !

Andrea s'est rejetée en arrière, pesant de tout son poids pour tenter de se libérer. Des ondes d'alcool et de chaleur se dégageaient de lui. Il l'a serrée dans ses bras à l'étouffer et s'est penché pour l'embrasser de force.

— Non !

Elle a détourné le visage, sans pouvoir croire à ce qui lui arrivait.

Des cris ont retenti à proximité, le bikeur a relâché son étreinte. Soudain est apparue Dallas, la gérante du bar.

— Qu'est-ce que tu fous ? a-t-elle hurlé.

Andrea a reculé en titubant. Le bikeur est resté planté les bras ballants, curieusement figé.

— Casse-toi ! a ordonné Dallas.

Andrea n'oublierait jamais les yeux flamboyants de sa patronne, ses jurons, les coups de pied qu'elle avait flanqués dans les jambes du gars.

— Du calme, pauvre conne ! a-t-il grogné, l'évitant.

Au moment où il s'éloignait, Dallas a pris une bouteille de bière vide dans une caisse et l'a lancée. Le verre a volé en éclats près des bottes du bikeur. Elle a tendu le bras pour en attraper une autre, mais Andrea a posé une main sur son épaule pour l'arrêter.

— Arrête, c'est bon, il s'en va, a-t-elle dit.

— Ça ne suffit pas, a pesté Dallas. Il faut qu'il sache qu'il ne doit pas revenir.

En faisant démarrer sa bécane, il a vociféré :

— Salopes !

Et de leur faire un doigt d'honneur.

Andrea ne l'a plus jamais revu, sauf dans des cauchemars occasionnels. Elle a essayé de ne pas penser à ce qui aurait pu se produire si Dallas n'était pas venue à sa rescousse, mais elle a surtout été secouée par la métamorphose du bikeur. Elle l'avait pris pour un garçon gentil et solitaire. C'était la première fois qu'elle rencontrait quelqu'un capable de passer de sympathique à violent. Comment n'avait-elle pas détecté plus tôt une menace en lui ?

Elle travailla avec Dallas un an de plus, s'efforçant de mettre cette mésaventure derrière elle, tout en adaptant aussi son instinct du danger, son radar personnel. Dallas a déménagé dans l'ouest de l'Australie et elles sont restées en contact quelques mois par SMS, avant que les messages s'arrêtent tandis que toutes les deux reprenaient le cours de leur existence. Parfois, Andrea se demande si Dallas travaille toujours dans les bars. A-t-elle une famille ? Est-elle heureuse ? Est-elle aussi intransigeante qu'avant ?

Les motards font toujours sursauter Andrea, mais elle refuse de laisser une unique petite soirée dégoûtante la condamner à se cacher.

Du coup, elle serre la main de Matt.

— Je suis d'accord pour t'aider.

Matt dépose un baiser sur le sommet de sa tête.

— Merci, mon cœur, dit-il. Nous avons besoin de tous les clients qui se présentent…

Les motos se rapprochent du pub, délaissant la piste pour prendre la sortie menant au vaste parking de terre battue. Ils évoluent harmonieusement entre eux, six en tout, et s'arrêtent sous les mulgas rachitiques qui forment le coin d'ombre le plus proche. Une fois les moteurs éteints, la campagne semble étrangement silencieuse. Une légère brise se lève, emportant la poussière soulevée par les énormes pneus.

— Je vais ranger nos affaires.

— Ça marche.

Matt descend de la terrasse couverte pour accueillir les nouveaux arrivants.

Andrea fait rentrer Ethan avec elle. Elle ramasse l'ordinateur portable, les crayons et le papier, et les fourre dans un tiroir derrière le bar. Les factures devront attendre. Il y a des chances pour que les bikeurs veuillent dîner, et la friteuse met un certain temps à chauffer. Si Quinn était là pour leur donner un coup de main, les inconnus pourraient repartir plus vite. Ils ont forcément entendu les prévisions de fortes précipitations, non ? Qui voudrait être sur une moto par un temps pareil ?

Elle assied Ethan sur sa chaise haute, dont ils n'utilisent plus la tablette parce qu'elle est presque trop petite pour lui. À la place, elle tire la chaise dans un coin du bar et s'assure que l'enfant a des jouets à sa portée.

— OK, bonhomme, tu restes ici et tu es sage, hein ?

Elle vérifie son apparence dans le miroir mural, arrange son top pour que ses seins ne soient pas trop visibles. Son pouls s'accélère au son des voix masculines qui approchent. Des picotements lui parcourent la peau. Elle se répète de ne pas trop penser. C'est sans doute un groupe de citadins, explorant les défilés et les pistes locales, des potes vieillissants dans un pèlerinage annuel loin de leurs femmes et de leurs enfants. Pas de vrais bikeurs. Ils ne poseront pas de problème, au pire il faudra peut-être faire semblant de rire à des blagues de papa. Sans clients, le pub n'est pas rentable, et ce groupe pourrait représenter une belle somme. Andrea sait pourtant que le fonctionnaire de police le plus proche est à des centaines de kilomètres de là.

La porte s'ouvre. Entrent des hommes, casques de moto calés sous les bras. L'un d'entre eux a des trous béants dans les lobes d'oreille, formés par les disques noirs, en vogue il y a quelques années, qui y sont suspendus. Il paraît plus jeune que les autres, qui doivent avoir la cinquantaine, avec leurs cheveux grisonnants et leurs visages marqués. Plusieurs ont des tatouages passés sur leurs bras, mais Andrea ne voit pas de symboles ou de bandeaux appartenant à des gangs de motards.

— Messieurs, bonsoir ! crie-t-elle.

— Bonsoir, beauté, répond l'un d'eux. Un vrai régal pour les yeux !

Nous y voilà.

Le motard aux lobes d'oreille troués inspecte les lieux.

— C'est le paradis, putain !

La climatisation du pub a rafraîchi la pièce, le comptoir est astiqué et les bouteilles de bière ont l'air bien glacées derrière la vitre du réfrigérateur.

Un homme râblé aux cheveux poivre et sel pose son casque en équilibre sur un tabouret. Un bracelet tressé aux couleurs vives décore un de ses poignets. Il se penche vers Ethan.

— Salut, bonhomme ! Je m'appelle Dom. Et toi ?

— Ethan.

Andrea place une main sur la nuque de son fils, le sentant se tortiller sous le regard de l'inconnu. Ethan projette ses pieds vers le bar, menaçant de faire basculer sa chaise haute, aussi l'en fait-elle descendre.

Dom lève les mains.

— Désolé, je voulais juste être aimable. Pas de quoi avoir peur !

— Il est un peu timide, dit-elle.

— Timide ? En travaillant dans un pub ? Il devrait changer de job.

Dom ricane, révélant des dents jaunies.

Andrea tient son fils sur sa hanche.

— Allez, Ethan. Maman va t'emmener regarder *Ringo Dingo*. T'en penses quoi ?

Elle le mène dans le coin salon, l'installe à un bout de la banquette avec une tablette sur les genoux, faisant glisser son doigt pour sélectionner son programme préféré de dessins animés. Elle n'aime pas le laisser seul avec une baby-sitter « animée », mais pour le moment ça semble judicieux.

S'éloignant de quelques pas, elle jette un regard par-dessus son épaule. Ethan est déjà captivé par l'écran.

En l'espace de quelques minutes, Andrea est occupée à servir des verres avec Matt. Les discussions météorologiques des bikeurs emplissent le bar de leur brouhaha.

— On aimerait être à Coober Pedy avant la tempête, déclare Dom.

— Bonne idée, vous ne voulez pas être sur la route, approuve Matt. Ça peut s'avérer coton.

— Vous pensez que ça peut être aussi méchant que ça ? La pluie ?

— Difficile à dire. Parfois, les services météo ont raison, parfois ils se gourent.

— Ça fait partie de l'aventure.

— D'où venez-vous ? demande Andrea.

— Adélaïde, pour la majorité d'entre nous, répond Dom. Quelques-uns de Gawler. On va aux obsèques d'un pote.

— Désolée de l'apprendre.

— Oh ! il nous a donné une bonne excuse pour nous rassembler ! C'est notre première grande sortie depuis des années. Les participants ne sont plus aussi jeunes et robustes qu'avant…

Quelques-uns commandent des œufs au bacon. Soulagée d'échapper à leurs regards, elle se met à la cuisine. Des rires enroués proviennent du bar, dont certains de Matt. Son mari aime cette vie-là. C'est plus facile pour lui – ayant grandi dans le lointain sud-ouest du Queensland, il a l'habitude des grands espaces, et des populations rares et dispersées. Quand il fait de nouvelles connaissances, il engage une conversation passionnée et curieuse, à l'affût de renseignements ou de légendes de la route. Andrea est plus réservée, ayant été élevée parmi les maisons de brique qui partageaient des clôtures métalliques, et dont les habitants feignaient de ne pas entendre les disputes de leurs voisins. Au fil des ans – depuis sa rencontre avec Matt –, Andrea s'est peu à peu désintoxiquée des centres commerciaux de banlieue, des allées de ciment et des pylônes Stobie[1], migrant avec lui dans des petites villes reculées du pays. Ils enchaînaient les emplois dans les pubs et avaient le sentiment qu'ils devenaient plus sages avec l'âge, même s'ils ne possédaient pas de qualifications officielles, même si leur compte bancaire était bas.

Peu après leur mariage, fêté dans un de leurs pubs préférés, ils se sont installés à Roma, Queensland, la plus grande ville où ils ont jamais vécu ensemble. Andrea voulait tenter un autre mode de vie, si bien que Matt a trouvé un emploi dans les parcs à bestiaux et qu'elle-même a été heureuse de travailler dans un magasin de chaussures. Ethan est né là-bas, et ils y ont habité près de deux ans. Andrea pensait qu'ils y resteraient toute leur vie, songeait à suivre des cours de fac en ligne.

Puis Matt s'est lassé de leur routine. Rien ne le contentait, il se plaignait de ses collègues du parc à bétail et s'est mis à boire tous les soirs, avachi devant la télévision. Détestant la basse politique, il voulait retrouver le tumulte et la bonne humeur liés à l'hospitalité. Quand l'annonce de ce boulot a paru, Matt avait les yeux si brillants qu'Andrea n'a pas pu dire non.

Et maintenant les voilà gérants d'un pub emblématique au fin fond de l'Australie-Méridionale. Vieux d'un siècle, le Pindarry compte des chambres et des annexes rajoutées au fil des ans, arrimées à la terrasse pittoresque. Il apparaît souvent sur les blogs de tourisme et les comptes Instagram sur l'outback. L'établissement figure même dans le top 10 des secrets

1. Poteau de ligne électrique constitué de deux solives en acier maintenues à l'écart par une dalle de béton. Il a été inventé par James Cyril Stobie, ingénieur de l'Adelaide Electric Supply Company. (Toutes les notes sont de la traductrice.)

de l'outback du magazine *New York.* La terre environnante rend impossible d'empêcher la poussière de rentrer, bien que les précédents gérants aient disposé de gros blocs de pierre autour de l'établissement en guise de protection. Il ne sert à rien de faire pousser de l'herbe ici, mais le coton et la myrtille locale adoucissent le décor. Les quelques arbres indigènes ne survivent sur la propriété qu'à cause de la profondeur de leurs racines, et parce qu'ils perdent régulièrement leur écorce, comme s'ils se dépouillaient sous l'effet de la chaleur.

Andrea reste fascinée par les levers et couchers de soleil éblouissants. Et par l'absence de toute construction à l'horizon. C'est peut-être là qu'elle mettra au monde leur deuxième enfant.

Elle ressent une étincelle chaque fois qu'elle pense au futur bébé. Il est facile de se laisser prendre par la routine et d'oublier sa grossesse en travaillant dix heures par jour. Matt sera ravi mais, pour le moment, elle protège son secret, méditant sur les possibles prochaines étapes. Doivent-ils garder l'enfant ? Matt est content de leur nouvelle vie et de sa petite famille, il se réveille tous les matins sans que personne lui donne d'ordres. Il est le maître de cette parcelle d'Australie et Andrea ne veut rien déranger. Pourtant, on ne peut pas nier qu'un bébé changera la situation, représentera un défi supplémentaire. Elle n'est pas sûre de savoir s'occuper d'un nouveau-né ici. Quand elle a été mère pour la première fois à Roma, il y avait d'autres jeunes mamans à proximité, une garderie où elles réapprenaient toutes les comptines de leur petite enfance. Une école maternelle, un centre médical. Par ici ? Rien de tout ça. Mais c'est l'absence d'un médecin proche qui lui cause le plus d'inquiétude.

Andrea s'active, jonglant avec les poêles sur le feu, soufflant pour chasser une boucle rebelle de ses yeux. Ils ne retourneront pas à Roma, c'est un fait, elle s'est donc mise en quête d'autres options. Ses parents, qui habitent toujours Adélaïde, adoreraient passer davantage de temps avec Ethan, mais elle a du mal à se voir emménager chez eux, même pour une courte période après la naissance du bébé. Et qu'adviendrait-il du Pindarry ? Ils ne peuvent pas embaucher d'extra. Toute idée qui lui vient à l'esprit soulève des problèmes insurmontables.

— Tu t'en sors ?

Matt passe la tête par la porte de la cuisine.

— Tu arrives pile au bon moment, répond Andrea, lui tendant deux assiettes.

— Ça a l'air délicieux, chérie.

Andrea sourit. Matt dit toujours ça, quoi qu'elle ait préparé. Elle risque un œil dans le bar-restaurant. Un des bikeurs se dirige vers la porte des toilettes dans un coin, un autre vers la sortie. Matt apporte les assiettes aux dîneurs et sert une autre bière. Andrea espère que les motards respecteront les restrictions de circulation. Et s'ils demandent à rester ? La dernière chose qu'elle souhaite, c'est qu'ils s'installent pour la nuit. Si la tempête imminente est aussi mauvaise que prévu, si les routes sont coupées, ils peuvent rester confinés ici des jours durant, et elle refuse d'imaginer ce à quoi pourrait ressembler leur compagnie prolongée.

Dehors dans la cour, un moteur s'allume. Il s'emballe une fois, deux fois, trois fois, tel un lion qui rugit pour avertir. Toutes les têtes se tournent. Dom, le motard le plus âgé, se lève pour regarder par la porte vitrée.

— Le con ! murmure-t-il, se faufilant à l'extérieur.

— Tout va bien ? crie Matt derrière lui.

— Je vais m'en assurer, dit Andrea.

De la terrasse, elle voit une moto tracer lentement des boucles dans la cour, ses gros pneus soulevant une brume rousse. C'est le motard aux lobes d'oreille troués qui est derrière le guidon. Il ne porte pas de casque, et ses cheveux emmêlés lui pendouillent dans le cou. Il se tient voûté au-dessus de quelque chose caché sur le siège devant lui, Andrea se dit qu'il a dû emmener son chien.

Son ventre se serre quand elle s'aperçoit que c'est Ethan. Son fils est censé être à l'intérieur, en sécurité avec son écran. Au lieu de quoi il trône sur un engin puissant dans les bras d'un inconnu.

Andrea bondit dans la cour, agitant les mains en criant :

— Arrêtez ! Immédiatement !

Le motard se penche plus bas pour parler à l'oreille d'Ethan. La bécane suit sa trajectoire. Andrea court pour la rattraper, comme si elle avait le pouvoir d'arrêter un taureau en pleine charge.

— Hé, attention, poupée ! braille Dom.

La moto roule dans sa direction, oscille un instant, puis tourne autour d'elle. Andrea n'a qu'une envie, se jeter dessus pour récupérer son fils, mais elle ne sait comment faire sans risquer de blesser Ethan ou elle-même.

— Matt ! hurle-t-elle.

Où est passé son mari ?

Tel un flic de la circulation à un carrefour animé, Dom intervient et tend les mains pour arrêter la moto. Celle-ci s'immobilise dans une embardée, Andrea saisit Ethan avant l'arrêt complet du moteur. Elle lève son fils, le scrute, à l'affût du moindre bobo, puis presse sa tête contre sa poitrine.

— Qu'est-ce qui vous a pris ? crache-t-elle à l'adresse du motard.

— Il va bien, on s'amusait, c'est tout.

Il sourit. Ses yeux bleus saisissants étincellent de malice.

— On ne peut pas prendre l'enfant des autres comme ça !

— Calmez-vous, j'emmène le mien sur ma moto tout le temps…

— C'est *mon* enfant.

Matt arrive, capte les visages tendus.

— Que se passe-t-il ?

— Tu étais où ? hurle Andrea.

Toute sa fureur se déverse maintenant sur Matt. Sa décontraction, l'accueil aimable qu'il a réservé à cette bande de voyous.

— Je suis désolé, lance Dom. Rosey peut devenir incontrôlable.

— Rosey ? gronde Andrea.

— Ouais, oubliez-le. Votre fils n'a rien, OK ?

— Laissez-nous tranquilles !

— Hé, lâche Matt, quelqu'un va daigner me dire ce qui se passe ?

— Il l'a mis sur sa *moto*, explique Andrea en pointant un doigt vengeur sur Rosey. Ils faisaient des tours !

Ethan juché sur la hanche, elle se rue à l'intérieur, suivie par des murmures et des petits rires étouffés. Des larmes perlent à ses yeux. La scène n'a rien de drôle, Andrea ne dramatise pas. Elle s'imagine Ethan tombant de la moto, une roue qui lui écrase la tête. Un nouvel afflux de larmes la menace quand elle retrouve l'intimité de sa chambre. Et si Rosey s'était un peu éloigné sur la piste et avait disparu hors de vue ? N'importe quoi aurait pu arriver.

— Ça va, mon bébé ? murmure-t-elle.

Les bras d'Ethan sont brûlants autour de son cou, il n'émet pas un son.

D'un coup de pied, elle referme la porte de la chambre, puis se laisse choir sur le lit avec son enfant. Sentant la peur et le trouble d'Ethan, elle le garde sur les genoux, rabat ses cheveux fins en arrière, puis s'efforce de respirer plus régulièrement.

— Eh bien, chuchote-t-elle. C'était un peu excitant, non ?

Ethan se contente de fixer le sol.

— Tu es monté sur une grosse moto. Comment ça s'est passé ?

Silence.

— Tu avais fini de regarder *Ringo Dingo* ?

Ethan agite la tête.

— OK. Tu t'ennuyais ? Et tu es allé chercher maman ?

Il agite de nouveau la tête, mordillant sa lèvre inférieure avec ses petites dents. Elle lui frictionne le dos.

— Tout va bien. C'est dur quand maman et papa sont occupés. Pardon de ne pas t'avoir vu... Tu ne dois pas suivre un inconnu, Ethan. C'est dangereux.

Ce n'est pas la première fois qu'elle essaie de faire la leçon à Ethan. Andrea se demande ce qu'un enfant de trois ans est capable d'assimiler. Il rencontre des inconnus tous les jours, il regarde ses parents les accueillir avec enthousiasme, il voit des gens nouer rapidement amitié. Sa nature est pourtant prudente, un peu en retrait. Andrea a nourri ce trait de caractère, s'est même appuyée dessus. Alors que s'est-il passé aujourd'hui ? Ethan n'a pas la capacité de s'expliquer.

Andrea retient un sanglot. Elle ne va pas donner naissance à un bébé ici. Non. Il est impossible de surveiller un seul enfant, alors quel espoir a-t-elle avec un nourrisson pour la distraire ?

Matt ouvre doucement la porte et s'accroupit devant eux, une main sur la cuisse potelée d'Ethan, l'autre sur le dos d'Andrea.

— Il va bien ?

— Je pense, oui.

Andrea fuit le regard de son mari. Elle a envie de pleurer maintenant qu'il est là, envie d'être serrée dans ses bras pour lui dire quelle peur elle a eue, mais cet aveu risque de perturber davantage Ethan. Et puis elle en veut à Matt de ne pas être intervenu plus tôt.

— Ce gars, Rosey, il regrette ce qu'il a fait, annonce Matt. Je l'ai engueulé et il s'est excusé.

Andrea secoue la tête en entendant le nom du motard, si joli, si incongru pour la brute qu'il est.

— Quel genre de personne met l'enfant d'un autre sur sa bécane ? lâche-t-elle, la voix tremblante. Il aurait pu tomber, il aurait pu… tu sais. Ethan n'avait pas de casque.

— Ce type, c'est un crétin tout simplement. Il ne pensait pas à mal…

— Je m'en fous. Je veux qu'ils s'en aillent tous, et tout de suite ! Dis-leur de partir.

— Ils vont s'en aller… après un dernier verre.

— Tu peux refuser.

Matt a un air peiné.

— Voyons comment ça se passe, OK ? Je sais qu'ils sont impatients de reprendre la route avant l'arrivée de la pluie.

— Je suis sérieuse, Matt. Je ne veux pas qu'ils restent ici une seconde de plus.

— Chérie, je ne peux pas les chasser comme ça, ce sont des clients…

— Ce lieu est à nous, on peut faire ce qu'on veut.

— Je ne veux pas créer de problèmes… Toi, si ? demande Matt en se rapprochant pour la regarder dans les yeux. Restons calmes, restons amicaux, et ils ne tarderont pas à repartir. Mieux vaut éviter les tensions…

Andrea se détourne de lui, battant des paupières face au mur, le corps tremblant. Elle revoit Ethan sur la moto, prisonnier des bras du bikeur, elle les revoit en train de faire des cercles concentriques autour d'elle. Incapable de reprendre son enfant. Comment Matt peut-il être si placide ? N'a-t-il pas conscience de la vulnérabilité d'Ethan, des dangers qu'ils affrontent quotidiennement ?

— Matt, ces motards ne dormiront pas ici cette nuit. S'ils commencent à discuter, tu les fais taire, tu leur dis non. Il faut qu'ils repartent avant l'averse…

— Bien sûr, absolument.

— Et je ne retourne pas en salle. Je vais rester avec Ethan jusqu'à leur départ.

— Très bien. Tu veux que je t'apporte quelque chose ?

Ethan se tortille, las d'être sur les genoux de sa mère. Andrea le laisse s'échapper. Ses petits pieds s'enfoncent dans le matelas en direction d'un dinosaure posé sur la table de chevet.

Une voix masculine interrompt l'entretien familial.

— Hello ? Il y a quelqu'un ?

Le cœur d'Andrea s'affole. Ces hommes n'ont-ils pas de limites ?

Matt se lève d'un bond, emplissant l'encadrement de la porte.

— C'est notre espace privé, répond-il avec fermeté. Personne n'a le droit d'entrer.

— Désolé, mon pote.

Andrea reconnaît la voix de Dom.

— Les gars s'impatientent, du coup je me suis dit que j'allais aller voir pourquoi la dernière bière mettait du temps à venir. Vous ne voulez pas qu'on se serve nous-mêmes, hein ? Parce que c'est une pente glissante.

Un ricanement se fait entendre.

Matt secoue la tête.

— Non, nous ne voulons pas que vous vous serviez vous-mêmes. Ne touchez à rien. Je suis à vous dans une seconde.

Il se retourne vers Andrea :

— Ça va ?

Elle acquiesce d'un signe de tête.

— Oui, retournes-y. Il faut qu'ils reprennent la route !

Elle prend soin de parler fort, pour que Dom puisse entendre.

7

LIVIA

Lundi 6 février
16 heures

Livia met moins de dix minutes pour monter sa tente individuelle. La partie la plus difficile, c'est de planter les sardines dans le sol compact et desséché. La terre ne veut plus rien laisser entrer. Mais, une fois les sardines posées, Livia glisse adroitement les piquets en place et tire vers le haut la toile légère afin que le toit se tende.

Elle se retient de s'écrier : « Voilà ! » Hayley et Scott sont encore aux prises avec leur futur abri.

— Livia, tu as déjà fini ? lance Hayley.

Les poings sur ses hanches rondes, elle attend, pendant que Scott se démène entre les coins de leur tente, qu'il étend au sol. Il lui a ordonné de ne toucher à rien tant qu'il n'avait pas compris comment ça se montait.

— J'ai de l'entraînement, dit Livia. Viens, regarde !

Elle soulève le rabat. Hayley se met à quatre pattes pour ramper à l'intérieur du petit dôme et émet des sons admiratifs.

— Trop mignon. Mais c'est minuscule !

— Je n'ai pas besoin de plus, réplique Livia.

Son estomac gargouille, elle a faim. Ils doivent finir de monter la tente avant de pouvoir songer au dîner.

— Vous voulez un coup de main ? propose-t-elle.

— J'ai tout sous contrôle, répond Scott.

— Ça ne me dérange pas, plus on est de fous, plus on rit.

Elle les rejoint par terre, redressant les coins et reliant les piquets qui créeront leur espace de vie. Scott peste et émet des instructions non nécessaires, jusqu'à ce que la tente jaune et violet finisse par se redresser. Joost aide aussi, accroupi pour enfoncer les dernières sardines à coups de maillet. Avec ses omoplates saillantes sous son T-shirt, il ressemble à une mante religieuse. *C'est une grande tente*, pense Livia en reculant. Bien trop grande pour deux. Et voyante dans cet environnement. Peut-être les Australiens s'y sentiront-ils plus en sécurité. Le jeune couple n'a pas passé beaucoup de temps hors de la ville, c'est peut-être le plus grand voyage qu'ils aient jamais réalisé ensemble.

Hayley tourne autour de la tente en prenant des photos sur son téléphone.

Elle sourit.

— *Home sweet home.*

Une heure avant, ils ont poussé jusqu'à Mindarie, dépassant d'autres pancartes RESTRICTIONS D'EAU EN VIGUEUR à l'entrée de la ville. À peine une petite douzaine de rues rayonnaient depuis l'artère principale. Livia a remarqué les maisons avec leurs jardins de devant flétris et leurs auvents délavés par le soleil, les toits surmontés d'antennes satellite et d'énormes climatiseurs. Il n'y avait personne dehors, aucun enfant à vélo, c'était un monde caché où tous les habitants s'abritaient dans des demeures climatisées derrière des rideaux tirés, laissant les jardins fanés aux prises avec le soleil infernal. La plupart des commerces de la grande rue avaient l'air fermés – vaincus ! –, y compris une boulangerie et une boucherie aux devantures obscures et couvertes de poussière.

Ils ont été surpris par la pénombre régnant à l'intérieur du magasin d'alimentation. Presque toutes les lumières étaient éteintes, pas de musique d'ambiance. Des économies sur les factures d'électricité, a supposé Livia, et en même temps l'endroit semblait plus frais. Tous les quatre ont déambulé entre des rayons quasi vides, surveillés par une femme vieillissante, avec des cheveux gras en queue-de-cheval, postée derrière le comptoir. Hayley a jeté un coup d'œil à un tourniquet de modestes objets-souvenirs, le faisant tourner dans un sens puis dans l'autre, à l'affût du parfait porte-clés ou aimant pour frigo. Toutes les cartes postales étaient écornées. Scott a marmonné quelque chose sur la cherté des produits comparativement aux prix en ville, campé les bras croisés, refusant d'aller plus loin, parce qu'à l'intérieur il faisait frais. Livia a pris un pack de six bouteilles d'eau sur une étagère du bas. Elle aurait préféré remplir sa gourde, mais les haltes ravitaillement équipées d'eau courante seraient rares au cours des prochains jours.

— Bonne idée, a dit Joost, pliant les genoux pour l'imiter.

Au comptoir, il a choisi un paquet de viande de kangourou séchée.

— Tu veux goûter avec moi ?

Livia a froncé le nez.

— Non merci, ça doit être dur comme du bois.

— Où est passé ton sens de l'aventure ?

— Hum, je vais peut-être essayer… Mais, toi d'abord !

Après avoir payé, Joost a déchiré le paquet pour l'ouvrir, a détaché un bout de viande séchée et s'est mis à mâcher pensivement.

— Pas mauvais, salé.

Il a détaché une nouvelle lamelle de viande séchée, puis l'a tendue vers Livia.

— Ouvre grand la bouche !

— Tu ne vas pas me faire manger !

Livia l'a esquivé et lui a pris la nourriture des doigts. Joost l'a regardée picorer.

— Contente d'avoir goûté, mais je ne crois pas que j'en remangerai...

Hayley a fini par acheter un porte-clés, un minuscule boomerang décoré de pois. Livia s'est demandé si des Aborigènes australiens étaient concernés par sa fabrication. Avait-il seulement été fabriqué en Australie ? Hayley a aussi fait des provisions de bonbons. Pour le dîner, ils ont opté collectivement pour la facilité de sandwichs à la saucisse.

Le terrain de camping était à cinq minutes au nord de Mindarie, essentiellement une zone dégagée aux éclairages à énergie solaire, avec des bancs de pique-nique métalliques et un bloc sanitaire unisexe sépulcral. Quelques caravanes et quatre-quatre, pas de tentes. Ils ont roulé lentement en cercle avant de s'établir sur un carré de terre proche d'un acacia mulga étique, où aucune caravane ne pouvait s'aventurer. Non que février soit une période chargée de l'année pour le camping, il faisait encore trop chaud aussi loin au nord. La majorité des Australiens ne pensaient qu'à la rentrée scolaire ou à la reprise du travail après les vacances. Excepté les étudiants et étudiantes comme Hayley et Scott, qui ne retournaient pas en cours avant le mois de mars.

À l'arrivée du quatuor, un couple âgé vêtu de cotonnades claires et coiffé de chapeaux à large bord remballait une caravane, non loin de là. Livia leur a souri en agitant la main tandis qu'ils descendaient de voiture et que le vieil homme vacillait jusqu'à eux sur ses jambes osseuses.

— Quelle bande de beaux jeunes gens ! a-t-il lancé.

Son nez était tout couturé et vérolé, peut-être par suite d'un cancer de la peau, ses sourcils et ses cils si clairs qu'ils en étaient presque invisibles.

— Comment ça va ?

— Bien, très bien, a répondu Joost, assumant son rôle de chef de groupe.

— Nous sommes sur le chemin du retour.

Le vieil homme avait un lourd accent australien.

— Nous étions censés attendre des amis ici, mais nous avons changé d'avis. Vous, les jeunes, vous avez entendu les prévisions météo ?

— Oui, on a entendu. Vous pensez…, a commencé Joost.

— Nous suivons les infos, l'a interrompu Scott, reprenant son rôle de capitaine.

— Très bien, a approuvé le vieil homme. Ça va être intéressant si on reçoit toute cette pluie.

— Ce ne sera pas trop méchant, si ? a demandé Hayley.

L'homme a ouvert les mains.

— Ça pourrait suffire à laver un peu de poussière… au moins à laver les routes !

Il a éclaté de rire et tous les autres l'ont imité.

— Vous rentrez à la maison ?

— Ouais, madame et moi avons eu assez d'émotions sur la route au fil des années. Elle veut être en sécurité, et je ne l'en blâme pas…

— Quelles émotions ?

— Des incendies de forêt, pour commencer. Les feux de frontière d'il y a deux ans, vous vous rappelez… Vraiment terribles.

Il a secoué la tête.

— On était coincés dans la voiture, on remorquait la caravane, cernés par les flammes et la fumée, on n'y voyait rien, l'horizon était entièrement rouge orangé.

Il a baissé la voix et Livia a dû se pencher.

— Et puis tout est devenu sombre, si sombre… Je croyais que notre fin était venue. Les flammes crépitaient partout, on ne peut pas s'imaginer. Avec les portes et les fenêtres toutes fermées, on suffoquait, il faisait chaud comme dans un four. Je pouvais à peine respirer. Ma femme en a encore des cauchemars…

— Je vais en avoir rien que d'y penser ! s'est écriée Livia. Qu'avez-vous fait ?

— Nous nous sommes allongés le plus bas possible en travers des sièges, enveloppés d'une couverture. Même si on bouillait de chaleur, on est restés dessous, c'est ce que les autorités recommandent de faire. Et on a attendu. Nous avons eu beaucoup de chance, nous avons survécu, et je ne peux pas dire la même chose pour des dizaines d'autres automobilistes. Et puis il y a eu la fois où nous avons été coincés sur la plaine de Nullarbor.

— Le Nullarbor, j'en ai entendu parler, a acquiescé Livia.

— Une vaste zone entre le sud et l'ouest de l'Australie.

Il a ouvert les bras en grand pour donner une idée.

— Une longue, très longue autoroute, quasiment toute droite ! Bon, la police l'a fermée à cause des feux de chaque côté. Ils ne laissaient passer personne, des centaines d'automobilistes n'avaient nulle part où aller ni rien à faire, à part rester terrés devant le relais routier. Il n'y avait ni hôtels ni motels. Rien.

— Une seule autoroute ? a insisté Joost. Pas d'autres routes ?

— Aucune, d'ici jusqu'à l'ouest.

— Et si elle était coupée, personne ne pouvait rouler ?

— Non.

Joost a secoué la tête d'un air dédaigneux.

— Combien de temps ça a duré ? s'est enquise Livia.

— Près d'une semaine, la plus longue semaine de ma vie, a répondu le vieil homme. Il y avait des disputes, des pleurs et des grincements de dents, surtout dans les familles avec enfants. Un hélicoptère nous a largué des vivres, et les propriétaires du relais devaient rationner l'eau et la nourriture. Et le papier hygiénique…

— C'est affreux ! s'est écriée Hayley. J'imagine que les gens étaient furieux et bouleversés.

Scott a roulé les yeux.

— Non, Hayley, ils devaient être aux anges !

Le vieil homme s'est tourné vers sa femme, dont le visage était plissé d'inquiétude.

— Bon, on ferait mieux de partir. Prenez soin de vous, faites attention les uns aux autres. Conduisez prudemment et ne campez pas ici trop longtemps.

Ils l'ont regardé regagner sa caravane en hâte.

Joost a ricané.

— Comme si on allait rester ici plus d'une nuit…

Le visage de Hayley s'est allongé.

— Je suis désolée, c'est le meilleur terrain de camping que j'aie trouvé.

— Bien sûr, a renchéri Livia, et puis ça fait partie des joies de la randonnée.

— Allons planter notre tente !

Scott a pris la main de Hayley et tous deux se sont éloignés.

— Un peu dur, ton commentaire, a lancé Livia à Joost.

— Tu dois reconnaître qu'on dirait un pays du tiers-monde.

— On voit que tu n'es jamais allé dans un pays du tiers-monde.

Joost a ouvert la bouche puis l'a refermée.

— C'est ton premier voyage à l'étranger ? a-t-elle repris.

— Pas du tout. Je suis déjà allé en Allemagne et en Belgique.

Juste de l'autre côté de la frontière de son pays natal.

— Tout seul ? Ou quand tu étais enfant ?

— Avec mes parents, oui.

— Alors c'est ta première aventure solo.

Il a incliné la tête.

— Oui. La première aventure, on peut dire ça…

Le soleil est déjà bas à l'horizon. Il fait meilleur, plus que vingt-huit degrés. De menus oiseaux bruns volettent dans les arbres à proximité, peut-être des acanthizes, Livia n'en est pas sûre. Ils sautillent comme si les branches étaient trop brûlantes pour s'y poser. Des mouches bourdonnent autour de son visage, tentant de trouver une prise, et elle les chasse, contente de l'abri de sa tente pour la nuit. Joost dormira dans un *swag*, un sac de couchage surdimensionné vert kaki[1]. Curieux de l'« expérience australienne complète », il l'a acheté en ligne pour le voyage. Tout ce qu'il a à faire pour se coucher, c'est de le dérouler. Livia

1. Objet de légende en Australie, le *swag* est à l'origine un matelas roulé servant de couchage aux ouvriers agricoles, très souvent itinérants.

remarque qu'il l'a installé plus près de sa tente que de celle de Hayley et Scott.

Tous les autres véhicules ont disparu. Le vieil homme et sa femme n'étaient pas les seuls à partir.

— Les gars, ce n'est pas étrange qu'il n'y ait plus personne ? demande Livia.

— C'est trop bien, riposte Scott. Nous avons les lieux entiers pour nous tout seuls !

Livia se bat toujours contre les mouches. Elle songe aux récits de voyage du vieil automobiliste, on aurait dit des histoires de guerre. Mais eux ne foncent pas tout droit dans un feu de brousse catastrophique, il s'agit juste de pluie, les retombées d'un cyclone qui n'atteindra peut-être même pas l'extrémité nord de l'Australie. La pluie ne peut pas égaler la férocité des flammes. Elle est curieuse de voir comment un déluge pourrait redonner vie au paysage.

Hayley fourre son portable dans sa poche.

— Je meurs de faim, préparons à dîner de bonne heure.

Elle saisit le pain et les saucisses, et tous les quatre se hâtent vers le coin pique-nique, un toit en tôle ondulée abritant deux tables sur une dalle de béton.

— Vous voulez bien faire du feu, s'il vous plaît ? poursuit-elle.

Le barbecue du camping est constitué d'un bidon d'essence posé au sol, avec trois grosses bûches en bordure pour s'asseoir. Penchés autour du bidon, Scott et Joost considèrent les cendres accumulées à l'intérieur, tandis que Livia et Hayley se dirigent vers la table la plus proche.

— Les femmes à la cuisine, les hommes autour du feu, je me trompe ?

Livia sourit.

— C'est pathétique, non ? commente Hayley. On reste dans des rôles si traditionnels.

— C'est comme ça chez vous ? Dans votre maison ?

— Non, pas du tout ! On vit avec un autre étudiant et on fait la cuisine à tour de rôle. Scott cuisine pas mal, en fait. Mais je dois avouer que je me charge de presque tout le ménage.

— Ça fait combien de temps que vous êtes ensemble ?

— Presque deux ans.

— Ouah ! Ça fait longtemps, vous êtes si jeunes !

— On s'est rencontrés en première année de fac.

— Vous êtes quasi mariés.

— Ah ! On en a parlé les premiers temps… de se marier.

— Vraiment ? Waouh, c'est aller vite en besogne !

— On n'en parle plus, on se concentre d'abord sur la fin de nos études. On doit te sembler vieux jeu…

Livia hésite. Elle pense que le mariage est une institution patriarcale sans aucun intérêt, mais Hayley n'a pas besoin d'entendre ça.

— Absolument pas. Si on aime quelqu'un et si on veut rester ensemble, ça paraît tout à fait naturel.

— C'est vrai.

Les deux femmes s'assoient sur les bancs. Le métal recuit est chaud sous les cuisses de Livia. Joost explore les broussailles voisines pour ramasser du petit bois, tandis que Scott est reparti vers la voiture, sans doute en quête d'allumettes.

— Et toi, Livia, tu as un copain ?

— Eh bien, pas de relation à long terme, rien à voir avec Scott et toi, mais…

— Allez, dis-moi.

Hayley sourit, révélant des dents si brillantes que Livia se demande si elles n'ont pas été blanchies artificiellement. Peut-être Hayley l'a-t-elle fait avant les vacances.

— Je fais souvent des rencontres et, selon le temps qu'on passe dans le même pays, on peut traîner un moment ensemble. Partager un logement, ce genre de trucs.

Le sourire de Hayley s'élargit.

— Tu as rencontré quelqu'un depuis ton arrivée au pays d'Oz[1] ?

Livia s'interroge sur ce qu'elle peut partager avec Hayley. Normalement, elle garde ses amours pour elle, mais il lui semble important de se rapprocher de sa compagne de voyage.

— Ne le raconte pas aux autres, dit Livia à voix basse. Récemment, j'ai passé quatre jours avec un Portugais canon.

— Oh ! Il était aussi à l'événement de Sydney ?

— Oui, il est déjà rentré chez lui.

— Tu as une photo ?

Livia déroule sa galerie de photos, puis lui tend l'écran du téléphone.

— Beau gosse !

Les yeux de Hayley s'agrandissent devant l'image d'un garçon brun très séduisant en T-shirt moulant.

— On s'écrit tous les jours. Mais, honnêtement, on ne se reverra probablement jamais dans la vraie vie.

Hayley fait une grimace.

— Dommage.

— Moi ça me va, répond Livia.

Et c'est vrai.

1. Surnom donné à l'Australie, qui fait référence au pays magique du *Magicien d'Oz*. L'abréviation « Oz » dérive des mots « Aussie », « Ozzie », contractions également utilisées comme des surnoms pour désigner l'Australie, ou ses habitants.

Hayley se penche plus près.

— Et Joost ? Qu'est-ce que tu penses de lui ?

Livia frissonne théâtralement, ce qui fait glousser Hayley.

— Joost est mignon, reconnaît Livia. Je suis sûre qu'il plaît à pas mal de filles.

Elle reporte son regard sur Scott et Joost, qui ont allumé un feu et contemplent les premières flammes. Joost est grand avec des épaules larges, sa peau dénuée de toute imperfection luit à la chaleur.

— Il est très sûr de lui, il y en a qui aiment ça, renchérit Hayley. Mais j'arrive pas trop à le cerner encore.

— Je vois ce que tu veux dire.

— Tu crois qu'il a quelqu'un chez lui ?

— Peut-être.

Livia observe le duo de garçons. Scott attise le feu à l'aide d'un bâton, sous les yeux attentifs de Joost. Ils parlent entre eux mais elle n'entend pas ce qu'ils se disent. Scott éclate même de rire. Livia tourne son attention vers le plateau de la table, déchiffrant les initiales et les dates au feutre noir laissées par les précédents visiteurs. Elle retrace une signature d'un doigt.

— Le type de la caravane... il avait l'air inquiet pour la météo.

— C'est un vieux, c'est son truc d'être inquiet.

— Oui, mais tous les autres sont partis aussi...

Un oiseau se pose sur la table voisine ; son plumage, un camaïeu brun et coquille d'œuf, idéal pour se fondre dans son environnement. Ses yeux, des billes noires.

— Coucou, beauté, chuchote Livia. Hayley, qu'est-ce que c'est comme oiseau ?

— Je ne sais pas.

— C'est pas un méliphage barbe-rouge ? Attends, non, il est plus petit… une variété de passereau ?

— Désolée, je suis nulle en noms d'oiseaux.

Les joues de Hayley s'empourprent.

— Pas grave, rétorque Livia. Je ne connaissais absolument pas les oiseaux de chez moi jusqu'au jour où j'ai téléchargé une appli qui les décrit tous, y compris s'ils sont autochtones ou exotiques. Tu pourrais le faire.

— Ouais, pourquoi pas…

— J'ai une théorie : si nous connaissions davantage de noms d'animaux, nous pourrions être plus connectés avec eux, plus engagés. Et c'est important pour moi de protéger les espèces autochtones.

— Tu animes un blog là-dessus, j'imagine ?

— Eh oui, tu as deviné !

Dès que le feu a pris, Scott dispose les saucisses sur une grille métallique au-dessus des flammes. Les trois autres se délassent à côté, en sirotant l'eau tiède de leurs gourdes. Livia utilise la manche de son T-shirt pour s'éponger la figure, contente d'avoir les cheveux courts. La peau de Joost luit à la chaleur des braises, ou peut-être a-t-il déjà des coups de soleil. Il est assis, ses jambes blanches étendues sur la terre battue, son dos voûté comme élastique.

— Quand est-ce que le soleil va arrêter de cogner si fort ? geint-il.

— Pas avant une éternité.

Hayley s'évente le visage à l'aide d'une assiette en carton.

Scott veille sur les saucisses, qu'il tourne régulièrement avec des pincettes, jetant des regards noirs à la fumée et peut-être aussi parce qu'on lui a confié cette tâche.

Hayley tape dans ses mains.

— Si on jouait à un jeu ?

— Oh ! c'est reparti, gémit Scott.

— Tais-toi, Scott. J'ai envie de m'amuser.

— D'accord, à quoi on joue ? demande Livia.

— À « un mensonge et deux vérités ».

— Je connais ce jeu, je crois.

— Explique-nous, s'il te plaît, dit Joost.

Hayley sourit, en parfaite hôtesse de la fête.

— On joue à tour de rôle. Chacun partage trois trucs sur lui : deux trucs sont vrais, le troisième est un mensonge. Et on doit deviner quoi est quoi…

— Je ne pense pas qu'on devrait jouer à ça, lâche Scott.

— Pourquoi pas ?

— On dirait une torture.

— Fais pas ta chochotte, vieux, lance Joost.

— Je t'emmerde.

Cessant d'agiter l'assiette entre ses mains, Hayley foudroie son petit ami du regard.

— On ne peut pas s'amuser un peu ?

— Calme-toi, grogne-t-il.

— Non, répond Hayley en se levant. Pourquoi t'es obligé de tout gâcher ?

— J'ai juste pas envie de jouer à ce jeu, OK ?

Enjambant sa bûche, Hayley s'éloigne à pas lourds, les bras ballants, écrasant des brindilles avec ses tennis. Les autres la regardent battre en retraite, bouche bée.

Livia se tourne vers Scott.

— C'est pas sympa, tout ce que veut Hayley, c'est qu'on passe un bon moment…

Scott fixe les flammes un instant, puis se lève à son tour et tend les pincettes à Livia.

— Je vais aller lui parler, ne laisse pas brûler les saucisses.

Il part à la recherche de Hayley sans se presser.

Livia regarde fixement la pince dans sa main. Détestant faire la cuisine, elle se demande pourquoi Scott a confié cette tâche à elle plutôt qu'à Joost. Elle s'agenouille devant le barbecue pour tourner les saucisses, les joues en feu. La chaleur des flammes éloigne les insectes, un motif de contentement, bien qu'elle se sente de plus en plus angoissée face à l'évolution de la situation. Scott reprend constamment Hayley, qui maintenant est en train de piquer sa crise. Les disputes vont-elles se multiplier sur la route de Darwin ? Elle aurait peut-être dû mieux choisir ses compagnons de voyage.

Joost se déplace gauchement sur sa bûche pour se rapprocher d'elle.

— Ce n'est pas exactement une station balnéaire, si ?

— C'est ce à quoi je m'attendais, répond-elle avec un haussement d'épaules.

Il hoche la tête en direction des deux autres.

— Jour un, ils se disputent déjà. Pourquoi ils sont même ensemble ?

— Ils sont sortis de leur zone de confort, je suis sûre qu'ils ne sont pas comme ça normalement.

— Voilà pourquoi je voyage pas avec ma petite amie.

Elle fixe les yeux sur lui.

— Tu as une petite amie ?

— Pas en ce moment. J'en ai eu plein par le passé.

— Oh ! Félicitations.

— Regarde-moi, lance Joost, caressant ses flancs creux avec ses mains, personne ne peut pu me résister.

— Ah !

Livia répond par un pâle sourire, réticente à croiser le fer avec Joost. Elle ne l'a pas encore complètement cerné. Seule avec lui près du feu de bois, elle s'interroge sur ce manque d'informations. Quel âge il peut avoir ? Dix-huit ans, peut-être dix-neuf ? Ses joues ont une rondeur enfantine. Son nez, petit, a quelque chose de porcin. Il a peut-être même une vingtaine d'années. Il fait des études d'ingénieur, bien qu'elle ne soit pas sûre d'avoir bien entendu. Il la détaille effrontément, peut-être pour faire durer la conversation, mais Livia balaie du regard les broussailles environnantes. Hayley et Scott sont invisibles, pourtant ils n'ont pas pu aller bien loin.

Le ciel se radoucit et vire au bleu foncé, avec un saupoudrage de premières étoiles.

Soudain Joost tape bruyamment dans ses mains, faisant tressaillir Livia.

— J'en ai eu un !

Il rouvre ses paumes, révélant un moustique mort.

8

HAYLEY

Lundi 6 février
17 heures

Hayley se sent insignifiante et bête, avec l'envie irrépressible de se cacher aux yeux des autres. Elle s'écarte suffisamment du feu pour devenir invisible, les chevilles égratignées par des tiges sèches, puis s'arrête près de deux arbres noueux. Ses yeux se remplissent de larmes. Qu'est-ce que les autres racontent sur elle ? Combien de temps devrait-elle bouder ?

Quand Scott apparaît, elle lui tourne le dos, même si son cœur bat plus fort.

Il se glisse à ses côtés, faisant bruire les ronces.

— D'accord, Hayley, je viens m'excuser, dit-il. J'ai été con, OK ?

— Oui, acquiesce-t-elle. Pourquoi t'es si bizarre ? On est censés profiter du voyage.

Scott tend les bras, et Hayley s'y précipite en fermant les yeux, appréciant ses pectoraux fermes et son ventre grassouillet. C'est son Scott, il lui fait des excuses, il ne veut pas la blesser. C'est un malentendu. Bien trop vite, il se détache d'elle.

— Qu'est-ce qui se passe ? reprend-elle. On a attendu ça si longtemps. Maintenant j'ai l'impression de t'avoir entraîné ici de force, alors que ce n'est pas vrai…

— Ouais, je sais.

— Tu t'ennuies déjà ? Tu aurais préféré rester à la maison ? Ton ordi portable te manque ?

— Non, rien de tout ça ne me manque.

— Alors qu'est-ce qui ne va pas ?

— J'ai juste besoin de me vider la tête, j'ai beaucoup de pression.

— Comme quoi ?

— Si la voiture tombait en panne ? Et cette foutue tempête dont tout le monde n'arrête pas de parler ? On pourrait s'embourber, voire casser la voiture de mon grand-père. Aucune dépanneuse ne viendrait nous secourir, pas avant des heures…

— Tu fais une fixette sur des trucs qui n'arriveront peut-être jamais, Scott. À quoi ça sert ?

Hayley sonde ses yeux, des disques noirs derrière ses lunettes, regrettant qu'il ne soit pas plus facile à déchiffrer.

— J'ai fait quelque chose de mal ? insiste-t-elle. Tu es fâché contre moi ?

— Non, lâche-t-il, avant de marquer un silence. Tu n'as rien fait de mal. Je vais faire des efforts pour me détendre et profiter du voyage, d'accord ?

Hayley se rapproche, ils s'embrassent. Elle fronce les sourcils sous l'effet de la concentration, comme si son baiser pouvait injecter du bonheur à Scott. Il est toujours aussi raide, mais au moins il essaie.

Elle lui prend la main, et tous deux regagnent le feu de bois. Ils entendent Livia et Joost discuter entre eux.

— Tu n'aimes pas Joost, hein ? chuchote Hayley.

— Pas spécialement, répond Scott.

— Pourquoi ?

— Je sais pas.

— C'est parce qu'il pue ?

Scott rit doucement.

Après dîner, les quatre jeunes gens s'attardent autour des braises du barbecue, Hayley et Livia assises sur une des bûches, Scott sur une autre. Joost, lui, a trouvé une chaise de camping oubliée et siège en hauteur. Livia est allée au quatre-quatre récupérer un cubitainer de vin rouge – une de ses contributions au voyage –, et tous boivent à petites gorgées dans un gobelet jetable. Il fait nuit et beaucoup plus frais désormais, si frais que Hayley songe à aller chercher son sweat à capuche. Mais elle n'a aucune envie de rompre le cercle douillet, elle ne veut pas en manquer une seconde. Scott a rapproché la voiture, branché son téléphone et allumé l'enceinte portable. Il a choisi la playlist australienne de Hayley, avec Sarah Blasko et Thelma Plum, un gage de paix. Veiller autour d'un feu de camp avec la Voie lactée au-dessus de la tête, c'est le type de décor des vacances de ses rêves.

— Redis-moi pourquoi on boit du vin ?

Hayley fait la grimace. Elle préfère les cannettes de cocktails à la vodka, sorties tout droit du frigo.

— Le vin rouge voyage très bien, explique Livia. Le vin blanc ou la bière… pas si bien. Ils ont mauvais goût avec la chaleur. Et puis les alcools forts sont hors de prix.

— Ce vin est dégueulasse, lâche Hayley.

— La bière chaude est bonne, j'en bois tout le temps, déclare Joost.

— Dit l'Européen, marmonne Scott.

— Quel est le mot néerlandais pour vin ? s'informe Hayley.

— *Wijn.*

Ça semble à peine différent du *wine* anglais, mais elle ne parvient pas tout à fait à identifier l'intonation de Joost. Tout le monde tente de l'imiter. *Veine* ? *Vine* ?

— *Wijn*, répète-t-il.

— Et le mot pour bière ? demande Livia.

— *Bier.*

— C'est marrant, s'esclaffe Hayley.

Elle rit si fort qu'elle doit se cramponner à la bûche pour ne pas glisser. Livia rit elle aussi, les yeux pleins de larmes.

— Et pour feu de camp ? Quel est le mot hollandais ? insiste Livia.

Joost scrute leurs visages, lèvres serrées, savourant le moment.

— *Kampvuur.*

Les filles hurlent de rire, Scott pouffe dans son gobelet.

— Je crois que je vais me pisser dessus, balbutie Hayley.

— Beaucoup de mots néerlandais n'ont rien à voir avec l'anglais…

Les rires diminuent. Hayley prend une longue inspiration, savourant le grand air, si différent des banlieues. Quelle est cette odeur ? Celle de l'acacia ou des fleurs des champs ? Les cigales chantent. Elle boit une nouvelle gorgée de vin, puis décide que ce n'est pas si mauvais. Une chaleur agréable se diffuse dans sa poitrine et sur ses joues. Elle surprend Joost en train de la regarder, les yeux étincelant d'une tendresse nouvelle. Il doit s'apercevoir à quel point Hayley sait être drôle, peut-être même séduisante. Elle peut produire un effet à retardement sur certaines personnes, elle le sait.

— Encore un peu ?

Livia lève le cubitainer.

— Ouais, bien sûr, répond Hayley.

— Vas-y doucement, je n'ai pas envie que tu gerbes dans la tente cette nuit, avertit Scott.

— Tout ira bien.

Scott berce le même verre depuis un moment, c'est une bonne chose qu'il prenne la conduite autant au sérieux. Contrairement à Joost, qui tend son gobelet pour une seconde tournée. Livia ressert Hayley en premier puis, au moment où elle se détourne, cette dernière remarque que Scott fixe le postérieur de Livia. *Et voilà !* songe-t-elle. Ça devait arriver… Elle-même n'a pas pu s'en empêcher. Hayley émet un son entre grognement et gloussement. Scott baisse les yeux pour fixer le fond de son gobelet avec componction.

— Alors, on va aux sources chaudes demain ? suggère Joost. Avec un maillot… ou *au naturel*[1] ?

— Quoi ? s'exclame Hayley.

— Il veut dire à poil.

Livia fait la moue.

— Ah, pas question ! Je porterai un maillot, piaille Hayley.

— OK, lâche Joost. Je ne savais pas à quoi m'attendre.

Hayley finit son vin d'un trait. L'idée de se mettre nue devant tout le monde est bien plus qu'elle ne peut en supporter. Elle n'imagine pas non plus que Scott se désape.

— Et ensuite une nuit de plus en Australie-Méridionale ? dit Livia, qui semble savoir quand il faut changer de sujet.

Hayley approuve d'un signe de tête.

— Oui, un autre terrain de camping. Plus petit que celui-ci, je crois.

1. En français dans le texte.

— Pour traverser le Territoire du Nord, je devrai montrer mon passeport ? s'inquiète Joost.

Tous éclatent de rire parce qu'ils se demandent s'il est sérieux.

— À quelle heure on démarre demain matin ? lance Livia.

— 8 heures. Ce n'est pas hyper tôt, répond Hayley.

— Cool ! Alors c'est l'heure des histoires d'horreur au coin du feu…

— Oh ! non, s'il te plaît ! implore Hayley, bien que l'idée soit séduisante.

Joost sourit.

— Tu n'as pas déjà assez peur ?

— Qu'est-ce que tu veux dire ? riposte Livia.

— On est dans l'arrière-pays australien… C'est là que se passent les histoires vraiment horribles. Des meurtres de randonneurs, par exemple.

— Allez, c'est pas juste ! Ça n'arrive pas souvent, proteste Hayley, avec tant de passion que du vin lui éclabousse le poignet.

Elle lèche sa peau.

— Deux mots, *Wolf Creek*.

— C'est juste un vieux film.

— Inspiré de faits réels.

Joost penche la tête de côté avec le sérieux d'un professeur.

Livia contemple le feu.

— Je ne l'ai pas vu et ne le verrai jamais.

— C'est un film génial, un classique.

— C'est un film d'horreur, non ? Avec plein de sang et de violence ? Non merci, ça ne m'intéresse pas.

— En réalité, il ne s'agit pas d'un simple film d'horreur, c'est beaucoup plus que ça, intervient Scott, qui étend une jambe devant lui. La tension dans l'histoire est extraordinaire, la production éblouissante.

Hayley fixe Scott d'un regard surpris.

— Je ne savais pas que tu aimais *Wolf Creek*.

Son copain hausse les épaules.

— Je l'ai vu plusieurs fois.

— Je partage ton avis, approuve Joost. C'est brut. Genre… primal. Le réalisateur est honnête, il ne cache pas les choses, c'est pas un de ces gros films d'horreur américains avec tous ces beaux gosses qui meurent à la file dans un manoir. Les producteurs traitent le public en adulte. Un des meilleurs passages, c'est la scène dans la grange, quand la fille se réveille et qu'elle est attachée…

— S'te plaît ! l'interrompt Hayley d'une voix aiguë. Je ne veux pas qu'on me rappelle les détails gores. Ce film est affreux. Livia, ne le regarde pas, c'est toi qui as raison.

Une rafale de vent se fait sentir, agitant les arbres et courbant les flammes.

— Oh ! c'était bizarre.

Livia regarde autour d'elle.

— Un peu de fraîcheur ! glousse Hayley, avant de pincer les lèvres.

Elle parle trop fort – elle a bu trop vite, et son esprit est de plus en plus cotonneux.

— Vous n'avez pas froid, les filles ? Je peux vous apporter un plaid, propose Joost.

— Merci, répond Hayley avec un sourire. Ce serait génial. Il y a une couverture dans notre tente. Je ne savais pas si on en aurait besoin…

— Ça va, merci, dit Livia.

Se levant d'un bond, Joost se précipite vers la tente colorée, tandis que Scott fixe Hayley avec une expression qu'elle ne parvient pas à décrypter. La lumière du feu se reflète sur ses lunettes. Est-il amusé ? Jaloux ?

À son retour, Joost enveloppe la couverture écossaise autour de Hayley, qui se pelotonne dessous.

— Waouh ! Merci, Joost.

— Pas de souciiii.

Il fait durer le son à l'australienne. Elle pouffe de rire.

Alors que Joost se rassoit, Hayley jette un œil par-dessus son épaule, alertée par quelque chose. Mais il n'y a rien là-bas. Les luminaires solaires fixés sur l'abri de pique-nique jettent un halo sur plusieurs mètres. Les lumières du bloc sanitaire brillent un peu plus loin, toutes leurs ampoules entourées d'insectes volants. Sinon, le camping est enseveli dans les ténèbres. Le cercle de brousse les entoure, les acacias épineux et les arroches les épient. Si les campeurs et les caravanes étaient plus nombreux, ce serait un site touristique bien éclairé et animé. Hayley imagine des amis attablés ensemble, des enfants qui courent en riant. Actuellement, on dirait qu'ils sont les derniers clients avant la fermeture définitive du parc.

— Comment tu vas faire pour dormir dans ton *swag* s'il pleut, Joost ? demande-t-elle.

— Tout ira bien, répond Joost.

Son gobelet de vin disparaît presque entre ses grandes mains.

— J'imagine que ça dépendra de la quantité de pluie, dit Livia. S'il pleut à seaux, tu auras du mal à fermer l'œil…

— Je pourrais partager ta tente ?

Ses yeux étincellent.

— Euh, non merci.

— S'il te plaît ? fait Joost en rentrant les épaules. Je ne prendrai pas beaucoup de place.

— Sérieusement, on devrait avoir un plan, insiste Hayley.

— S'il pleut vraiment fort, Joost peut se réfugier dans la voiture, suggère Livia.

— Bonne idée. Scott, tu devrais filer les clés à Joost, juste au cas où.

— Non.

Hayley est gênée. Joost se contente de rire.

— Tu ne me fais pas confiance ?

— Et si on a besoin des clés ?

— Pourquoi vous en auriez besoin ?

— Je sais pas, réplique Scott, fuyant le regard de Joost. Mais tu ne vas pas les garder. J'ai promis à mon grand-père de veiller sur sa voiture.

La brise forcit, des feuilles sèches s'envolent. Hayley a la tête qui tourne à cause du vin. Elle vide son verre, puis se met debout.

— Tu viens, Scott ?

Elle lui tend la main.

Hayley se raidit dans son sac de couchage, désorientée par le bruit qui l'a réveillée. Un million de cailloux qui s'écrasent par terre ? Levant la tête, elle se souvient qu'ils campent à Mindarie, loin de la maison. C'est excitant et déconcertant à la fois. Des gouttes de pluie rebondissent sur la toile, et le toit ondule. Il fait lourd et humide sous la tente.

Elle a la bouche sèche, elle n'aurait pas dû avaler autant de vin. Après avoir bu une gorgée d'eau à sa gourde, Hayley se renfonce dans son sac de couchage. Dormir dehors n'est pas si mal, se dit-elle, même si le côté sur lequel elle était appuyée est endolori malgré son tapis de sol. Elle se remémore l'époque où ses parents lui avaient acheté une tente « Le Monde de Nemo » et l'avaient montée dans le jardin de derrière. C'était palpitant de contempler le nylon brillant au-dessus d'elle, d'écouter les grillons… jusqu'au moment où le voisinage était devenu silencieux, où la température avait chuté et où Hayley avait pris peur. Rampant hors de la tente, elle avait découvert ses parents en train de trinquer dans le patio, le soleil encore haut dans le ciel. Ils avaient bien ri quand elle leur avait dit qu'elle préférait dormir dans sa chambre, réflexion faite. Maintenant qu'elle a réussi à sommeiller quelques heures, c'est la preuve qu'elle n'est plus cette enfant nerveuse. La pluie est comme un millier de petites mains qui l'applaudissent.

Hayley vérifie l'heure sur son téléphone. Il est 1 heure du matin à peine passée. Aucune réception Internet, elle lutte contre sa déception de ne pouvoir parcourir les profils de ses amis sur les réseaux sociaux.

Il y a assez de clair de lune pour distinguer le visage de Scott, à quelques centimètres du sien. Ses cheveux, un châle à franges suspendu sur ses yeux clos. Quand ils se sont faufilés à l'intérieur un peu plus tôt, elle a tenté de l'embrasser, de se serrer contre lui, un signe clair qu'elle avait envie de faire l'amour. Après un échange de quelques baisers, il l'a pourtant repoussée, prétextant la fatigue. Il est important qu'il dorme bien, s'il se charge de nouveau des trois quarts de la conduite demain.

Hayley roule de l'autre côté en quête d'une position plus confortable. Son esprit se dilue dans d'étranges rêveries, quand une voix parvient à ses oreilles. Une voix masculine, parlant une langue étrangère. Joost. Elle se demande ce qui cloche, puis se souvient qu'il dort à la belle étoile. Il doit être trempé et chercher à monter dans la voiture du grand-père de Scott. Regain de protestations. Les doigts de Hayley tambourinent du petit doigt au pouce puis dans l'autre sens, se dressent puis retombent comme pour jouer du piano.

Elle se demande si Joost a les clés du quatre-quatre maintenant. Était-ce une bonne idée ? S'il voulait, il pourrait prendre la poudre d'escampette avant qu'ils aient une chance de sortir de leurs sacs de couchage, et ils seraient en rade ici. Bien qu'ils aient enquêté sur son compte, en réalité ils ne le connaissent que depuis un jour. Il pourrait être n'importe qui.

Complètement réveillée à présent, Hayley se redresse sur un coude et songe à secouer Scott. Ça va le rendre grincheux, lui qui est déjà agacé par ses angoisses.

Une portière de voiture claque, Hayley se raidit, cessant de respirer pour entendre le moteur démarrer. Le silence règne. Joost doit s'installer à l'intérieur. Bien sûr. Pourquoi se sauverait-il tout seul dans l'outback ?

Elle détend sa mâchoire, compte les secondes entre ses inspirations. Se répète : *Tout va bien, tout le monde est en sécurité, tout est normal.*

Ses pensées préfèrent revenir à leur itinéraire. Bientôt, il y aura les sources du désert, qui devraient être marrantes… comme si on trempait dans une baignoire bouillante. Après, ils mangeront au Pindarry, elle pourra même s'offrir une bière bien glacée. N'est-ce pas ce qu'on est censé faire dans un authentique pub australien ? Hayley n'en boit pas, mais par cette chaleur la bière a peut-être un goût délicieux, elle doit être meilleure que du vin en cubitainer. Et puis il y a la fameuse Dingo Fence, la barrière à dingos[1]. Livia et Joost n'ont rien de pareil dans leurs pays d'origine. Si seulement la météo ne dérangeait pas trop leurs plans. Qui a envie de se baigner dans des sources chaudes quand il vous pleut sur la tête ?

Une fois atteint Alice Springs, il y aura du réseau. Hayley compte bien télécharger des photos sur les comptes de ses réseaux sociaux. Les plus belles publications qu'elle aura jamais partagées !

Le crépitement de la pluie est apaisant, son corps se relaxe. Elle se retourne une fois de plus et touche tendrement le dos de Scott.

— Dors bien, chuchote-t-elle.

1. Clôture s'étendant sur 5 320 kilomètres destinée à protéger les élevages de moutons des incursions des dingos, les chiens sauvages australiens.

9

ANDREA

Mardi 7 février
18 heures

Le bruit des moteurs déchire l'air. Ethan lève les yeux, surpris.

— Tout va bien, les motos s'en vont, le rassure Andrea.

La mère et l'enfant sont assis par terre dans le salon exigu, de grosses pièces de puzzle en bois éparpillées tout autour d'eux. Andrea se relève pour se glisser dans la chambre de Quinn, dont la fenêtre donne sur une partie du parking. Cachée derrière les rideaux, le visage tiré, elle attend leur départ.

— Soyez prudents, crie Matt.

— Pffft, *soyez prudents*, marmonne Andrea.

Son mari si aimable et si courtois avec ces voyous… De vieux gamins en bécane qui devraient avoir grandi.

— Si on a des soucis, on va peut-être revenir ! ricane un des motards.

Les engins s'emballent une nouvelle fois. Andrea serre les bras autour d'elle. Les moteurs grondent crescendo, plusieurs bikeurs sont visibles dans le cadre de la fenêtre. Peu à peu, ils disparaissent en vrombissant. Andrea retourne dans le salon et tend la main à Ethan.

— Allons jouer dehors.

Refusant sa main, le petit garçon trotte dans le couloir en direction de la terrasse. Ils longent le bar, où Matt débarrasse les verres vides.

— Ils ont levé le camp, lance-t-il avec gaieté. Nous avons le pub pour nous tout seuls, ma chérie.

Andrea ne lui rend pas son sourire, elle n'y est pas encore prête.

De la terrasse, elle scrute le ciel. Une bande de nuages se rapproche, tel un couvercle qu'on rabat sur une boîte. Bientôt ils seront enfermés dans une tempête. Les pancartes-sandwichs de l'hôtel, qui se dressent d'habitude à l'entrée du parking, ont été rangées avec les panonceaux OUVERT, le menu, les réclames multicolores de bière et de café. Les plantes en pots ont été entreposées à l'intérieur, sous les rebords de fenêtre, tandis que le mobilier extérieur et les parasols sont soigneusement empilés dans une des granges. Le Pindarry se trouve sur une légère pente, et l'extension moderne à l'arrière repose sur des fondations de béton plus élevées. Ils ont entouré la construction d'origine de sacs de sable empilés par trois le long de la façade et des murs latéraux du pub. Prématuré, voire ridicule sur cette terre desséchée. Plus loin, elle imagine que les broussailles frémissent en prévision du long rafraîchissement imminent. Des restrictions d'eau étaient déjà en place quand ils ont repris l'établissement. Ils ont toujours fait scrupuleusement attention à la quantité utilisée, sans oublier les douches de deux minutes. Même alors ils récupèrent le trop-plein dans des seaux pour en laver les sols. On a du mal à imaginer la pluie tombant à flots du ciel.

Matt la rejoint, les mains dans les poches.

— Tu aurais dû surveiller Ethan, dit Andrea d'un ton crispé.

— Ce n'est pas facile quand on travaille, mon cœur.

— Il faut qu'on s'améliore…

Ethan saute sur la terre battue, ramasse un long bâton et se met à le traîner sur le sol.

— Tu vois, il va bien, dit Matt, qui fait un signe à leur fils. Il a déjà probablement tout oublié…

— Moi, je n'ai pas oublié. Et je ne vais pas bien.

— Ne sois pas fâchée, chérie. Il va falloir qu'on reste confinés ensemble pendant la tempête… On se reposera, ce sera comme des mini-vacances. Qu'est-ce que t'en penses ?

— Drôles de vacances !

Matt hoche la tête.

— Très drôles, oui. Et sans corvées à faire, sans pensionnaires à servir. Ce n'est pas ça, la définition des vacances ? On peut se la couler douce. Se préparer de bons petits repas. Regarder certains des films qu'on a mis de côté…

Elle étrécit les yeux.

— Je suppose.

La lumière ambiante change autour d'eux.

— Merde, regarde le ciel ! dit Matt.

Des spécimens de plus gros nuages sont arrivés, cachant le soleil qui fuit tout autour, dessinant une forme d'échiquier céleste. Andrea en a la chair de poule.

— Ouah, je n'ai jamais vu ça ! Et toi ?

— Jamais. Hallucinant, non ?

Matt se glisse derrière elle, noue les mains autour de sa taille et pose son menton carré sur son épaule. Ce serait le moment idéal pour lui annoncer sa grossesse, mais Andrea garde les lèvres hermétiquement jointes. Elle est encore sous le choc de l'incident avec Ethan. Il lui faut du temps pour se ressaisir.

La pluie commence sous forme d'un léger tapotement, si silencieux qu'Andrea pourrait tout aussi bien l'imaginer.

Matt pousse un hourra.

— Quoi, papa ? demande Ethan.

— Tu entends ?

Matt s'accroupit par terre à côté d'Ethan. L'enfant tâte son propre visage, il a senti quelques gouttes sur sa joue. Andrea quitte l'abri de la terrasse et renverse la tête vers le ciel. Son ventre se noue désagréablement, un mélange d'excitation et d'anxiété, elle aimerait bien pouvoir prévoir ce qui va arriver ce soir. Elle n'a jamais habité dans un endroit protégé par des sacs de sable.

— Maman, maman !

Ethan trépigne sur place. Les gouttes de pluie tombent de plus en plus vite, jusqu'au moment où elles tambourinent sans arrêt sur le sol. Matt saisit la main d'Andrea, le trio virevolte. Elle hurle de joie tandis que l'eau dégouline des toits des granges et commence à transformer le parking en un plateau étincelant.

— C'est beau !

— Tu arrives à y croire ? s'exclame Matt.

Au bout d'un moment, Andrea tire les siens vers la terrasse.

— Venez, on va attraper froid !

Ils se replient sous le toit de tôle pour regarder la pluie comme si c'était le film le plus captivant qu'ils aient jamais vu.

— Tout va être si… propre, murmure Andrea.

— C'est génial !

— Les agriculteurs vont être heureux, non ? C'est le bon moment de l'année pour ça ?

— Le moment est toujours bon pour ça. Tant que… tu sais… il ne pleut pas trop.

Ils échangent un regard. Matt fait référence aux crues d'il y a quelques années, avant leur arrivée. La nature, qui peut être extrême dans cette partie de l'Australie, est cruelle pour ceux qui tentent de vivre de la terre. Andrea sait qu'elle a ruiné l'exploitation familiale de Quinn et tué une grosse partie de leur bétail. Le père de Quinn est mort un ou deux ans après. Andrea ne lui a jamais demandé de lui raconter toute l'histoire. L'heure n'a jamais paru propice.

— J'espère que Quinn n'est pas loin, dit Andrea. Qu'est-ce qui la retient là-bas, à ton avis ?

— Parfois elle y passe la soirée, lui rappelle Matt. Tout ira bien.

Le domaine des Durand est en vente depuis que Quinn a commencé à travailler au Pindarry. Quinn prétend vider la maison, mais les choses avancent lentement et Andrea se demande si ce n'est pas devenu un passe-temps malsain. Trish, la mère de Quinn, est retournée plus au sud, dans la Clare Valley où elle a grandi, tandis que Ryan, son frère aîné, travaille comme fonctionnaire à Canberra. Un emploi de bureaucrate dans la capitale du pays… il n'aurait pas pu choisir une vie plus différente. Et ils attendent toujours un acquéreur pour la propriété. Depuis des décennies, on élève du bétail dans cette région, mais une sécheresse punitive a rendu cette activité plus difficile et plus coûteuse. Ce n'est pas compatible avec des récoltes, aussi Andrea subodore-t-elle que les acheteurs vont se réduire à une multinationale aux poches profondes avec des projets à long terme pour acquérir davantage de sol australien. C'est dommage pour Quinn, qui a été élevée ici et est déterminée à rester dans la région.

— Ce soir c'est différent, dit Andrea. Quinn connaissait les prévisions. Je pensais qu'elle serait déjà rentrée…

— C'est une fille intelligente, répond Matt. Je te parie qu'on va voir la lumière de ses phares d'un instant à l'autre maintenant.

— Croisons les doigts.

— Allons coucher Ethan.

La petite famille rentre. Andrea allume les lumières de la terrasse à l'intention de Quinn. On dirait déjà un autre monde. Il n'y a plus ni voitures ni clients. Rien ne bouge, excepté les rideaux de pluie ondoyants. Un sourire s'épanouit sur son visage. Matt a raison, c'est le moment idéal pour se cloîtrer et prendre des pseudo-vacances.

La sonnerie du téléphone fixe la fait sursauter.

Matt est le premier à décrocher.

— Ici le Pindarry, répond-il.

Andrea l'observe. Son visage est grave, il regarde plus le sol que sa femme.

— Bien, finit-il par lâcher. J'arrive tout de suite.

— Où est-ce que tu vas ?

— C'est Greg, ses terres sont inondées.

— Comment ça, déjà ? s'écrie Andrea.

Greg est un des rares derniers éleveurs de la région. C'est un veuf plus très jeune qui vient de temps à autre se torcher à leur bar et passer la nuit dans un des cabanons, avant de repartir le lendemain avec de petits yeux. Greg vit avec son fils, Ian, qui part souvent travailler dans une mine du Territoire du Nord. Leur propriété est à quatre-vingt-deux kilomètres au nord-est, dans une vallée moins sèche que la plupart des autres.

— Ian n'est pas là ?

— Non, c'est pour ça que Greg a besoin d'un coup de main.

— Est-ce qu'il s'est préparé au mauvais temps ? Il a prévu des sacs de sable ?

— Oui, mais il a déjà constaté une brèche. J'en saurai davantage une fois sur place.

— Tu ne peux pas me laisser avec Ethan.

— Je ne serai pas long. Tu seras en sécurité ici, on a tout prévu. Tu ne t'apercevras même pas que je suis parti…

— Et si tu restes bloqué sur les routes ?

— Il vient à peine de commencer à pleuvoir.

Andrea émet un petit rire.

— Assez pour déranger Greg, apparemment.

Matt saisit ses mains, la regarde dans les yeux. Les siens sont apaisants, il arbore son sourire en coin.

— Je serai aussi rapide que possible. On doit être de bons voisins, non ? On voudrait que Greg fasse la même chose pour nous. D'ailleurs, Quinn va arriver d'un instant à l'autre. Je vais peut-être même la croiser…

— Et si on a des visiteurs ?

— À cette heure-ci ? Les bikeurs seront les derniers que nous verrons d'ici longtemps, à mon avis…

Andrea pince les lèvres. Ce n'est pas juste. Bien sûr, Matt veut faire ce qu'il faut, mais elle n'est pas rassurée qu'il parte, maintenant que la nuit tombe. Chaque fois qu'il va faire des courses, il y a toujours Quinn ou un saisonnier pour rester avec elle.

Elle regarde son mari rassembler son manteau de pluie, une torche, une lampe frontale et une thermos. Puis il dépose un baiser sur le sommet de sa tête.

— Sois prudent, je t'en prie, dit-elle.

— Appelle-moi s'il y a la moindre chose anormale, je ferai demi-tour.

Ce n'est qu'après le départ de Matt et la lecture d'une histoire à Ethan qu'Andrea se souvient d'un détail important. Pourquoi son mari n'a-t-il pas pris un des téléphones satellite ? Son portable pourrait ne pas suffire si la météo est aussi mauvaise que prévu. Le domaine de Greg est inaccessible à la radio CB.

Ne te torture pas. Elle et Ethan commenceront leurs pseudo-vacances sans Matt, c'est tout. Il sera très vite de retour.

10

LIVIA

Mardi 7 février
6 h 30

Il est tentant de rester pelotonnée dans son sac de couchage, mais sa vessie demande urgemment à être vidée. Livia glisse les pieds dans ses bottes, puis se munit du petit sac polochon qui a fait le tour du monde avec elle et rampe dehors sous la bruine. Le soleil luit à peine dans un ciel chargé, tandis que les feuilles des buissons proches brillent d'humidité. Comparé à la canicule et aux mouches de la veille, elle s'est réveillée dans un monde nouveau.

Elle court jusqu'au bloc sanitaire, évitant les grandes flaques brunes qui se sont déjà formées. Rien ne bouge encore du côté de la tente de Hayley et Scott. Livia n'est pas surprise de voir le *swag* kaki de Joost roulé et rangé sous le quatre-quatre. Il doit s'abriter dans la voiture.

Une fois installée sur le siège, Livia sort son téléphone du sac, oubliant qu'il n'y a pas de réseau. Dommage ! Ç'aurait été sympa de pouvoir consulter la météo ou ses messages sur les réseaux sociaux. Sa famille la tient informée par des chroniques régulières de la maison, y compris des photos de leurs projets verts. Elle pourrait aussi avoir des messages de son sublime crush portugais.

Les lieux sentent la terre et le ciment humides. La pluie tambourine sur le toit du véhicule. Elle songe à tous les animaux qui avaient bien besoin de se désaltérer. Chaque fois qu'elle se trouve en terre étrangère, Livia éprouve des émotions mitigées. À l'exaltation de l'exploratrice s'ajoute un malaise dû à l'empreinte carbone créée par ses voyages. Elle est reconnaissante à ses parents pour leur soutien, pourtant elle a mauvaise conscience d'accepter leur argent alors qu'elle se lance dans un travail de bénévole loin de tout. Elle est très privilégiée d'occuper cette position, mais n'est-elle pas aveugle ? Est-ce que ça fait la moindre différence pour l'avenir de la planète ? Peut-être l'Australie devrait-elle être son dernier voyage, peut-être est-il temps de se concentrer sur des projets plus proches de la maison. Il y a beaucoup de choses à faire dans son pays.

Livia se lave les mains dans un bac d'acier frais, où l'eau, qui a du mal à couler, gicle du robinet en hoquetant. Un carré brillant est collé au mur. C'est censé être un miroir, mais tout ce qu'elle distingue se réduit à un contour flou. À quoi ressembleront les installations sur le bateau de Darwin ? Elles seront exiguës, certainement, rien de plus qu'une couchette pour elle toute seule.

Elle se penche au-dessus du lavabo pour goûter l'eau courante – métallique mais propre – puis lape quelques gorgées supplémentaires. Sortant un gant de toilette de son sac polochon, elle se frictionne la figure, la tête et le cou. Ajoute du savon puis enlève son débardeur pour se laver les aisselles.

Une ombre se déplace dans un angle de son champ visuel. Elle sursaute. Distant de quelques mètres, Joost la contemple en silence.

— Tu m'as fait peur ! balbutie Livia, se couvrant la poitrine avec son corsage.

— Oups, dit-il.

Joost porte les mêmes vêtements que la veille, avec des chaussures sans chaussettes.

— Qu'est-ce que tu fais là ? s'exclame Livia.

— J'attends mon tour.

— Vas-y, alors ! Arrête de me mater.

Joost sourit en secouant la tête, comme si c'était Livia qui avait fait quelque chose d'anormal. Elle le suit des yeux dans la glace pendant qu'il entre dans un box de la rangée, derrière elle. Au moment où la porte se referme avec un cliquetis, elle remet son débardeur, rassemble ses affaires et s'élance sous la pluie, le regard noir. Depuis combien de temps Joost était-il là ? C'était un accident ou il était réellement en train de mater ? Il aurait dû la saluer en l'apercevant. A-t-il vu ses seins ? Sans être prude, Livia a le droit de choisir qui regarde son corps. Elle bout à la pensée des yeux de Joost errant sur elle. Ce n'était pas cool.

Livia marche dans une flaque et secoue rageusement sa botte, puis regagne sa tente et se glisse à quatre pattes à l'intérieur. Accroupie, elle se déshabille pour changer de vêtements. Même s'il pleut, il fait doux malgré tout, aussi enfile-t-elle un short et un T-shirt propres.

Son appareil photo dans un petit sac à dos noir, elle ressort de la tente. Plus trace de Joost. Parfait. Elle veut mener ses explorations toute seule. Et il la dégoûte maintenant.

Hayley et Scott n'ont toujours pas émergé, sans doute bercés par la pluie hypnotique. Leur groupe doit quitter Mindarie dès 8 heures pour respecter le programme, elle espère donc qu'ils ont réglé l'alarme de leur téléphone. Vraiment, ils devraient déjà être debout pour profiter le plus possible de ce matin revigorant.

Livia se dirige vers une rangée de mulgas étiques, puis les longe en quête de faune locale. À cette heure matinale, il est possible qu'il y ait des tas d'animaux qui migrent, dérangés par la pluie. Elle a photographié une collection d'oiseaux en Australie-Méridionale, maintenant il est temps de saisir un ou deux lézards. Peut-être un marsupial à poil, quelque chose de plus exotique à partager en ligne. Récemment, son compte Instagram a affiché des images du sommet sur le climat – connaissances et nouvelles rencontres, intervenants sur scène… –, mais son taux d'engagement a chuté. Il lui faut quelques animaux chou pour faire revenir son public.

Elle marche précautionneusement sur des bouts de bois blanchis par le soleil, pareils à des ossements brisés abandonnés. Parfois, ses bottes écrasent des brindilles. Elle espère que le ruissellement de la pluie noiera ce bruit, afin que les animaux ne s'enfuient pas. Elle songe aux propriétaires aborigènes de la terre, ces sages gardiens qui marchent pieds nus. Il y a tant à apprendre d'eux. Elle devra chercher davantage de livres sur l'histoire précoloniale de l'Australie à son retour au Brésil. S'enfonçant dans la brousse, elle jette régulièrement des coups d'œil par-dessus son épaule pour mémoriser le chemin.

Quelque chose se brouille sous son regard, Livia s'immobilise. Elle a failli passer à travers une toile d'araignée tendue entre deux arbres. Celle-ci est partiellement déchirée, ses brins délicats ballottés par le mauvais temps. Livia écarquille les yeux d'émerveillement. Une araignée de la largeur d'une main se cache dans les fils, un corps doré juché sur huit pattes grêles et incroyablement longues. Livia ne connaît pas cette espèce. Heureusement qu'elle n'a pas buté dedans et dévasté son gîte. Lentement, elle sort son appareil du petit sac à dos, en le couvrant d'une main pour le protéger des gouttes de pluie, puis règle la mise au point et commence à shooter. Elle montrera les images aux Australiens de retour au campement, ils savent peut-être de quelle araignée il s'agit.

Livia soupire de satisfaction, s'écarte de la toile, puis poursuit sa route.

Un grand oiseau plane au-dessus de sa tête. Elle le piste dans le ciel couleur étain, trop lente pour lever son appareil et prendre une photo. Quand elle rabaisse les yeux, Livia a la tête qui lui tourne. Si elle n'avait pas fui Joost, elle aurait eu le temps de prendre un en-cas. Elle plisse les yeux, cherchant à retrouver dans le paysage la direction par où elle est venue. Elle se hisse sur la pointe des pieds comme si cela allait l'aider à repérer leur campement par-dessus les arbres et les broussailles. En vain. Tout a l'air pareil, les feuilles jaunies d'où dégoutte de l'eau, les joncs épineux.

Le cœur de Livia bondit dans sa poitrine tandis que des histoires de voyageurs perdus défilent dans son esprit. Des gens qui errent dans le désert de l'outback, avec le soleil qui leur tape sur la tête, et finissent par mourir de soif. Il est facile de s'égarer dans ce panorama. Il s'est écoulé dix ou quinze minutes, alors quelle distance peut-elle avoir parcourue ? Guère beaucoup plus qu'un kilomètre, estime-t-elle. Elle remet son appareil dans son étui, le glisse au fond de son sac à dos et remonte la fermeture Éclair. Ce n'est pas un problème. Elle n'a qu'à faire quelques foulées et elle se retrouvera en terrain connu, elle entendra même peut-être les autres discuter en préparant le petit déjeuner. Elle pourrait crier, mais préfère ne pas se rendre ridicule inutilement, du moins pas encore.

Retournant sur ses pas, elle arrive devant un long et profond sillon dans la terre qui n'était pas là auparavant. Elle se réprimande, elle aurait pu trébucher et se tordre une cheville. Puis elle atterrit : elle ne se souvient d'aucun point de repère important. Ici, dans la brousse inconnue, particulièrement par cette matinée venteuse, tout se mélange. L'araignée géante est invisible. Livia s'immobilise, se répète d'écouter et de réfléchir.

— Hé ! crie quelqu'un.

C'est Joost. Livia est ivre de soulagement. Elle ne croyait pas possible d'être aussi heureuse d'entendre sa voix.

— Tu es là quelque part ou tu t'es perdue ?

— Les deux !

Avec un éclat de rire, Livia marche en direction de la voix.

Près d'un arbre, Joost brise une brindille entre ses longs doigts. Il s'est changé et arbore maintenant un pantalon de coton noir, un T-shirt assorti et un bonnet gris.

— Je me demandais où tu étais passée.

Il sourit.

— Je suis un peu désorientée, avoue-t-elle.

— C'est pas grave, comme tu es une fille, tu n'es pas censée avoir le sens de l'orientation.

Arrivée à sa hauteur, Livia le foudroie du regard.

— Pourquoi tu te crois obligé de te comporter en connard ?

— Excuse-moi, c'était une blague, OK ?

— Plutôt une insulte.

Elle n'aperçoit toujours pas la clairière, pas même le toit de l'abri de pique-nique ou du bloc sanitaire.

— Où est le campement ?

— Pas loin.

— On rentre ?

— Pourquoi t'es si pressée ?

Joost se laisse tomber à genoux, commence à ratisser le sol.

Livia fronce les sourcils.

— Qu'est-ce que tu fais ?

Il se relève, les mains serrées devant lui, souriant de plus belle.

— Regarde.

Il entrouvre les mains et, à l'intérieur, elle aperçoit un minuscule lézard prisonnier.

— Un gecko, dit-elle, la pauvre petite bête doit être terrifiée.

— Il va bien.

— Relâche-le.

Joost s'accroupit. Tous deux regardent le gecko se sauver en zigzag. Quand il se relève, Joost se marre, tenant entre deux doigts une petite queue qui tressaille.

— Pourquoi tu as fait ça ? aboie-t-elle.

— Calme-toi, la queue repousse.

— C'est quand même douloureux ! Tu lui infliges un stress inutile.

Joost examine la queue encore un instant avant de la jeter. Livia se sent mal.

— Dans quelle direction est le campement ? demande-t-elle sans le regarder.

— Je suis désolé. Je savais pour les queues de lézard, mais je n'en avais jamais vu en vrai… Je ne le referai plus, promis.

Livia émet un grognement.

— Ne sois pas fâchée.

Il glisse la main dans une poche de son pantalon, en sort une boîte rectangulaire.

— Oh ! mon Dieu ! Tu n'as pas mis un lézard là-dedans, si ? s'exclame Livia.

— Bien sûr que non. Viens voir.

Il se penche au-dessus de la boîte pour l'abriter de la pluie. S'approchant à contrecœur, Livia découvre à l'intérieur des joints pré-roulés, serrés les uns contre les autres.

Livia recule.

— Qu'est-ce qui te prend ? Il n'est même pas 7 heures.

— Écoutez, mademoiselle, nous sommes en vacances, non ? Alors détendez-vous.

— Mais je suis détendue !

— Tu réagis en… comment dire ? Coincée !

Livia se retient de répondre à Joost que c'est lui qui provoque cette réaction.

— Où tu as déniché ça ? Pourquoi tu n'as pas partagé avec les autres hier soir ?

Joost penche la tête.

— Je ne veux pas les gaspiller avec n'importe qui.

— Bon, merci, mais non merci.

La pluie redouble. Livia espère que son coûteux appareil photo est bien à l'abri. Des gouttelettes lui dégoulinent dans le cou, ses habits mouillés sont inconfortables.

— Je veux rentrer au campement et ranger mes affaires, poursuit-elle. Je n'ai pas encore démonté ma tente, or il faut qu'on décolle à 8 heures pour respecter notre programme.

— On dirait une maîtresse d'école !

— Facile à dire, tu n'as qu'à rouler ton *swag* !

— C'est vrai, j'ai tout prévu.

— Tu vas me montrer la bonne direction, oui ou non ?

Joost lève un index, puis commence à tourner lentement sur place en souriant.

— Oh ! laisse tomber ! Je retrouverai mon chemin toute seule.

Abasourdie, Livia s'aperçoit qu'elle est au bord des larmes, un mélange bouillonnant de frustration et de tension, qui la pousse à cacher ses yeux derrière ses mains.

— Ne t'inquiète pas, je te tiens.

Joost lui passe un bras autour des épaules.

Instantanément, Livia revoit ces nuits dans les bars et les clubs où elle repoussait des garçons éméchés, débordant d'alcool et d'audace. Sauf que, à l'époque, elle était au milieu d'une foule, notamment de potes protecteurs et des vigiles de l'établissement. Le bras de Joost l'enveloppe insidieusement, pesant, dégageant une odeur légèrement fétide. Elle tente de se dégager.

— Joost, ne me touche pas !

Il l'attire plus près.

— Laisse-moi t'aider, je suis un gentleman. Arrête d'être si...

Il marmonne quelques mots incompréhensibles. En néerlandais peut-être.

Livia se tortille, tous deux vacillent de côté. Elle se tord le pied et tend une jambe en arrière pour ne pas tomber. Avec un rire, Joost la lâche. Aussitôt Livia part en courant, sans plus se soucier de piétiner des nids ou des lézards, ni même de savoir si elle est dans la bonne direction. Son unique souhait est de mettre de la distance entre eux.

— Hé, reviens ! Je blaguais, ne t'en va pas !

Livia avance en trébuchant, évitant les arbres et les buissons épineux.

— Sérieux ? crie Joost derrière elle.

Elle jette un coup d'œil par-dessus son épaule. Il la suit à quelques mètres, les genoux exagérément fléchis, comme si elle était un animal effarouché, susceptible de disparaître dans un dernier sursaut.

Il tend la main.

— Le camping est par ici.

— Comment je peux savoir que tu ne mens pas ?

— Je suis pas un monstre.

— Tu as intérêt à arrêter ton petit jeu !

Livia ne voit toujours pas le camping de Mindarie. Peu sûre de pouvoir le retrouver toute seule, elle suit la direction indiquée par Joost. La pluie tombe plus dru, ruisselle sur son corps.

Livia avance, Joost sur ses talons.

11

HAYLEY

Mardi 7 février
9 h 30

— Bon, ça va gâcher notre itinéraire.

Il y a une heure qu'ils ont quitté Mindarie, après un frugal petit déjeuner composé de café et de barres de céréales. Scott est au volant, cette fois-ci avec Livia sur le siège passager avant. C'est la Brésilienne qui a demandé cette place. Bien que curieuse de savoir pourquoi, Hayley ne voulait pas avoir l'air d'une Australienne non cosmopolite parano à propos de la personne assise à côté de son copain. Du coup, elle a atterri sur la banquette arrière avec Joost, qui se tient tête renversée, visage relâché par le sommeil, genoux largement écartés et mains posées sur les cuisses. Un bonnet couvre les yeux du Hollandais.

Depuis qu'ils ont tout rangé et chargé dans le quatre-quatre, le ciel s'est assombri et déverse maintenant des trombes d'eau. Scott a beau avoir ralenti à 80 km/h tout en augmentant la vitesse des essuie-glaces, il n'a pas beaucoup plus de visibilité. L'asphalte se confond avec le ciel brumeux.

— Cette pluie va durer encore longtemps ? demande Livia.

— Je sais pas, répond Scott.

— Fais attention, Scott, s'il te plaît. N'écrase pas d'animaux, c'est horrible à voir !

— Je n'ai aucune intention de tuer des animaux, merci.

Les doigts de Hayley tambourinent sur ses genoux selon leur rythme habituel. Elle déteste ne pas être en mesure de voir clairement par les fenêtres, c'est comme si on était dans un lave-auto sans fin. Un sentiment de claustrophobie la ronge.

— Tu crois qu'on aurait dû rester sur la route nationale ? lance-t-elle.

Non loin de Mindarie, ils ont obliqué sur une route secondaire qui promettait un trajet plus direct vers les sources chaudes. Elle est plus étroite et les bas-côtés ne sont pas aussi bien entretenus.

Scott cherche son regard dans le rétroviseur.

— Tout l'intérêt de ce road-trip est d'explorer notre pays, tu as oublié ? Tu es en train de me dire que tu ne veux plus aller aux sources chaudes ?

— Non, je veux toujours y aller.

— Alors quoi ?

Elle fait la moue.

— Je ne sais pas… C'est un peu nul de visiter un spa à ciel ouvert pendant un orage…

Scott a un petit rire.

— Tu as peur qu'on soit électrocutés ?

— En fait, intervient Livia, je suis d'accord avec Hayley. Ça ne me dérange pas si on zappe les sources. On pourrait aller directement au pub… Le Pindarry Hotel, c'est ça ? Ça n'est pas très malin de rouler par ce temps.

Hayley sourit, reconnaissante à Livia de son soutien sororal.

— Oui ! J'ai vraiment hâte d'arriver au Pindarry. On pourra commander des plats chauds et…

— On doit aller aux sources, l'interrompt Joost.

Hayley est surprise. Joost reste immobile, le visage toujours à demi caché. Elle ne savait pas qu'il écoutait.

— Non, on n'est obligés à rien, réplique-t-elle.

— Je ne suis pas venu en Australie pour prendre des verres dans des pubs crasseux, je peux boire de la bière chez moi.

— Ce n'est pas n'importe quel pub, il existe depuis les premiers jours, il est célèbre. C'est le seul pub à des milles à la ronde…

— On a établi une feuille de route détaillée et on l'a tous approuvée, intervient Scott. Je ne crois pas qu'on devrait changer d'avis comme de chemise…

— Oui, dit Joost. Ce ne serait pas malin. Les sources d'abord, le pub ensuite.

Livia reste silencieuse. Hayley se renverse sur son siège, vaincue.

— Je pense que vous avez raison, on s'est mis d'accord sur un plan.

Joost étire ostensiblement les bras, lui effleurant l'épaule du bout des doigts. Tirant son bonnet de travers, il promène son regard à la ronde.

— On ne peut pas rouler plus vite ?

— Il n'y a aucune visibilité, vieux, riposte Scott, serrant les mâchoires.

— La route est toute droite, où est le problème ?

— On pourrait heurter les voitures dans l'autre sens, fait remarquer Hayley.

Joost ricane.

— Quand est-ce qu'on a croisé une autre voiture pour la dernière fois ?

— Rendors-toi, vieux, lui conseille Scott. Laisse-moi conduire.

Joost simule un salut militaire.

Puis, comme si quelqu'un avait activé un interrupteur, le déluge s'intensifie. La végétation des bas-côtés devient quasi invisible. Hayley se retient pour ne pas baisser la tête, se replier sur elle-même. On entend soudain le bruit saccadé du clignotant.

— Qu'est-ce qui se passe ?

— Je me gare, répond Scott. Je n'y vois rien, c'est ridicule.

— C'est ridicule, on est d'accord.

Joost parle si bas que seule Hayley l'entend.

Le quatre-quatre ralentit. Scott se range sur le bord de la route. Il coupe le contact. Les balais d'essuie-glace se figent au milieu du pare-brise. L'espace d'un instant, tous les occupants de la voiture semblent se figer aussi.

— Combien de temps on va rester là, les gars ? s'impatiente Livia.

— Jc sais pas.

Scott détache sa ceinture de sécurité et, changeant de position, lève un genou.

— Ça va s'arranger, les nuages finiront par passer, dit Hayley.

Joost se frictionne le visage, puis s'étire de nouveau.

— OK, la famille, qu'est-ce qu'on fait maintenant ?

— On attend, répond Hayley d'un ton pincé.

Scott baisse sa vitre, passe la tête dehors une seconde, puis referme en vitesse en remettant sa mèche en place. Ôtant ses lunettes, il les essuie sur son T-shirt.

— Je cuis là-dedans, geint Joost.

Hayley acquiesce en silence. La chaleur à l'intérieur de la voiture est devenue suffocante. Les fenêtres sont complètement embuées.

Joost ouvre sa portière. Tout le monde se retourne.

— Je vais me rafraîchir.

Il claque la portière derrière lui.

Hayley, Scott et Livia échangent des regards.

— On s'en va ? demande Scott, provoquant un gloussement de Hayley.

Joost vient se planter devant le véhicule, les prenant pour public. Hayley distingue une forme floue de l'autre côté du pare-brise, puis reste bouche bée quand il se met à sautiller sur place en jouant des poings dans une danse maladroite.

— Il joue à quoi ?

Livia arque un sourcil.

Joost change de rythme et se trémousse plus près du sol, s'amusant visiblement. Il arrache son T-shirt, puis l'agite au-dessus de sa tête comme pendant les fêtes étudiantes des *schoolies*.

— Vite, passe-lui une savonnette !

Hayley est contente que les autres rient.

— Vous savez quoi ? dit Scott. Ça a vraiment l'air marrant !

Il jette ses lunettes sur le tableau de bord, ouvre à son tour sa portière et disparaît avant que Hayley ait le temps de comprendre le sens de ses paroles. En un clin d'œil, il a rejoint Joost. Ils se tapent dans la main, puis Scott enlève le haut également. Malgré l'eau ruisselant sur la vitre, sa silhouette grassouillette contraste avec le torse musclé de Joost, qui danse et se balance. Avec un cri, Hayley enfouit son visage dans ses mains.

— Qu'est-ce qui leur prend ? demande-t-elle, ravie.

— Scott… a l'air heureux, fait remarquer Livia.

Agrippée au siège devant elle, Hayley tend le cou pour regarder le duo.

— Ouais, c'est vrai.

Scott y met enfin du sien pour s'entendre avec Joost, s'amuser comme elle le lui a demandé. Il ne s'est jamais montré aussi spontané, il ne danse jamais non plus. Un an plus tôt, quand ils sortaient en club ou au pub, Scott restait toujours à la lisière de la piste de danse. Et si elle tentait de le pousser à la rejoindre, il se dérobait, ce qui les mortifiait tous les deux.

— Je me demande combien de temps ils vont tenir la cadence…

Livia ne les quitte pas des yeux par sa fenêtre latérale.

— Ça va ? demande Hayley.

— Très bien.

Hayley a mauvaise conscience. Livia doit s'inquiéter, à cause de la météo et de la nécessité d'arriver à Darwin à temps.

— Tu as une assurance voyage ? Je veux dire, si tu manques ton bateau ?

— Si je manque le bateau, je manque le bateau, point.

Livia lève insensiblement les épaules.

— Il n'y a pas de remboursement… ce n'est pas ce genre d'excursion.

— Merde ! Désolée…

— Ce n'est pas ta faute, j'ai contribué à fixer les dates, je savais ce que je faisais. Et puis… je peux encore y arriver, tu crois pas ? La pluie ne va quand même pas nous ralentir à ce point, au pire on ne verra pas absolument tout ce qu'on avait prévu de voir.

— C'est vrai, on peut être plus flexibles, déclare Hayley. Hé, quand on sera à Darwin, on pourrait aller voir les crocodiles… Ça donnerait une photo incroyable pour ton blog.

Livia se retourne sur son siège.

— Tu as déjà vu des crocodiles ?

— Non. En fait, je ne suis jamais allée dans le Territoire du Nord.

— Du coup, ce sera la première fois pour toutes les deux.

— Exact ! Avec un peu de chance, ce sale temps sera passé d'ici là. Je suis tellement désolée.

— Hé, ce n'est pas comme si tu y pouvais quelque chose.

— Est-ce que tu t'amuses au moins ? J'espère que tu ne regrettes pas de t'être jointe à nous…

— Tout va bien, vraiment ! répond Livia.

Hayley entend une note d'impatience dans sa voix.

Le déluge s'allège, elle reporte son regard sur la route. Les garçons ont disparu.

— Où sont-ils allés ?

Livia détache sa ceinture et tend la main vers le contact.

— Qu'est-ce que tu fais ?

— Je remets les essuie-glaces pour qu'on puisse y voir quelque chose.

Le tableau de bord se rallume, les balais d'essuie-glace reprennent vie avec une saccade, chassant immédiatement l'eau du pare-brise. Mais toujours aucune trace de Scott et Joost.

— Où sont-ils passés ? redemande Hayley.

— C'est Joost. Je parie qu'il nous fait une blague, ils se cachent pour nous faire peur…

C'est bizarre, se dit Hayley. Elle a du mal à croire que Scott se cache pour jouer avec Joost comme s'ils étaient deux gamins. Elle s'agenouille sur le siège pour regarder par la lunette arrière. La vitre est embuée, l'absence de visibilité la perturbe.

— Tu les vois ? lance-t-elle.

— Non.

— Qu'est-ce qu'on doit faire ?

— Attendons, ils ne tarderont pas à se lasser.

— Peut-être qu'on devrait sortir les chercher ?

— Je ne descends pas de cette voiture, dit fermement Livia.

— On pourrait…

BOUM, BOUM !

— Ah !

Scott et Joost, chacun à une fenêtre passager, claquent leurs paumes sur la vitre en hurlant de rire.

Hayley s'étreint la poitrine.

— Oh ! mon Dieu ! J'ai failli avoir une crise cardiaque…

— Je te l'avais dit, reprend Livia. Ça doit être l'idée de Joost.

Hayley écrase son visage contre celui de Scott à travers la vitre.

— Tu es fou !

Les yeux noirs de son copain lui lancent des œillades et elle rit avec lui. Elle racontera cette histoire à ses amies dès leur retour à la maison.

Un bruit sourd retentit à l'intérieur de l'habitacle. Livia a actionné le verrou de sa portière, sécurisant tout le véhicule.

— Pourquoi tu as fait ça ?

— Ils peuvent s'amuser, nous aussi, répond la Brésilienne.

— Comment ça ?

— Voyons si ça leur plaît d'être forcés de rester dehors un moment…

Hayley bondit sur son siège.

— Ha, ha, ha ! J'adore !

Elle ignore une pointe de malaise, comme quand on se fait porter pâle alors qu'on n'est pas malade du tout.

Scott est le premier à tenter de monter dans la voiture. Il se déplace vers la portière côté conducteur et tire la poignée. Hayley entend son « Hé ! » étouffé et entrelace les doigts, avec l'espoir qu'il appréciera la plaisanterie.

— OK, les amies, crie-t-il. Pardon de vous avoir fait peur ! Ouvrez les portières, s'il vous plaît.

Livia ne bouge pas.

Joost essaie de l'autre côté, puis disparaît de leur vue.

— Hayley ! dit Scott en retournant à sa fenêtre. Ça suffit maintenant, je veux monter.

Son T-shirt mouillé est enroulé autour de son cou et ses cheveux luisent sous la pluie. Il a perdu son sourire.

Elle consulte Livia du regard.

— On les laisse remonter en voiture ? Scott est trempé…

Livia secoue la tête.

— Attends une minute encore.

— Pourquoi ?

— Je veux montrer à Joost que je peux jouer à des petits jeux moi aussi.

— Qu'est-ce que tu veux dire ?

— Juste… tu ne peux pas te taire une seconde ?

Livia a élevé la voix.

Hayley en a le souffle coupé. C'est vrai… Livia se croit plus forte qu'elle, elle lui parle comme si Hayley était une petite fille.

— Excuse-moi…

Livia se retourne sur son siège, mais Hayley n'écoute plus. Elle actionne la serrure de sa portière, déverrouillant toutes les autres portes, laissant entrer la pluie, Scott et Joost.

12

ANDREA

Mardi 7 février
19 heures

— Putain !

Au moment de la coupure de courant, Andrea maudit le fait qu'elle ne soit pas mieux préparée.

Elle avait couché Ethan. Trop anxieuse pour rester tranquille, elle arpentait le Pindarry sous le vacarme de la pluie déchaînée, se glissant de leur logement à la salle de bar et retour à la manière d'une intruse. Elle consultait son téléphone toutes les dix minutes, de peur de manquer des SMS ou des appels de Matt. Elle attendait des nouvelles de l'exploitation de Greg, de savoir si c'était vraiment grave, et combien de temps Matt allait rester là-bas. Et soudain les lumières du pub ont vacillé, avant de s'éteindre.

Elle se fige sur place, attendant que le groupe électrogène prenne le relais. Vingt secondes s'écoulent, elle est inquiète. C'est la deuxième fois qu'il y a une coupure d'alimentation électrique depuis qu'ils ont repris le pub. La dernière fois, la génératrice s'est mise en marche automatiquement au bout de quelques secondes. Elle traverse la cuisine spectrale pour aller à la sortie de service, retenant son souffle quand elle ouvre la porte et que des gouttelettes lui volent au visage.

Le vieux groupe électrogène repose sur une dalle, à l'autre bout des congélateurs verticaux. Quand elle s'en approche, le soleil déclinant révèle de l'eau par terre, lui arrachant un gémissement de consternation. La génératrice doit rester au sec. Comment ont-ils pu oublier de la couvrir ? Elle qui croyait qu'ils étaient parés grince des dents maintenant, se sentant reléguée au rang d'idiote citadine. Gardant une distance prudente, elle examine la machine, dont elle scrute les cadrans, s'accroupit pour vérifier si le bas en est mouillé. Rapide comme l'éclair, un gecko détale sous son nez, ce qui la fait sursauter. Elle pourrait essayer de la redémarrer manuellement, sauf qu'elle se demande si ce n'est pas dangereux d'y toucher. Est-il possible de s'électrocuter ? La pluie et le vent la cinglent tandis qu'elle reste indécise.

— Merde !

Avec un nouveau juron, elle donne un coup de pied à la génératrice, puis rentre à pas lourds.

Pour la deuxième fois, elle va voir Ethan, bien bordé dans ses draps imprimés de dinosaures. Elle lisse ses couvertures, contente qu'il dorme et ne soit pas effrayé par la panne. Elle-même est déconcertée, ce qui la contrarie encore plus que Matt ait été appelé loin d'eux.

De retour côté restaurant, le silence du pub contraste fortement avec le déchaînement extérieur. Les lampes de secours à piles sont rangées sur une étagère derrière le bar, coincées entre des paquets de café et de sucre. Elle en allume une et la pose sur le comptoir, libérant d'inquiétantes ombres chinoises tout autour de la salle.

Depuis quand Matt est-il parti ? Il est sans doute temps de lui téléphoner, ça la réconforterait de savoir s'il est arrivé sans encombre. Elle proposera à Greg de venir dormir chez eux ce soir, ils pourront nettoyer sa ferme demain. Pourquoi Ethan et elle devraient-ils rester tout seuls ici ? Mais en vérifiant son portable, elle s'aperçoit que des icônes importantes manquent à l'écran. Quoi que ce soit qui ait coupé l'électricité, ça a aussi coupé les lignes téléphoniques.

— Non !

Malgré son envie de jeter son téléphone par terre, elle se borne à fixer maussadement un coin obscur du plafond jusqu'à ce que la mémoire lui revienne. S'agenouillant, elle ouvre un tiroir profond contenant des câbles électriques, une mini-trousse de premiers secours, des gilets jaunes et d'autres fournitures d'urgence. Ses mains saisissent le coffret métallique rouge, aussi bienvenu qu'un cadeau surprise. C'est un de leurs téléphones satellite. Elle peut appeler Matt.

— Branchons cet appareil…

Elle déplie la grosse antenne, tripote le bouton d'alimentation sur le côté et regarde le petit écran donner signe de vie. Matt lui en a montré le mode d'emploi, même si c'est la première fois qu'elle s'en sert seule. Elle compose le numéro de son mari, puis presse l'appareil contre son oreille. Il est énorme et peu maniable. Pas de réponse, ni tonalité ni sonnerie. Elle contemple son téléphone, se demandant si elle a bien fait le numéro, puis tente un deuxième essai. Cette fois, un bruit résonne dans le récepteur, c'est le bourdonnement indiquant un problème avec la ligne téléphonique. Elle serre les dents une nouvelle fois. Le portable de Matt doit être hors service aussi. Andrea essaie alors le numéro de Quinn, juste au cas où, même résultat.

Maintenant, elle et Ethan sont réellement coupés du monde. Elle n'a plus de nouvelles de Quinn depuis des heures. La jeune fille aurait-elle décidé de rester à la ferme pour la nuit ? Elle ne l'a jamais fait auparavant. Peut-être la météo l'a-t-elle dissuadée de reprendre la route.

Andrea est allée une fois à la ferme des Durand, à l'époque où ils ont recruté Quinn et où celle-ci s'apprêtait à emménager dans leur seconde chambre. Andrea lui avait proposé de l'aider à transporter des affaires parce qu'elle voulait être une bonne patronne, la cheffe attentionnée qui ferait partie intégrante de la vie de son employée. Elle était impatiente de connaître cette dernière, si elles devaient cohabiter et travailler ensemble au quotidien.

La ferme était accessible par une longue allée pierreuse, bordée d'imposants gommiers rouges des rivières, qui donnaient la sensation de pouvoir être déracinés au premier coup de vent. Tandis que la voiture de Quinn vrombissait vers la bâtisse, elles ont longé un vaste trou au milieu d'une déclivité de l'enclos voisin, dont la surface était sillonnée de fissures béantes. Andrea a réalisé que c'était un barrage vide, une vision aussi sinistre qu'une charogne.

Elle revoit le bâtiment en pierre avec ses trois chambres couleur vanille, sa terrasse qui courait tout autour, situé sur une parcelle défrichée dominant le reste du domaine. À proximité se trouvaient deux hangars aux parois de tôle ondulée de différents tons et époques, non loin de citernes d'eau récentes. Andrea tentait de s'imaginer la famille Durand vivant là-bas, le bétail qui serpentait au loin, la navette des ouvriers et les camions. Leur chienne bien-aimée Bronte musardant dans la cour, un enfant dans chaque chambre. Deux parents travaillant de l'aube au crépuscule, affalés à la table de cuisine tous les soirs, fourbus et guettant la pluie. Jusqu'au jour où il avait trop plu.

Andrea a suivi Quinn sur la terrasse, embrassant du regard les pots de plantes vides alignés le long des murs comme autant de sentinelles mortes. S'arrêtant sur le grattoir métallique à côté de l'entrée, elle a songé à toutes les bottes qui y avaient été nettoyées au fil des ans. Comment Quinn supportait-elle de revenir dans ce sanctuaire, seul membre de la famille à le faire encore ?

Peut-être était-ce là la raison pour laquelle Quinn avait maintenu cet usage.

— Tu ne croirais pas les trucs incroyables que je retrouve, lui a confié Quinn pendant qu'elles parcouraient les pièces poussiéreuses.

Andrea a souri.

— Comme quoi, ma belle ?

— Nos anciens jouets, a répondu Quinn. Des certificats scolaires, les récompenses que reçoivent tous les enfants. Des cartes de Noël que je dessinais. Les petites bottes rouges en caoutchouc que je portais gamine…

— Les parents font tous ça, a dit Andrea. Par sentimentalisme.

L'Akubra de Quinn, dont s'échappaient des cheveux follets couleur miel sur sa nuque, était fermement enfoncé sur sa tête. Elle semblait se cacher sous les bords de son chapeau.

— Quand les lieux seront-ils complètement vides, d'après toi ? a demandé Andrea.

Quinn a gardé les yeux rivés au plancher.

— Je ne sais pas. Il n'y a pas le feu, si ?

— Pas de nouvelles de l'agent immobilier, alors ?

— Non.

Andrea aurait voulu lui demander ce qui se passerait s'il n'y avait pas d'offres décentes pour la ferme, sans pouvoir s'y résoudre. Les options étaient sombres. Il était inutile de mettre la pression à Quinn, sans doute déjà anxieuse pour l'avenir. Les Durand avaient vendu des parcelles de terrain au fil des ans et devraient peut-être en rabattre sur le prix. Bien qu'Andrea n'ait aucune idée de leur solvabilité, elle sait bien que les exploitants empruntent souvent de l'argent pour rester à flot, et les Durand ont peut-être besoin du moindre centime qui tombe dans leur escarcelle. Et, même si le frère de Quinn est salarié à Canberra, il a peu de chances de réduire la somme que la famille doit à la banque. La disparition du père n'en a rendu les choses que plus difficiles pour eux.

Jusqu'ici Quinn semble réticente à quitter le secteur. Elle préparait une licence de sciences en ligne depuis l'an dernier, puis elle a remis à plus tard, prétendant ne pas être sûre de son orientation de carrière. Elle ne serait pas la première jeune personne à se retrouver finalement dans l'hôtellerie, c'est ce qu'a fait Andrea.

Andrea remet le téléphone satellite dans son coffret, écoutant l'intensité de la pluie dehors. Le service météo a dit que les précipitations seraient intermittentes durant les prochaines vingt-quatre heures, mais elle est sûre et certaine qu'il est déjà tombé plus que prévu. Ramassant sa lampe, elle entreprend de vérifier si les fenêtres du pub sont bien fermées, comme si la tempête pouvait chercher à entrer par effraction. Dans la cuisine, elle ouvre un frigo, en sort un récipient et commence à enfourner des cuillerées de macaronis froids dans sa bouche, adossée à un plan de travail. En espérant que le courant ne sera pas coupé longtemps, parce qu'ils ne peuvent pas se permettre le luxe de perdre des victuailles. Par bonheur, sa grossesse lui donne faim, même si elle a bien dîné avec Ethan un peu plus tôt. Après avoir fini de grignoter, elle retraverse le salon en direction de la chambre de Quinn.

Levant sa lampe, elle inspecte les lieux. Un cordon de chargeur dépasse de dessous le lit. Un coussin repose contre les oreillers, brodé d'un motif d'acacia rouge, peut-être de la main de la mère ou de la grand-mère de Quinn. Le panier en peluche de Bronte trône dans un coin, un joujou à mâcher abandonné au milieu.

Quinn a empilé cadres et albums de photos dans une commode. Un rangement peu sentimental. Rien n'est visible, sauf un cliché qui fait face à la pièce. C'est Bronte, un chiot encore, plus crème que roux, les mâchoires ouvertes dans un bâillement, les oreilles tombantes et pas encore dressées. Andrea saisit le cadre, le scrute avec un sourire. Quinn a adopté cette femelle de bouvier petite, dans une ferme voisine dont les propriétaires vendaient pour quitter le pays. Quinn aurait voulu accueillir les quatre chiens d'utilité des voisins, mais, bien sûr, Trish avait été effrayée par leur nombre. Andrea se demande s'ils ne devraient pas acheter un chien pour Ethan, puis se souvient qu'elle n'a pas de projets fermes pour le Pindarry en ce moment.

Elle tend le bras au-dessus du lit pour vérifier la fenêtre. Celle-ci n'est pas verrouillée, elle est même légèrement entrouverte et le rebord en est mouillé. Andrea la ferme comme il faut.

On ne sent pas la présence de Quinn dans cette chambre, qui pourrait être quasiment celle de n'importe qui. Andrea se dirige vers la penderie restée ouverte, où une pile de cartons occupe presque toute la place. Jetant un coup d'œil à celui du dessus, elle découvre de grandes tasses en faïence vert et blanc. Peut-être Quinn espère-t-elle s'en servir un jour dans sa propre maison.

Elle doit se sentir si seule au monde ! Pourquoi sa mère n'a-t-elle pas pu rester dans la région ? Andrea ne se voit pas laisser son fils vider la maison de famille et voler de ses propres ailes.

Elle referme le couvercle du carton, quand le vrombissement d'une moto se fait entendre.

13

LIVIA

Mardi 7 février
15 heures

— Tu crois que c'est profond ?
— Pas autant que ça en a l'air.
— Comment peux-tu savoir ?
— Tu as promis de traverser avec moi, non ? Alors fais-moi confiance.

Livia jette un regard à Joost. Surprise d'avoir la poitrine serrée d'émotion, elle voudrait éclaircir la situation.

— Je devrais te faire confiance, j'imagine. Tu es hollandais, tes compatriotes savent tout sur les niveaux d'eau, les digues et le reste, non ?

Joost glousse de rire.

— Quelque chose comme ça.
— Ne joue plus à tes petits jeux, OK ?
— Qu'est-ce que tu veux dire ?
— Tu sais parfaitement ce que je veux dire. Ne fais pas l'idiot.

Il pose une main sur son cœur, écartant ses longs doigts.

— Promis. L'affaire est sérieuse.

Le moteur est coupé. Les essuie-glaces s'activent à répartir les ondes d'eau sur la vitre, où se reflète un ciel taché de violet. Ils cherchaient l'embranchement pour les sources chaudes, quand ils se sont trouvés nez à nez avec ce tronçon de route submergé. Ils n'avaient aucune idée de sa profondeur. Une fois le quatre-quatre garé, ils ont tous cherché de longs bâtons dans les broussailles. C'était marrant, au début. Après avoir ôté chaussures et chaussettes, ils sont entrés partiellement dans le ruisseau en se servant de leurs bâtons pour jauger sa profondeur. C'est Joost qui a pataugé le plus avant, l'eau venant lui lécher le haut des mollets, mais on était encore loin du milieu de la nappe.

— Ce n'est pas si profond, a-t-il décrété en jetant son bâton.

— À moi, il me semble que si ! a protesté Hayley.

— On ne peut pas savoir, a dit Scott. Il faut plus de précision.

— Qu'est-ce que tu vas faire ? Sortir ta règle à mesurer de la voiture ?

Scott a retroussé sa lèvre. *Les relations des garçons sont revenues à la normale*, a pensé Livia.

— Tout le monde sait qu'on n'est pas censé rouler sur une route inondée, a sombrement déclaré Hayley.

— Ça veut dire quoi, « inondée » ?

— Ça.

Scott montrait la route du doigt.

— Tu plaisantes ? C'est une petite pluie. Vous les Australiens, vous n'y êtes pas habitués, c'est là le problème…

— Tu parles comme un expert, vieux, mais tu ne sais rien.

— Je sais que tu as peur de l'eau.

Livia faisait les cent pas devant les quatre roues motrices, le dos rond pour se protéger des rafales de pluie.

— On ne peut pas arrêter de se disputer ?

— On n'a qu'à faire demi-tour, a suggéré Hayley. On peut récupérer la Stuart Highway.

— Non, a dit Joost, ce serait une trop grosse perte de temps.

Cela leur a pris encore une demi-heure pour se mettre d'accord sur leurs prochaines étapes. Joost et Livia avaient hâte de s'élancer, sûrs de pouvoir traverser la « flaque », comme disait Joost. Si Livia avait mauvaise conscience de se ranger contre les Aussies, elle avait l'intuition que le quatre-quatre s'en sortirait. L'idée de faire demi-tour pour passer davantage d'heures coincée avec des gens qui l'agaçaient de plus en plus était trop lui demander.

Joost a levé une main.

— Je prends le volant.

— Pourquoi toi ?

Scott fronçait les sourcils.

Hayley l'a tiré par la manche.

— Oh ! pour l'amour de Dieu, laisse-le conduire !

Livia n'aimait pas beaucoup la lueur dans les yeux de Joost. Et s'il conduisait imprudemment, les laissait tous en rade ici ? Il fallait le surveiller.

— Ce n'est pas à Joost de prendre tous les risques, a-t-elle dit. Je monte avec lui.

— Toujours volontaire.

Joost a souri.

— Génial ! s'est écriée Hayley. On attendra ici pour donner un coup de main si vous avez des problèmes.

— Deux passagers, ça va alourdir le véhicule, a marmonné Scott.

— Hé, merci ! a riposté Livia. Je ne pèse pas tant que ça !

— Déchargeons un peu la voiture, a proposé Hayley.

— Ce n'est pas nécessaire, a répondu Joost.

Hayley a insisté.

À présent, Livia redescend du quatre-quatre, battant des cils sous la pluie, puis court vers Hayley et Scott. Les tentes et deux énormes sacs à dos reposent à leurs pieds, le matériel de Livia étant le plus vieux et le plus usé. Les lunettes de Scott sont accrochées à l'intérieur du col de son T-shirt, et Hayley prend des photos à l'aide de son portable, imperturbable. Le couple a des airs de réfugiés trempés et solennels. Livia fait une grimace comique, s'efforçant d'alléger l'atmosphère. Mais son pied droit glisse dans une flaque et Hayley doit tendre la main pour l'empêcher de tomber.

— Merci, balbutie Livia. Tu m'en veux ?

— Pourquoi je t'en voudrais ?

Hayley esquisse un petit sourire.

— On fait rouler votre voiture dans l'eau, vous devez penser tous les deux que c'est une mauvaise idée.

— Mais non, on a voté…

— Je ne suis pas énervé, mais si vous abîmez la voiture je le serai, déclare Scott.

— Tu viens, Livia ? crie Joost par la fenêtre.

— Une seconde ! hurle Livia.

Scott fait un signe de tête à Hayley.

— Viens, on n'a qu'à attendre là-bas.

Hayley se mordille la lèvre.

— J'ai changé d'avis, c'est trop risqué. On devrait attendre que les eaux redescendent.

Scott se frappe le front avec un gémissement.

— Nous avons déjà perdu assez de temps, renchérit Livia. C'est moins grave que ça en a l'air, j'en suis sûre.

— On ne pourrait pas prendre le temps de réfléchir ? suggère Hayley.

— Plus on perd de temps, plus l'eau monte ! proteste Scott.

— On devrait tous rester dans la voiture, c'est la règle.

— Il n'y a que quelques mètres ! Et on ne va pas les quitter des yeux, bordel de merde !

Livia effleure le bras de Hayley, sa peau est glacée.

— Nous allons traverser. Ce sera si peu profond que ça en sera risible. Ensuite on s'arrêtera, on rechargera nos bagages, vous allez remonter en voiture et on reprendra la route tous ensemble.

Après une dernière pression sur son bras, elle retourne en courant à la voiture, avant que Hayley ait pu changer d'avis. Elle grimpe au côté de Joost, qui a la bouche et les yeux grands ouverts, mimant un usager arrivé au sommet d'un manège de parc d'attractions. Ses genoux cagneux tiennent à peine sous le volant.

— Allez, bébé ! lance-t-il.

— Ne m'appelle pas comme ça !

Livia tire sur sa ceinture, réfléchit un instant, puis la laisse pendre à son côté. Elle abaisse sa vitre. La pluie est rabattue à l'intérieur.

— Qu'est-ce que tu fais ? demande Joost.

— J'aurai peut-être besoin de sauter de la voiture…

Avec un rire, il démarre le moteur. Joost porte toujours son bonnet de laine, qui a l'avantage de cacher ses cheveux clairsemés et de mettre en valeur les contours secs de son visage, son nez retroussé.

— Ne fais pas l'idiot, dit Livia. Conduis prudemment, OK ? On peut y arriver, ensuite on remballe tout et on continue à avancer.

— J'adore quand tu me commandes.

Joost rit de plus belle. Livia lui jette un regard.

— Je suis sérieuse, sois prudent !

Joost relâche le frein à main, le sourire toujours aux lèvres, et le quatre-quatre avance petit à petit. Le cœur de Livia bat plus fort. Elle se concentre sur l'eau devant eux, brillante comme un ruban de soie, tremblotante sous la pluie battante. Joost se rapproche en douceur, déplaçant l'eau progressivement jusqu'à ce que, soudain, celle-ci rejaillisse en gerbes de chaque côté du véhicule.

— Attention ! aboie Livia.

— Je gère, réplique Joost.

Se tournant pour regarder par la lunette arrière constellée de boue, Livia distingue les silhouettes de Hayley et Scott derrière eux, abandonnés et se tenant la main. Hayley a dû chercher un peu de réconfort. La pauvre, l'écheveau de son minutieux plan de vacances s'effiloche. Livia n'échangerait pas sa place contre la sienne, elle ne pourrait pas rester et attendre, être si passive. Et pourtant elle n'aimerait pas qu'un des deux soit dans la voiture avec elle plutôt que Joost. Pourquoi Scott n'était-il pas partant pour conduire ? Lui qui est si grincheux et si empressé de dominer le groupe, il recule chaque fois qu'il y a une chance de les tirer d'affaire.

Livia se retourne à temps pour voir l'eau retomber sur le pare-buffle et clapoter contre les portières. Il doit bien y avoir un mètre de profondeur, elle pourrait tendre la main pour la toucher comme si elle faisait une croisière fluviale. Ce n'est pas l'aventure ensoleillée dans l'outback de ses rêves. Après trois jours passés à Sydney à écouter des histoires dévastatrices sur la sécheresse australienne, elle s'attendait à une terre desséchée, des journées torrides et des coups de soleil. Pas à ce déluge, ni à ce marécage ingrat.

Un claquement sonore se fait entendre. Livia tressaille sur son siège.

— Qu'est-ce que c'était ? Quelque chose s'est cassé ?

— Détends-toi, c'était le tonnerre, dit Joost.

— *Détends-toi, c'était le tonnerre*, répète-t-elle. Encore un truc auquel je ne suis pas préparée…

Livia voulait que Joost conduise lentement, désormais elle aimerait qu'il accélère. Elle ferme les yeux pour tenter de ravaler sa peur, la certitude insidieuse que, s'ils n'avancent pas assez vite, les flots les engloutiront.

Le véhicule tangue, Livia tend les bras comme si elle pouvait le stabiliser. Quelle est la profondeur de l'eau maintenant ? Guère plus d'un mètre, sans doute. La voiture pourrait-elle chavirer ? Pourraient-ils être emportés ? Est-elle capable de se sauver par la fenêtre ? Ses yeux se rouvrent brusquement, elle se penche pour retirer ses rangers.

— On y est presque, murmure Joost. Pas de panique, bébé !

Ils vont de l'avant au milieu des eaux qui giclent de tous côtés. Les roues tournent sans véritable adhérence. Joost pose les avant-bras sur le volant comme pour propulser lui-même la voiture. Puis ils commencent à remonter. Livia regarde par la fenêtre. Elle n'y croit pas, le niveau d'eau baisse. Un sourire se dessine sur son visage au moment où le pare-buffle se cabre. Quelques instants plus tard, les pneus sont à l'air libre. Dessous apparaît le sol mouillé.

Elle lève une main triomphale et la tend à Joost, qui la claque au vol. Une sensation cuisante.

— On a réussi !

Pour la première fois, elle répond à son sourire farouche par un de son cru.

Il pousse un long hourra et active cinq fois l'avertisseur.

De son côté, Livia remonte sa vitre, songeant déjà aux sources chaudes qui les attendent. Peu importe qu'il pleuve, elle va sauter dedans. C'est une occasion unique dans une vie, après tout. Quel contraste ce sera de sentir l'eau bouillante sur son corps et en même temps la fraîcheur de la pluie sur sa tête ! Après, direction le Pindarry Hotel. Livia se changera, elle osera peut-être l'unique robe en coton qu'elle a emportée et mettra ses bottes à sécher quelque part. Elle est ravie et impatiente de voir le soulagement de Hayley quand celle-ci les rejoindra. Elle se tortille sur son siège. Bien que Hayley et Scott soient déjà plus éloignés, ils agitent visiblement les bras et applaudissent. Livia se retourne vers Joost.

— Mon Dieu, je suis tellement soulagée !

Il lui sourit.

— Tu as paniqué.

— Tu ne peux pas me le reprocher !

Le quatre-quatre continue à rouler sur la route plane, pas de flaques immédiates en vue.

— Tu t'arrêtes pas ? demande Livia. Tu vas faire demi-tour ?

— Dans pas longtemps.

— Qu'est-ce que tu veux dire ?

— Je m'arrêterai quand ce sera sûr.

Livia passe en revue leur environnement. Joost a peut-être raison, il leur faut un endroit sûr pour rebrousser chemin, un endroit sans sol détrempé ni fossés cachés.

Au bout d'un moment, elle tend le doigt.

— Ici, il n'y a pas beaucoup d'eau, ça devrait aller.

Joost roule toujours.

— Qu'est-ce que tu fais ? proteste-t-elle. On va trop loin, c'est pas la peine.

— Je veux leur donner une leçon.

Joost parle d'une voix douce. Elle le regarde fixement. La langue du Hollandais pointe entre ses dents.

— Une leçon ? Pas cool. Tu as promis de ne plus jouer à tes petits jeux, Joost. Allez, on va retrouver les autres !

Il reste silencieux.

— Tu trouves ça drôle ? Je ne pense pas que Hayley et Scott vont apprécier. C'est leur voiture ! On les a laissés sous la pluie !

— On va juste rouler un peu plus.

Nouveau coup de tonnerre, comme si les cieux s'ouvraient. Livia croise les bras.

— Merde, je n'ai rien à voir avec ce que tu mijotes ! C'est ton idée, pas la mienne, alors ne rejette pas la faute sur moi si la situation dégénère !

— La situation ne va pas dégénérer.

— Scott va péter les plombs !

— Oh ! j'ai tellement peur de Scott quand il pète les plombs !

Livia est stupéfiée par la lueur de joie méchante qui brille dans les yeux de Joost.

— Il faut rester solidaires, on n'a plus le temps de faire mumuse. Au cas où tu aurais oublié, nous sommes en pleine tempête !

— Tu parles d'une tempête !

— Enfin… le pire est encore à venir. J'aimerais bien être au Pindarry avant la nuit.

— Personne n'a forcé les Aussies à descendre de voiture, rétorque-t-il. Ils auraient pu venir avec nous.

— Bon, ils n'étaient pas super emballés, mais maintenant ils nous attendent, proteste Livia. Ils retiendront la leçon... Scott s'est trompé sur la profondeur de l'eau. Tu avais raison, on a réussi. Tu n'es pas content ?

Elle regarde derrière eux. Quelque part plantés là-bas, Hayley et Scott doivent se demander pourquoi la voiture a disparu de leur vue. Celle-ci prend de la vitesse, Livia se raidit. Les pneus chuintent sur la chaussée, l'argile des bas-côtés est luisante de pluie.

— Allez, Joost, reprend Livia, qui s'efforce de garder un ton serein. Ça suffit maintenant. Fais demi-tour, s'il te plaît.

Le Hollandais ne répond pas. De contrariété, elle donne un grand coup au tableau de bord.

— Demi-tour, rugit-elle.

Joost pousse un long soupir, tel un parent à bout de patience, ce qui donne à Livia envie de hurler.

Elle peut tenter de le supplier, même si elle ne croit pas que ça marcherait. Au contraire, il serait trop content. Elle peut aussi lui taper sur le bras, essayer de le raisonner et lui montrer que c'est grave, mais elle répugne à le toucher ou à lui donner un prétexte pour la frapper. Peut-être pourrait-elle lui arracher le volant, sauf que tout mouvement brusque est susceptible de faire déraper le véhicule. Quelque chose lui dit que Joost n'a pas autant peur qu'elle de l'accident.

— Tu sais quoi ? lance Joost.

— Je n'aime pas les devinettes.

Il consulte le rétroviseur, puis la regarde.

— On ne revient pas en arrière. Surprise !

Livia enfonce les talons dans le plancher de la voiture, tout son corps crispé.

— Arrête, Joost ! Fini de blaguer.

Le quatre-quatre prend encore de la vitesse. Joost se décontracte sur son siège.

— Je suis fatigué des Aussies, déclare-t-il. Ces deux-là sont soporifiques. Hayley passe son temps à geindre et à poser des questions, elle a tellement besoin d'affection ! Quant à Scott, on dirait un vieillard mou, fatigué.

Livia se cramponne à sa poignée de portière.

— Mais toi… tu me plais, conclut-il.

14

HAYLEY

Mardi 7 février
15 h 15

— Tu crois que la voiture va tenir ? demande Hayley, agrippée des deux mains à celle de Scott, tentant de s'empêcher de frémir.

Ce serait sympa s'il l'enlaçait d'un bras rassurant, mais il est figé, plus concerné par le quatre-quatre de son grand-père que par sa petite amie, ses tremblements et ses nerfs ébranlés.

— Putain, j'espère bien ! répond-il.

— Je suis surprise que Livia ait voulu le suivre.

— Moi aussi.

— Je croyais qu'elle voulait se tenir à l'écart de Joost.

— Euh, ce n'est pas ce qu'il semble pour le moment.

Tout est gris, le ciel, la route, les broussailles, ses pensées. La température a chuté depuis le matin. Hayley a enroulé son sweat à capuche autour de sa tête pour se protéger, vêtement le plus chaud qu'elle ait emporté pour leur randonnée en voiture, bien qu'il se soit rapidement transformé en un chiffon détrempé de plus.

— On est censés être reconnaissants pour la pluie, je sais, dit-elle, mais ça craint.

Scott scrute l'horizon.

— Joost a intérêt à savoir ce qu'il fait, il doit conduire lentement mais sûrement. Il ne faut pas qu'il y ait trop d'éclaboussures d'eau sous la voiture, ça risque d'abîmer le moteur.

— Il y a de l'eau partout, réplique Hayley avec un geste de la main. Comment il pourrait l'éviter ?

Scott ne daigne pas répondre. Elle a envie de lui demander pourquoi ce n'est pas lui qui conduit s'il en sait autant sur le sujet. Mais il bout déjà et elle veut éviter tout sujet de dispute.

Ils regardent la voiture s'éloigner. Les pneus disparaissent en premier, puis des arcs d'eau marron jaillissent de part et d'autre comme de bouches d'incendie. Livia se retourne pour jeter un coup d'œil par la lunette arrière. Hayley ne devrait pas s'étonner du courage manifesté par l'autre fille, puisque celle-ci montera bientôt à bord d'un bateau militant dans la mer de Timor. En comparaison, leur équipée est une promenade de santé.

— Je ne peux pas regarder.

Elle ferme les yeux un instant, Scott lâche sa main. Il fait quelques pas. Elle le suit, s'efforçant de ne pas se sentir blessée par la distance qu'il instaure entre eux. Tous deux dévorent des yeux le véhicule qui atteint le milieu de la nappe. C'est sans doute le secteur le plus profond, le plus périlleux. D'un instant à l'autre désormais, Hayley s'attend à ce que les flots enveloppent la moitié inférieure du quatre-quatre et à ce que celui-ci n'avance plus. Alors quoi ? Livia et Joost en sortiront ? Et tous les quatre devront attendre sous la pluie qu'on vienne leur porter secours ? Et si le niveau d'eau continue à monter, et que la voiture est emportée comme un bateau en papier…

Le véhicule avance toujours.

— Ils vont passer, murmure-t-elle.

Scott l'observe avec l'ébauche d'un sourire. La voiture continue, les eaux s'écartent. Puis Livia et Joost sont en sécurité de l'autre côté.

— Ils ont réussi.

Scott applaudit bruyamment.

— Je suis si contente ! dit Hayley, qui trépigne en agitant la main en direction des autres. Je parie que c'est la plus grande flaque qu'on verra, ça va être de la gnognote à partir de maintenant !

Scott n'écoute pas, il observe l'avancée de Joost et Livia, le quatre-quatre roulant au ralenti.

Hayley s'immobilise.

— Mais où est-ce qu'ils vont ?

— Ils cherchent un endroit où se garer, je pense, répond Scott. Les bas-côtés sont boueux, ils pourraient s'embourber s'ils ne font pas attention.

Hayley reste plantée à côté de Scott, se balançant d'un pied sur l'autre pour se réchauffer.

— J'en ai tellement assez de cette pluie !

Elle embrasse du regard son sac à dos et sa tente posés à terre. *Pas encore*, se dit-elle, *attends que la voiture s'arrête et que Joost et Livia reviennent vous aider.* Peut-être était-ce stupide de décharger tout ce bazar – leurs affaires sont trempées maintenant –, mais il y a des chances pour que tout puisse sécher s'ils trouvent une chambre au Pindarry. Elle n'a pas pensé à réserver un hébergement parce que leur projet était de camper tous les soirs. De combien de chambres l'hôtel dispose-t-il et sont-elles déjà prises ? Combien d'autres touristes voyagent par ce temps ? Elle enlève son sweat à capuche, l'essore et l'attache sous son sac. L'hôtel dispose peut-être d'un sèche-linge à l'usage des pensionnaires.

— Qu'est-ce qui se passe, putain ? marmonne Scott.

Hayley lève les yeux, repère le faisceau lointain des feux de voiture, puis le perd de vue dans la brume. Le quatre-quatre a disparu.

— Où ils sont passés ?

— Peut-être qu'ils ont tourné à un carrefour. Même si je ne pensais pas qu'il y en ait un…

— Pourquoi est-ce qu'ils roulent si loin ?

— Écoute, je n'ai pas la réponse, OK ? rétorque-t-il avec un regard furieux. Viens !

Ils marchent jusqu'au bord des eaux, puis s'arrêtent les yeux fixes, comme s'ils guettaient l'apparition d'un oiseau rare. Ils attendent et voient venir, dansant d'un pied sur l'autre de nervosité. Hayley ne veut pas être la première à exprimer leurs peurs.

Scott cherche son téléphone.

— Merde, murmure-t-il en consultant l'écran. Toujours pas de réseau.

Les doigts de Hayley volettent sur ses cuisses.

— Je sais ce qui se passe.

— C'est vrai ?

— Joost a inventé un nouveau petit jeu.

— Cet enfoiré, ce n'est pas drôle. C'est MA voiture.

— Ou… tu penses que quelque chose ne va pas ? La voiture est tombée en panne ?

— Pourquoi tu poses autant de questions ?

Scott élève la voix.

Hayley se détourne de lui, luttant pour contenir sa panique et ses larmes. Comme elle, Scott est perturbé et il est inutile d'implorer des réponses. Elle scrute la route derrière eux. Aucun véhicule en vue. Elle reporte ses regards droit devant, essaie de contrôler le mouvement de ses doigts.

— OK, dit-elle, OK, OK, OK. Voilà ce qu'on va faire. On attend encore cinq minutes.

Elle tend son index vers Scott.

— Tu n'as qu'à minuter.

Le voir consulter son écran de portable lui redonne courage. Il paraît plus calme en suivant des consignes.

— S'ils ne sont pas revenus dans cinq minutes, c'est qu'ils ont un problème, reprend-elle. La voiture est tombée en panne… Ou c'est inondé plus loin ou je ne sais quoi.

— Et au bout de cinq minutes ? Si on ne les revoit pas ?

— On part à leur recherche. Ils peuvent très bien attendre qu'on vienne les aider et se demander pourquoi on met tant de temps.

— Non, allons-y maintenant. Tu as vu la profondeur de l'eau ? Ce n'était pas méchant, je pense qu'on peut traverser sans problème.

Hayley secoue la tête.

— Pas question. Je vais glisser et tomber dans l'eau, sûr et certain !

— Tout ce que tu as à faire, c'est de rester sur tes deux pieds.

La voix de Scott est cassante.

— On ne voit pas ce qu'il y a sous la surface. Ça ne te fait pas flipper, toi ?

— Non, ce n'est qu'une route…

— Je t'en prie, Scott, attendons ici, comme prévu.

— Il va faire nuit. Tu restes ici, OK, ne bouge pas. Je vais vérifier la route.

Scott commence à patauger dans la zone inondée. Ses tennis disparaissent, puis ses mollets. Il écarte les bras pour garder l'équilibre, vacille, puis se redresse, repousse sa mèche humide de devant ses yeux.

— Oh ! mon Dieu ! s'écrie Hayley. Fais attention aux trous !

— Qu'est-ce que tu crois que je fais ? riposte-t-il.

Une anxiété épouvantable noue le bas-ventre de Hayley, écartelée entre son envie de rejoindre Scott dans la flaque brune et son désir de ne pas abandonner la sécurité relative de l'observatrice. À la fin, la distance croissante entre eux deux la met en mouvement. Elle glisse ses pieds l'un devant l'autre dans le courant glacé comme s'ils étaient chaussés de skis. Le contact de l'eau grouillante d'herbes et de branchages avec sa peau la révulse. Peut-être y a-t-il des serpents. Quand elle atteint l'autre bord, Scott lui jette un nouveau regard furieux.

— Je croyais t'avoir dit d'attendre…

— Je n'ai pas pu. Tu as raison, il faut se dépêcher. Et s'ils ont eu un accident ? Ils peuvent être blessés, ils vont avoir besoin de toute l'aide possible.

— Ah ouais ? Et qu'est-ce que tu vas faire pour eux ?

Il y a une trousse de premiers secours dans la boîte à gants, avec des pansements et un rouleau de bande dont elle ne sait pas se servir.

— S'il te plaît, allons-y, ça ira, implore Hayley.

— Tu es sûre ? Pourquoi tu restes pas ici ? Si tu te tords la cheville ou je ne sais quoi, je ne pourrai pas te porter…

— Oui, je suis sûre.

Scott expire bruyamment, puis attend qu'elle le rattrape.

Ils partent au trot, l'eau clapotant sous leurs pieds. Aucune construction à l'horizon, ni ferme ni grange, aucun véhicule non plus, en tout cas aucun de visible dans l'obscurité. Aucun panneau ni marquage, pas même une clôture. Les bas-côtés se sont transformés en bancs de boue, avec des herbes ondoyantes et de petits buissons tapis dans des fossés peu profonds. Hayley se demande pourquoi elle a voulu venir ici, au beau milieu des terres inhabitées d'Australie. Ils auraient dû opter pour des vacances à la plage comme d'autres étudiants de leur promotion.

Ils courent une dizaine de minutes avant d'arriver à un tronçon de route incurvé. Elle a les jambes lourdes et le ventre noué, le cœur lui bat dans les tympans. La dernière fois qu'elle a couru quelque part, ce devait être au lycée. Aujourd'hui, ils affrontent une crise. Finalement, Hayley comprend pourquoi il est si important d'être en bonne forme physique. Quand ils seront sortis d'affaire et rentrés à Adélaïde, elle s'inscrira à un club de gym. En priorité, à un de ces stages intensifs. Livia, elle, pourrait courir autant sans être essoufflée. Sentant ses lunettes de soleil glisser du haut de sa tête, Hayley les rattrape avant qu'elles tombent par terre.

— Attends une minute, gémit-elle. J'en peux plus…

Elle ralentit et repasse tant bien que mal à la marche, se répétant de juste continuer à avancer. Ramène ses cheveux derrière les oreilles, et regarde Scott progresser devant en traînant les pieds et s'aidant des bras. Plus de cinquante mètres les séparent déjà. Quoi qu'ils trouvent, Scott le verra en premier. Elle lève les genoux pour se remettre à courir, s'aperçoit que c'est impossible. Ses poumons brûlent.

— Pathétique, s'étrangle-t-elle.

Devant elle, Scott a lui aussi cessé de courir. Plus ils avancent, plus il ralentit, jusqu'au moment où il s'arrête. Arrivant à sa hauteur, Hayley a envie de pleurer de fatigue et d'exaspération.

Ils ont beau avoir parcouru au moins un kilomètre, aucun quatre-quatre enlisé dans la vase ne les attend. Ravalant confusément ses larmes, elle se penche pour poser les mains sur ses genoux et reprendre son souffle.

— Où ils sont, putain ? C'est dingue !

La voix de Hayley est geignarde.

C'est l'outback australien, on est en février, le temps est censé être chaud et sec. Rien à voir avec cette pluie implacable qui tombe sans fin et menace de rendre folle Hayley. Comme elle aimerait être attablée au Pindarry, en train de manger des frites et de prendre des photos de l'intérieur réputé du pub, vêtue et chaussée de sec !

— Nous n'avons pas à paniquer, dit Scott. Il y a une explication à tout ça. Il faut rester calme.

Hayley prend ses paroles pour une réprimande personnelle.

— Ils se sont évaporés, poursuit-il, et on ne sait pas pourquoi. Je n'aurais jamais dû donner à Joost les clés de la voiture.

— Ce n'est pas ta faute, j'étais d'accord avec cette idée, tout le monde était d'accord.

Silencieux et haletants sous le déluge, tous deux scrutent la route devant eux. Personne, rien. Ils sont tout seuls.

15

ANDREA

Mardi 7 février
19 h 15

Quand elle entend une moto, son premier réflexe est d'éteindre sa lampe pour s'accroupir dans le noir. Ce n'est pas très adulte, pourtant tout son être crie qu'elle doit se cacher. Alors elle coupe la lumière et attend, l'oreille tendue. Qui conduit cette moto ? Et pourquoi sa présence ici et maintenant, alors qu'un grain se prépare ? Ça peut être Dom ou un de ses copains, ça peut être un nouveau motard, Andrea s'en fiche, elle ne veut pas d'eux au pub, surtout quand elle est seule avec Ethan.

Le bruit de moteur s'amplifie. C'est une horrible intrusion, mais on dirait qu'il n'y a qu'une moto. Celle-ci doit tourner sur le parking, à la recherche du meilleur emplacement pour se garer. Andrea se fige au milieu de la chambre de Quinn, les paumes tendues comme pour chasser le visiteur. *Partez, s'il vous plaît,* pense-t-elle, *s'il vous plaît, s'il vous plaît, partez.*

Elle envisage de l'ignorer. Ce ne serait pas difficile, l'établissement est entièrement plongé dans le noir et tout est barricadé. Elle n'a qu'à ne pas faire de bruit et le motard finira par repartir.

Andrea suit les murs à tâtons en se frayant un chemin dans le salon. Si peu de clair de lune perce les nuages qu'il lui est difficile de voir où elle va. Ses battements de cœur lui semblent assez sonores pour donner l'alarme.

Le moteur s'arrête. On n'entend plus que le tambourinement de la pluie sur la toiture.

Andrea s'engage dans le couloir pour gagner le bar. Son téléphone est là. Elle le saisit, se laisse glisser à terre et consulte son écran. Toujours aucun signal. Ses poings se serrent, un geste qui l'aide à contenir une peur et une rage grandissantes envers l'intrus qui vient d'arriver. Pourquoi maintenant ? Elle déteste être dans cette position. Une obligation non écrite pour un pub de l'outback est d'offrir hospitalité et sécurité. Comment pourrait-elle alors raisonnablement refuser l'entrée ? Si elle ignore le bikeur, quelle sera sa réaction ? Il risque de s'introduire dans un cabanon pour passer la nuit et attendre la fin du déluge. Mince, Andrea serait ravie de l'héberger gratuitement, si ça voulait dire qu'elle n'avait pas à l'accueillir dans le pub, lié à sa maison, à l'endroit où dort Ethan ! Mais les cabanons sont fermés à clé et le motard ne pourra pas entrer sans effraction. S'il devait faire ça, ce serait franchir la ligne. Quelles autres lignes pourrait-il franchir ? En ce moment, le Pindarry a l'air d'une vieille bâtisse fragile et dérisoire, avec ses annexes rajoutées et ses divers points d'entrée. À des kilomètres de tout, Ethan et elle constituent une proie désignée pour quiconque voudrait faire irruption.

— Du calme, chuchote Andrea.

Elle se répète que la situation n'est pas la même qu'il y a des années, ce n'est pas l'homme qui l'a agressée dans un parking quand elle était jeune serveuse. Pourtant, cela ne serait jamais arrivé s'ils habitaient en banlieue ; son fils et elle seraient à portée d'oreille des voisins, au lieu d'être aussi isolés. Les lignes téléphoniques n'auraient jamais été coupées et une voiture de patrouille aurait pu être sur place en quelques instants. Pas ici, pas au Pindarry. La police est à des heures de route.

Pourquoi fallait-il que Matt les quitte, Ethan et elle, pour porter secours à un homme qu'ils connaissent à peine ? Elle maudit son esprit de bon voisinage, même s'il ne pouvait pas dire non à Greg. S'ils avaient des ennuis, ils trouveraient normal que les gens du coin viennent aussi à leur secours. C'est un prêté pour un rendu au fin fond de l'Australie, essentiel à la cohésion de la communauté. Même si, habituellement, il s'agit de lutter ensemble contre les incendies, non contre les inondations…

Et pourquoi Quinn s'est-elle rendue aujourd'hui à la ferme des Durand, à la veille d'une tempête ? Andrea aurait dû la convaincre de rester tranquille. Où est-elle passée ? Est-il possible qu'elle ait eu un accident ?

Il y a un flottement en elle. Peut-être la peur, peut-être les premiers mouvements du bébé. Elle enroule les bras autour de sa taille. Au retour de Matt, elle lui annoncera certainement sa grossesse et fixera un ultimatum. Il faut qu'ils déménagent dans une grande ville avant la naissance. Elle n'a plus le courage ni la résistance pour un pareil isolement. La tension n'est pas non plus bonne pour le bébé.

Toc toc. Le visiteur tape à la partie vitrée de la porte d'entrée. Andrea doit se contracter pour ne pas faire pipi de nervosité. *Contrôle-toi.*

De nouveaux coups se font entendre, plus forts cette fois, sur le montant en bois. Elle ne peut pas rester blottie ici, c'est ridicule. Si Matt ou Quinn la voyaient en ce moment…

Qui que ce soit, le visiteur ne renoncera pas juste parce que le pub est dans le noir. C'est l'unique refuge à la ronde.

Quand Andrea y pose la main, la porte d'entrée est glacée. Le store en vinyle est abaissé sur la vitre supérieure, ce qui, combiné à l'absence de lumière, protège son visage de quiconque est de l'autre côté.

— Nous sommes fermés ! crie-t-elle, tâchant de moduler sa voix pour avoir l'air ferme et optimiste.

— Hello, madame ! fait une voix masculine. Désolé de vous déranger… je pensais que vous seriez encore ouverts, comme c'est un pub et tout. J'étais là au déjeuner avec mes potes. Vous vous souvenez ?

Elle se fige sur place. C'est donc un des bikeurs de tout à l'heure.

— On s'est tous dispersés, continue-t-il. Le mauvais temps a fait des ravages ! Une partie de la bande est montée vers le nord, d'autres retournent au sud. J'ai décidé de revenir ici. Les routes sont dangereuses, les éléments se déchaînent. On aurait dû le savoir !

Il a un petit rire d'autodérision. Andrea garde le silence. Seul le bruit de l'averse torrentielle est audible.

— Vous êtes toujours là ? s'enquiert la voix.

— Oui, répond-elle.

— Je peux entrer ? Je suis trempé.

— C'est fermé, désolée.

— J'ai juste besoin d'un coin pour pieuter cette nuit, s'il vous plaît.

— Comme je l'ai dit, nous sommes fermés.

— Je vous embêterai pas, c'est promis.

Andrea se cache les yeux sous une main. Que peut-elle ajouter de plus ? Comment refuser ? Il n'y a nulle part ailleurs où aller, et l'homme a raison, voyager est dangereux. Et même si elle ne lui ouvre pas, il ne s'en ira pas nécessairement. Il peut s'incruster pour taper à la porte et implorer, réveiller Ethan et ajouter à son angoisse. Comme Matt avec ses copains plus tôt dans la journée, Andrea doit être hospitalière, supposer le meilleur chez les autres, non le pire. Le professionnalisme est la seule arme qui existe.

— Très bien, dit-elle. Vous pouvez vous installer dans un des cabanons ?

Elle pose une question et attend une réponse aimable.

— Magnifique ! s'exclame le bikeur. Merci, j'apprécie votre geste.

Andrea tend le bras pour tirer le verrou de la porte.

16

LIVIA

Mardi 7 février
16 heures

Livia s'agrippe à la poignée au-dessus de sa vitre, comme si celle-ci la reliait à la terre. Ses yeux dardent des regards furtifs, vérifiant le compteur de vitesse, la route droit devant, la distance grandissante entre eux et les jeunes Australiens.

— OK, très drôle, dit-elle. On peut s'arrêter maintenant ?

— Tu reconnais que c'est drôle, je suis content, déclare Joost. Ça fait mon bonheur !

Sa jambe gauche marque la cadence. Il fredonne avec énergie.

Livia s'efforce de prendre un ton plus léger :

— C'est une super blague, je te l'accorde. Je pense qu'on les a assez effrayés maintenant, Joost. Faisons demi-tour et allons les chercher. Scott sera très énervé, mais il finira par en rire. Tu l'as eu, tu l'as bien eu !

Joost ne répond pas. Il fixe la route à travers le pare-brise, son bonnet ridicule enfoncé jusqu'aux yeux. Une fois de plus, son absence d'expression fait bouillir Livia.

— Joost ! crie-t-elle. J'ai dit que ça suffisait. Fais demi-tour !

Il pile brusquement, l'arrière du quatre-quatre dérape, chasse d'un côté de la route à l'autre. Un cri jaillit de la gorge de Livia. Joost va perdre le contrôle du véhicule, elle s'arc-boute avec les bras, elle a oublié d'attacher sa ceinture de sécurité. Son corps pourrait être catapulté à travers le pare-brise et se fracasser sur la chaussée. L'instant d'après, pourtant, la voiture se redresse et accélère sous la pluie battante.

Même si son pouls bat la chamade, Livia tire la ceinture en travers de son corps et actionne le mécanisme, respirant difficilement. Elle tremble de la tête aux pieds.

— Bien sage, murmure Joost. La sécurité avant tout.

Les yeux de Livia s'emplissent de larmes.

— Je te déteste.

Il ricane.

— Accroche-toi.

Il se rencogne dans son siège. Redoutant qu'il ne perde de nouveau le contrôle et qu'ils ne se remettent à déraper, elle croise les bras sur sa poitrine. Ses bras nus, comme ses jambes, glacés et vulnérables.

Que doivent penser Hayley et Scott ? Est-ce qu'ils ont conscience qu'il se passe quelque chose ? Ont-ils franchi la route inondée tout seuls ou attendent-ils toujours là où Joost les a débarqués avec leurs bagages ? Peut-être leurs téléphones marchent-ils encore et ont-ils appelé à l'aide ? Sinon Hayley ne va pas tarder à paniquer. Livia l'imagine, ses vêtements collés sur son corps râblé, ses lunettes de soleil en plastique perchées sur le haut de sa tête. L'Australienne, qui n'est jamais allée nulle part auparavant, a consacré tant de temps et de passion à organiser ce voyage ! Et maintenant cette folie est arrivée. Livia se plante les ongles dans les paumes. Scott a intérêt à ne pas blâmer Hayley, il a intérêt à ne pas s'en prendre à elle en réaction. Tout est la faute de Joost, celle de personne d'autre.

Combien de temps ont-ils roulé ? Ça ne peut guère faire plus que quelques minutes, mais ils couvrent rapidement du terrain. Calée contre la portière, Livia observe Joost du coin de l'œil. Peut-être que, si elle reste silencieuse sans montrer la moindre émotion, il en aura marre et rebroussera chemin. Si elle a l'air tendue ou effrayée, ça risque de nourrir sa drôle d'adrénaline. Il va trop loin, c'est tout. Ce doit être l'humour hollandais. Joost croit que tout le monde va admirer son audace farceuse quand ils seront tous réunis. Il veut que ça reste un épisode légendaire de leur odyssée. Enfin, Livia n'en rigolera pas plus tard. Elle ne pardonnera jamais à Joost et ne passera certainement plus une minute seule avec lui. C'était imprudent de monter dans la voiture avec lui, trop naïf. Comment a-t-elle pu ignorer à quel point il avait été glauque un peu plus tôt dans la journée ? Elle est victime de sa propre inconscience.

Sa famille serait désespérée de savoir ce qui se passe en ce moment. S'ils l'apprennent plus tard, ses parents pourraient très bien ne plus financer aucun de ses futurs voyages à l'étranger. Son père s'inquiétait surtout du bateau de Darwin ; malgré le soutien de Camila et de sa mère, Livia a mis des jours à l'amadouer, obtenir sa bénédiction et son argent pour cette expédition. Ils ne se doutaient pas alors que le bateau ne serait peut-être pas la partie la plus périlleuse de l'étape australienne. Probablement vaut-il mieux ne jamais partager cette histoire. En fait, elle-même décide d'oublier complètement l'incident. Une fois qu'elle sera séparée de Joost, elle ne pensera plus jamais à lui… Sauf pour poster un avertissement sur les forums de voyage. Ce garçon ne doit pas être autorisé à traiter les autres ainsi.

— Tu t'amuses ? lance-t-il.

Livia voit un petit triomphe dans le fait que Joost ait brisé le silence.

— Non, je ne m'amuse pas, répond-elle laconiquement. Comment tu oses même me poser la question ?

— Moi, je m'éclate.

Il sourit.

— Bon, et maintenant ? Tu vas continuer à rouler ? Jusqu'où ? On gaspille juste du carburant, Joost.

Il garde le silence.

— Tu ferais mieux d'espérer qu'il n'est rien arrivé à Hayley et Scott, insiste-t-elle.

— La ferme, tu veux ?

Le pouls de Livia s'emballe.

— Tu sais que tu as volé une voiture ?

— Elle n'est même pas à eux, Scott l'a empruntée…

— Elle n'est pas plus à toi.

Il agite une jambe.

— Tu commences à être vraiment rabat-joie !

— Tu as un plan au moins ?

— Oui, j'ai un plan, miss Livia.

Ces mots déclenchent un frisson de terreur chez elle. Livia se penche pour regarder la jauge d'essence. Grâce à leur halte à Mindarie, le réservoir est aux trois quarts plein. Ça lui donne envie de pleurer de rage.

— C'est si agréable d'être seuls. On s'embrasse maintenant ?

Joost fronce les lèvres.

Livia s'écarte, dégoûtée.

— J'ai besoin d'aller aux toilettes, déclare-t-elle. Arrête-toi.

— Tu mens !

— Non, je ne mens pas, je le jure. Je ne vais pas pouvoir me retenir, s'il te plaît !

— Ça ne me dérange pas, j'aimerais bien te voir faire pipi dans ta culotte. Chiche ?

— Tu es révoltant !

Livia demeure tassée contre la portière, mettant autant de distance que possible entre eux. Joost est tordu, c'est clair. Elle bluffait sur son besoin de faire pipi mais, maintenant qu'elle a soulevé le sujet, elle sent sa vessie se contracter. C'est exaspérant de penser qu'il la domine. Il fredonne en tapotant avec ses pouces sur le volant, et elle aimerait bien qu'il reste tranquille. Quel que soit l'air qui lui plaît tant, celui-ci lui tape sur les nerfs.

— Hé, au moins les Aussies ont de l'eau !

Joost la regarde comme si elle allait rire de sa vanne.

— Et quand il va faire nuit ? Ils seront mouillés et gelés, rétorque Livia. Pour ne pas dire terrorisés et désorientés…

— Tu n'as pas remarqué ? Ils ont sorti leur tente de la voiture. Tu trouves pas ça drôle ?

— Qu'est-ce qui ne va pas chez toi ? Hayley et Scott sont des gens bien, ils ne méritent pas ça ! Ils pourraient faire de l'hypothermie, et toi tu vas avoir d'énormes ennuis. Énormes !

— *Ce sont des gens bien…*, pleurniche Joost pour l'imiter.

— On va t'arrêter, poursuit-elle. T'expulser du pays, et tu seras jamais autorisé à revenir…

— Promis-juré ?

— Tu pourrais avoir des ennuis aussi dans ton pays, peut-être même passer du temps en prison, c'est sérieux.

Joost détache une main du volant, se renversant sur son siège comme s'il était au cinéma.

— Je vais pas aller en taule.

— Eh ben, bonne chance.

— Livia, c'est juste une virée en voiture.

— En fait, c'est un enlèvement.

— Tu es montée avec moi, c'était ton choix. Je ne t'y ai pas obligée, je ne t'ai pas forcée.

— Et depuis je t'ai demandé une douzaine de fois de me laisser descendre !

— Hayley et Scott t'ont vue monter dans le quatre-quatre, riposte Joost. Tu étais contente, tu t'amusais. Ils connaissent la vraie version des événements.

La colère submerge Livia.

— Ils savent que tu es dingue et je ne te laisserai pas les abandonner !

Joost réagit à peine.

— Un dingue, hein ? OK. Je me soucie guère de ce que les autres pensent de moi. Je ne m'en suis jamais soucié et ne m'en soucierai jamais…

Livia coince les mains entre ses cuisses pour faire cesser ses tremblements, essaie de contrôler sa respiration. Ça ne marche pas. Elle doit garder toute sa tête pour réfléchir à la situation. Joost ne l'écoute pas, il est temps de tenter une autre approche.

— Et tes parents ? Ils paient ton voyage, non ? Ils doivent t'aimer et tenir à toi. Tes parents n'ont pas envie que tu roules dans l'arrière-pays comme un maniaque, ils n'ont pas envie de te voir en prison. Qu'est-ce qu'ils diraient de ce que tu me fais ?

Le visage de Joost s'allonge. Se sent-il abattu ou contrarié ? Livia ne sait pas.

— Tu as un frère, une sœur ?

— Personne à qui je tiens, avoue-t-il. À part toi. Tu es ma préférée.

Il tire un peu la langue, comme un chien haletant.

Livia tourne la tête, déterminée à ne pas lui laisser voir son désarroi.

La pluie diminue. Le soleil faible et rincé jette un éclat dérangeant. Livia attend qu'une voiture ou une construction se matérialise, on ne voit de lumières nulle part. C'est comme s'ils étaient sur une planète inhabitée. Que peut-elle faire si un autre véhicule apparaît ? Ouvrir sa fenêtre et agiter les bras ? Se jeter sur Joost pour appuyer sur l'avertisseur ? Elle n'aurait qu'une fraction de seconde pour capter leur attention et Joost ferait tout pour l'arrêter. À cette vitesse, et sur une chaussée aussi glissante, ils auraient fatalement un accident. Livia n'arrive pas à croire qu'il l'ait piégée si vite et si facilement.

L'écran de son téléphone n'affiche toujours aucun service. Joost avait raison sur un point : la technologie n'a pas pénétré ce territoire reculé. Comment les gens peuvent-ils vivre ainsi ? Que se passe-t-il en cas d'urgence ?

— Tu sais, on pourrait continuer à rouler… traverser le centre de l'Australie sans même s'arrêter, suggère Joost, qui a baissé la voix pour prendre un ton de conspirateur. Toi et moi. Côte à côte dans notre propre road-trip !

Livia fait la moue.

— Ouais, excellente idée, mes vacances de rêve.

— Ce n'est pas dur de conduire sans arrêt, toute la nuit et toute la journée. Les chauffeurs routiers partent pour plusieurs jours.

— C'est différent, ils y sont habitués et *eux* observent des pauses pour se reposer.

— Je suis jeune, je suis en forme, je suis éveillé. Combien de temps tu crois que je peux rouler sans m'arrêter ?

— Je ne vais pas te mettre au défi, si c'est ce que tu attends.

— Si, allez, mets-moi au défi.

— Très bien… Je te mets au défi de faire demi-tour et de repartir chercher les autres !

Sa réponse se réduit à un rire bruyant.

— On ne s'amuse pas tous les deux, du coup pourquoi tu me lâches pas ? insiste-t-elle.

— Parle pour toi, moi je passe un bon moment. Le meilleur moment que j'aie passé en Australie jusqu'ici.

Jusqu'ici… La peau de Livia se hérisse.

Ils approchent d'un panneau de signalisation. Jaune et noir, en forme de losange. Penché comme un arbre qui aurait poussé dans une plaine venteuse. Livia distingue les mots en caractères gras : ROUTE INONDÉE. Elle agite un index.

— Tu as vu ? Tu comptes faire quoi maintenant ?

Elle attend que Joost décélère. Ils vont devoir s'arrêter pour vérifier de nouveau le niveau d'eau, ce qui lui donne une chance de s'échapper. Après, elle ne sait pas. Une chose après l'autre.

Il ne lève pas le pied de la pédale d'accélérateur. Le tronçon de route submergé surgit devant eux.

— Hé, tu conduis trop vite ! Tu n'as pas vu le panneau ?

— Qu'est-ce que je suis censé faire ? Arrêter la voiture ?

— Oui !

Livia pose fermement les pieds sur le plancher, comme si ce geste devait l'aider à éviter l'accident imminent.

Ils n'ont plus le temps de discuter. Les roues motrices atteignent l'eau, qui rejaillit autour d'eux. Le moteur peine et les pneus commencent à patiner. Ils perdent de la vitesse.

— Tu es malade ! hurle-t-elle. Tu vas démolir la bagnole !

Livia abaisse sa fenêtre jusqu'en bas, la pluie lui mouille le visage. Le quatre-quatre gronde et hoquette, tandis que Livia détache sa ceinture et tombe à genoux. Elle ne sait pas comment Joost va se tirer de là, mais elle ne veut pas rester avec lui.

— OK, comme si tu allais sauter ! la nargue Joost.

C'est la goutte qui fait déborder le vase. Livia passe la tête par la fenêtre, prête à descendre. Sentant les doigts de Joost lui labourer l'épaule, elle donne instinctivement un coup de coude en arrière. Sans faire mouche, sa réaction lui procure un peu d'espace. Elle lance une jambe par la fenêtre ouverte, puis se penche pour que la tête et le torse puissent suivre, enjambant la portière comme pour monter à cheval. La voiture se cabre dans le courant, progressant lentement sous les jurons de Joost.

Livia tend davantage la jambe gauche, touchant l'eau du bout des orteils, puis sort le reste du corps par saccades. Au dernier moment, son pied droit manque rester accroché au montant de portière, mais elle réussit à se dégager en basculant sur le côté. Ses bras battent l'air. Elle n'a qu'une pensée : *Ne pas passer sous la voiture.* Elle heurte douloureusement le nouveau marécage de la hanche et du coude. Quand elle ouvre la bouche pour crier, celle-ci se remplit d'eau boueuse. En crachotant, elle reprend pied et s'enfuit tant bien que mal, en berçant son coude qui lui fait horriblement mal. Elle est dans un cauchemar où son corps refuse de bouger aussi vite qu'il le faudrait. À quelques mètres devant, le quatre-quatre est susceptible de perdre son adhérence et de dériver vers elle à tout moment.

Livia atteint le bas-côté broussailleux.

Quel merdier ! pense-t-elle, de nouveau en fureur.

Elle aurait dû savoir que c'était risqué de faire équipe avec Joost. Il a emporté des pétards pour le voyage, peut-être a-t-il pris aussi des cachets. Ses yeux ne sont pas normaux. Ce doit être ça… Joost est défoncé. C'est la seule explication à cette dinguerie. La meilleure chose à faire, c'est d'économiser son énergie pour se préparer à tout ce qui peut arriver.

Elle se laisse choir à terre, face au ciel, où elle voit un patchwork de nuages ardoise et auburn enroulés et menaçants, scintillants sur les bords.

Joost avance un peu la voiture, de l'eau gicle des ailes intérieures. Sa haute silhouette se dessine derrière le volant, sa tête touche presque au plafond. S'il ne parvient pas à atteindre l'autre côté, s'il reste coincé, il devra lui aussi quitter le véhicule. Et après, si tous deux se retrouvent en rade ici, sans moyen de transport ? Peut-être d'autres voyageurs suivent-ils cette route, peut-être prendront-ils Hayley et Scott sur le chemin. Ils pourraient ne pas tarder à arriver, furieux d'avoir été laissés derrière. Hayley sera désemparée, sans doute en larmes, et ça c'est OK. Livia l'apaisera, elle lui expliquera tout. Et puis ils pourraient dénoncer Joost à la police.

Peut-être.

Livia ne sait pas de quoi son histoire a l'air. Est-elle crédible ? C'est comme Joost l'a dit : Livia est montée de son plein gré avec lui. Ça l'a stimulée, elle s'est sentie audacieuse. Pour une obscure raison, elle ne voulait pas passer pour aussi timide que les Australiens aux yeux de Joost. Ça semble si enfantin maintenant.

Le quatre-quatre retrouve un semblant d'adhérence et se hisse sur un terrain plus sec. Même si c'est un soulagement que la voiture soit hors d'affaire, Livia redoute la suite des événements. Joost a beau être imprévisible, il va au minimum essayer de la convaincre de remonter en voiture. Elle s'y refusera à moins qu'il ne la laisse conduire, insistera pour qu'il lui donne les clés. Peut-être reconnaîtra-t-il qu'il n'est pas à jeun et pourra-t-elle le pousser à la laisser prendre le volant.

Un frisson secoue son corps au moment où la voiture s'immobilise. Elle se relève et s'éloigne de quelques mètres, avant que la portière côté conducteur s'ouvre et que Joost sorte en titubant. Il a l'air blessé, jusqu'à ce qu'il éclate de rire en tapant sur le capot du véhicule comme si c'était son pote dans un film d'aventures.

— Waouh ! On a réussi ! braille-t-il.

Le doigt tendu, il vient vers elle.

— Vérifie que tu n'as rien de cassé, Wonder Woman ! Tu as sauté d'une voiture en marche.

Les sourcils froncés, Livia a du mal à respirer.

— Ne m'approche pas !

Les sourcils de Joost forment un triangle pitoyable.

— Qu'est-ce que tu crois que je vais faire ? Livia, je t'en prie, je vais pas te toucher...

— Tu m'as déjà touchée ! Tu te rappelles ce matin ?

— Allez... ne sois pas comme ça, susurre-t-il.

Il s'arrête à bonne distance.

— Laisse-moi conduire, ordonne-t-elle. Donne-moi les clés.

— Je ne pense pas, non.

Livia s'attend à ce qu'il fasse un mouvement brusque dans sa direction. Au lieu de quoi Joost déambule vers la boue, du côté opposé de la route, écarte les jambes, introduit une main dans son pantalon et sort son pénis.

— T'es un porc !

Livia détourne les yeux pour ne pas le voir uriner.

Joost glousse de rire.

— Tu sais que tu as envie de regarder !

Livia réfléchit à ce qu'elle doit faire. Il ne faut pas s'éloigner de la voiture. Le moteur tourne toujours. S'ils en venaient à se battre physiquement pour la maîtrise du véhicule, Joost l'emporterait. Elle n'est pas de force, il est beaucoup plus grand qu'elle et pourrait la tabasser s'il voulait, même si Livia est convaincue que ça n'ira pas jusque-là. Elle doit juste mettre un terme à ce délire. Si elle arrive la première à la voiture, elle peut retourner chercher Hayley et Scott. À eux trois, ils y verront plus clair. Ce qui donnerait à Joost le temps de gérer sa descente de drogue.

Elle le surveille du coin de l'œil. Combien de temps va-t-il mettre ?

Il tourne la tête et croise son regard.

— Tu aimes ce que tu vois ?

En reniflant, Livia enjambe le sol détrempé d'un air boudeur, feignant de se diriger à contrecœur vers la portière côté passager.

— Bébé, je savais que tu étais intelligente, dit Joost. Tu vois ? On ne peut pas nous arrêter. Le vrai road-trip ne fait que commencer, il va être incroyable !

En approchant de la voiture, Livia lutte pour garder son calme, contrôler l'adrénaline qui circule dans ses veines. Il faut que ça marche, le minutage doit être parfait. Elle est à portée du capot quand son énergie explose, lui donnant le jus pour se jeter vers la portière du conducteur, restée entrouverte.

— Hé ! crie Joost.

Livia bondit pour s'asseoir sur le siège. La clé est sur le contact, un Christ sauveur métallique qui se balance. Elle tire déjà la portière pour la fermer quand la tête de Joost surgit, menaçante, à la manière d'un monstre dans un conte pour enfants. Il saisit la portière des deux mains et l'ouvre de force, insinue son corps maigre dans l'interstice. Ses yeux sont hagards.

— Fais pas l'idiote, souffle-t-il, sors de là !

Livia accroche son bras droit au volant, tête baissée, résolue à ne pas se laisser déloger. Il s'est transformé en une bête qui se contorsionne en grognant contre elle. Elle lui décoche des coups de son pied botté. Touché.

— Putain !

Joost se plie en deux, une de ses mains lâche prise. Livia lutte pour garder le contrôle de la porte. Si elle réussissait seulement à la fermer, elle pourrait tout verrouiller et le véhicule serait à elle. Malgré la douleur qui lui vrille le coude depuis son saut hors de la voiture, elle se cramponne au volant en tirant sur la poignée de son autre bras. Le métal oscille entre eux deux.

— Allez, cocotte, jette l'éponge, gronde Joost.

Il semble de nouveau s'amuser et son sourire la terrifie.

— Tu sais bien que la force l'emporte toujours !

Une étincelle de haine flamboie en elle. Soudain, elle se remémore un jeu d'enfants.

Elle desserre les doigts. La portière rebondit et heurte Joost au visage. Il pousse un hurlement en étreignant son nez, Livia écarquille les yeux d'horreur. Elle qui voulait prendre le contrôle, la voilà paralysée à la vue du sang de Joost. Lui a-t-elle cassé quelque chose ? Est-elle allée trop loin ? A-t-il besoin de secours ?

Livia a un pied qui pend hors de la voiture, le bras encore accroché au volant. Joost a chancelé en arrière. Il pourrait riposter d'une seconde à l'autre, tenter de lui rendre la pareille parce qu'elle lui a fait mal. Ce n'est pas le moment d'être indécise. C'est sa chance ou jamais, c'est le moment de fermer la portière et de démarrer, de revenir vers Hayley et Scott.

Les doigts de Livia cherchent la poignée à l'instant précis où les hurlements de douleur de Joost se muent en cris de rage. Des cris animaux que Livia sent résonner en elle. Elle s'étire de toutes ses forces, peinant pour réduire l'espace. Sa main ne trouve que le vide, puis Joost est de nouveau sur elle.

17

HAYLEY

Mardi 7 février
16 h 30

Même si le sol est dur et humide, Hayley est reconnaissante d'avoir un abri.

C'est elle qui a eu l'idée de dresser la tente pour attendre à l'intérieur. Scott l'a approuvée avec lassitude. Trempés et abattus, ils sont revenus à pas lourds à leur pile de bagages. Le trajet du retour leur a paru beaucoup plus long que leur petit trot initial. Ils ont hésité un moment avant de choisir l'endroit où camper. Près de la route, où ils pouvaient être localisés et héler plus facilement tout véhicule de passage ? Ou plus loin, à distance plus sûre, pour éviter d'être renversés par un conducteur qui ne verrait rien à cause de la météo ? Finalement, ils se sont installés à quelques mètres de la bande d'arrêt d'urgence.

Après Mindarie, Hayley et Scott savaient mieux monter une tente. Ça n'a pas été un exercice agréable, surtout sous le déluge et sans les mains expertes de Livia, mais ils l'ont plantée avec une farouche détermination. Ils ont traîné les sacs à dos et autres paquets à l'intérieur, tout était lourd et gorgé d'eau.

Maintenant, Hayley se blottit contre Scott sous la toile, dans l'espoir que sa couleur caractéristique attirera l'attention des éventuels véhicules de passage. Ses vêtements trempés lui collent à la peau, extrêmement gênants et peu confortables. Elle préférerait être plus près de lui, mais Scott se détourne, un coude posé sur son sac, comme si elle était contagieuse. Si c'est là son comportement en cas de crise, elle n'apprécie pas beaucoup. Il est aussi fâché contre elle que contre les autres.

Hayley tente de rester positive.

— C'est une chance qu'on ait sorti la tente de la voiture.

— Ouais, dit Scott, on a tellement de chance que je me sens hashtag béni !

Hayley soupire. Elle qui souhaitait échapper à la météo est contente de cette prouesse mineure. S'il ne lui pleut plus sur la tête, elle peut prendre le temps de réfléchir à la suite des événements. Même si Scott semble plus résolu à ruminer qu'à se creuser la cervelle.

— Et si nous devions rester là pendant des heures ? dit Hayley. La nuit va tomber. On a une lampe torche ?

— Pffft. Pourquoi est-ce qu'on aurait besoin de lumière ? Y a rien à voir.

— Ça ferait moins peur.

Hayley joue avec ses lacets en revoyant Livia monter dans le quatre-quatre avec Joost. Que s'est-il passé à l'intérieur de la voiture ? Où est-ce qu'ils sont allés ?

— Alors, tu veux faire quoi maintenant ? ronchonne Scott.

— Je sais pas. Tu crois qu'ils vont revenir ?

— Ils ne sont toujours pas revenus, si ?

— C'est ouf !

— M'en parle pas.

— Je ne comprends pas comment Livia a pu nous quitter, elle avait l'air tellement sympa !

— N'importe qui peut avoir l'air sympa quand il veut.

Hayley lève les mains.

— Livia est incroyable. C'est une militante écologiste ! Je lis son blog, je la suis sur Insta. Elle aime les animaux, elle aime la nature… Il est impossible qu'elle nous laisse ici.

— Et pourtant elle nous a bien laissés.

— Ça vient de Joost, ce doit être son idée. Sous ses dehors décontractés, c'est une brute, tu ne trouves pas ?

— Un connard, voilà ce qu'il est !

— Hé ! Et s'ils voulaient baiser ? Tu crois que c'est possible ? Peut-être qu'ils avaient envie d'un peu d'intimité, même s'il existe des moyens moins drastiques pour…

— Tu vas la fermer, oui ?

Hayley se contracte, blessée. Si Scott est grincheux, c'est compréhensible, il a peur lui aussi. Mais est-ce une raison pour s'en prendre à elle ?

Elle tend la main vers son sac, ouvre la fermeture Éclair et sort une tablette de chocolat, s'attendant à ce que Scott la gronde. Dernièrement, il lui a fait des remarques sur son poids. À la place, il tend la main. Elle détache un carré pour chacun. La saveur familière la réconforte. Hayley explore l'intérieur dc sa bouchc avcc sa languc pour s'assurcr qu'il n'cn rcstc plus.

— Quand on rentrera au bercail, je vais m'offrir la plus grosse barre chocolatée… Un Cadbury Caramello, dit-elle. Et je prendrai la douche chaude la plus longue de ma vie. Peut-être en même temps…

— Bonne idée, ricane Scott.

— Ces vacances sont à chier… On en rigolera plus tard. Hein ?

Scott la regarde. Il y a longtemps qu'il ne s'est pas montré aussi attentif.

— Ça fera de bons souvenirs, je pense.

— Au moment des examens, on y repensera et on regrettera de ne plus être là !

— Si tu le dis.

— Dernière année de fac, poursuit-elle, avec un coup de coude à son petit ami. Ça va être génial. Une fois diplômés, on décrochera des jobs incroyables, on pourrait même travailler dans le même ministère ou cabinet comptable. Et on passera des vacances géniales, rien à voir avec celles-ci. Pas de virée en voiture à deux balles…

— Des vacances où ?

— À l'étranger. On visitera les mégapoles les plus peuplées de la planète… Des endroits blindés de monde où il est impossible de rester en rade. Paris, Londres, Tokyo. Et on voyagera en avion, première classe.

— Et comment tu vas te payer tout ça ?

— Je te l'ai dit, on trouvera de bons postes. C'est pour ça qu'on va à la fac, non ?

— Tu n'as pas dit à Livia que tu voulais être bénévole ? Pour visiter des villages et tout le reste…

— Si, je sais. Il n'y a pas de raison que je ne puisse pas faire les deux.

Sans prévenir, Scott écarte le rabat et s'extirpe de la tente. Elle rampe derrière lui. Il tombe de grosses gouttes de pluie, et l'air s'est refroidi. Une fraîcheur bienvenue qui la revigore.

— Scott, qu'est-ce que tu fais ?

— Je ne peux pas rester ici à attendre toute la nuit.

Il balance les bras d'énervement.

— Quel autre choix on a ?

— Je vais marcher jusqu'à ce que je les retrouve. Ou que je trouve quelqu'un…

— Tu vas quoi ? s'étrangle Hayley. Mais ça peut prendre des heures !

— Ouais, peut-être. C'est mieux que de traîner ici à se geler.

Hayley inspecte la route, un ruban gris qui se fond peu à peu avec le jour déclinant. On a peine à s'imaginer marcher dessus, avec tant d'espace inconnu de chaque côté et le vaste ciel mouillé au-dessus de la tête. Curieusement, la tente fragile plantée dans les broussailles représente la sécurité. Une bribe de civilisation.

— Quand on est perdu dans l'outback, on n'est pas censé se balader, lui rappelle-t-elle.

— C'est vrai si on a toujours sa voiture ! aboie Scott.

Hayley tressaille.

— Pourquoi tu me cries dessus ? Ce n'est pas ma faute.

— Oh si, c'est ta faute !

Elle est abasourdie par ses mots.

— Tu es un vrai connard…

Scott bondit vers elle, un bras à demi levé. L'espace d'une seconde, Hayley croit qu'il va la frapper. Il ne l'a jamais fait, elle ne l'aurait jamais imaginé. Elle recule. Ils se regardent dans les yeux, la fureur irradie de Scott, puis il laisse retomber son bras et se tourne vers la route. Qu'est-ce qui leur arrive ?

— Attends ! crie-t-elle. Excuse-moi, je ne veux pas me disputer.

Il marche vite, ne se retourne pas.

— S'il te plaît, Scott. Reste, il ne faut pas qu'on se sépare !

Elle pourrait le suivre, et pourtant elle est enchaînée à la tente, incapable de trouver la force de la quitter.

Elle regarde Scott jusqu'à ce qu'il devienne une forme indistincte vite engloutie par la brume.

18

ANDREA

Mardi 7 février
19 h 30

— Merci, poupée. Je suis désolé de débarquer comme ça en pleine nuit, dit l'homme.

Il surgit dans l'entrée obscure, un casque noir pendant d'une main comme une boule de bowling, une note de contentement déjà perceptible dans la voix. Vêtu d'un jean et d'une chemise à manches longues, il est maigre, plus grand qu'elle. Le soleil couchant se cache derrière les nuages, Andrea distingue mal le visage de son visiteur. La pluie compose une symphonie diluvienne autour d'eux, crépitant sur le toit de la terrasse, le parking, les gommiers assoiffés entourant les bâtiments.

Andrea se précipite derrière le bar, y déniche une seconde lampe-tempête, qu'elle allume. Elle s'est mise dans la lumière, mais c'est le seul moyen de trouver ce qu'elle cherche. Des bruits de pas résonnent dans la salle déserte. L'inconnu l'a suivie à l'intérieur.

— J'essaie de ne pas faire de bruit, dit Andrea d'un ton égal, tentant de paraître imperturbable. Ma famille dort.

Elle s'accroupit derrière le comptoir, où une petite armoire compacte est fermée à l'aide d'un cadenas, compose le code à quatre chiffres, puis ouvre la porte et détache une clé d'un crochet.

— Matt s'est écroulé, hein ?

Le bonhomme a un gloussement.

Levant les yeux, Andrea reconnaît les yeux bleus, les trous distendus des lobes d'oreille.

— Oh ! c'est vous !

— Oui, c'est moi, Rosey.

Le bikeur lève la main en remuant les doigts, un amuseur d'enfants macabre.

C'est celui qui a emmené Ethan faire un tour de moto, l'homme contre qui elle fulminait un peu plus tôt. De tous les amis de Dom, pourquoi a-t-il fallu que ce soit lui qui revienne ? Andrea renifle de colère, ravale ses balbutiements. Elle aimerait le pousser dehors, le renvoyer sur le parking boueux et claquer la porte. Elle aurait dû suivre son instinct et ne pas ouvrir.

Andrea laisse choir la clé sur le bar.

— Voilà, c'est le premier cabanon, il n'y a qu'à contourner ce bâtiment, on ne peut pas le manquer.

— Merci, ma jolie. Et ma bécane ? Y a pas un endroit sec où je pourrais la mettre à l'abri ?

Elle réfléchit une seconde.

— La grande grange. Elle n'est pas fermée à clé, vous n'avez qu'à faire coulisser la porte et la garer à l'intérieur.

— Parfait.

La lueur d'un éclair envoie des reflets lumineux autour du bâtiment.

— Comment tu t'appelles ? demande gaiement Rosey.

— Andrea.

— Andrea, enchanté de te connaître... dans les formes, cette fois.

Il pose son casque sur le bar, appuie ses avant-bras à côté.

— Je peux avoir un café ? J'ai besoin de quelque chose pour me réchauffer.

D'un geste, elle montre le plafond enténébré au-dessus de leurs têtes.

— Désolée, l'électricité est coupée.

Rosey se frappe le front.

— Bien sûr. Pourquoi on serait dans le noir sinon ? Un peu sinistre, non ? Pas de réverbères par ici, ni de circulation non plus.

— Écoutez, il faut vraiment que je ferme.

— Mais je suis gelé, Andrea ! Si je peux pas avoir de café, tu me servirais un whisky ?

— Je ne pense pas.

— Je pourrais même accepter une petite goutte de porto. Je me rappelle pas la dernière fois que j'ai bu du porto, probablement plus depuis que j'étais gosse et que j'en volais à mon grand-père. Hé hé !

— Comme je l'ai dit, le bar est fermé.

— S'te plaît ?

Avec réticence, Andrea se tourne pour scruter les étagères. Plus tôt il sera servi, plus tôt il repartira. Ses yeux sont probablement rivés sur ses fesses, mais elle refuse de se laisser dominer par ses nerfs. Ce n'est pas le même homme qui l'a agressée il y a des années, il ne va rien se passer. Rosey veut juste boire un coup, c'est le boulot d'Andrea, il n'y a rien d'extraordinaire à ça. Elle attrape une bouteille de porto scellée, qui est là depuis si longtemps qu'elle est couverte de poussière. Elle la débouche, puis verse une mesure dans un petit verre.

— Voilà votre porto pour vous réchauffer.

Un coup de tonnerre retentit dans le lointain. Un rocher gigantesque qui se fracasse sur le sol.

— Tu es gentille.

Rosey lève son verre à sa santé. Il goûte le breuvage, toussote et fronce le nez.

— Un truc de vieux. Comme j'ai dit, mon grand-père aimait bien en boire une goutte. Il nous a quittés.

— Vous n'êtes pas obligé de le boire.

Andrea revisse hermétiquement le bouchon sur sa bouteille, comme pour dire : « Ce sera tout pour ce soir ».

Rosey reste appuyé au bar. Les traits creusés de son visage forment des cicatrices béantes.

— Tenir ce bar, c'est un boulot sympa que tu as là, Andrea. Loin du tumulte de la grande ville.

— Ça peut aller.

— Je parie que toi et ton petit mari recevez des gens venus du monde entier ? Des touristes qui explorent le vaste désert, prennent une piaule pour voir un kangourou ou un wombat, hé hé ! Combien de visiteurs tu as par semaine, tu penses ?

— Je ne sais pas.

— Une météo pareille fait la différence, j'imagine. Pas grand monde sur les routes en ce moment, c'est désert.

— C'est en partie pourquoi nous fermons pour la nuit.

— Vous avez un autre client qui reste dormir ce soir ?

Andrea ignore sa question. Elle veut en finir. L'attitude reconnaissante de Rosey s'est muée en décontraction, presque de l'insolence, comme s'il avait tout le temps du monde pour siroter son verre. Elle aimerait bien que Matt rentre à la maison maintenant, elle donnerait n'importe quoi pour apercevoir ses phares se rapprochant sous l'orage.

Rosey se penche au-dessus de son verre d'un air protecteur. Son porto rappelle un flacon de sang.

— Je peux pas croire que mes potes aient eu envie de continuer à rouler, reprend-il. Ce serait pas pareil si on était en voiture, tu sais, mais mon blouson devenait si pesant que j'avais du mal à tenir le guidon, hé hé ! Je sais pas où sont les lascars en ce moment. C'est leur problème, pas vrai ? Je ne serais pas surpris qu'un ou plusieurs se prennent une gamelle. Ici, c'est un havre de paix, non ?

— Hmm. Comme je l'ai déjà dit, vous pouvez vous installer dans le premier cabanon.

Elle pousse la clé sur le bar en direction de Rosey.

Il ne baisse pas les yeux. Comme si elle n'avait pas ouvert la bouche.

— Alors comment va ton petit garçon ? Un gosse adorable, très sage, assez éveillé. Il était excité de monter sur la moto, je peux te dire. Comment il va ? Bien bordé dans son lit… comme Matt ?

Le cœur d'Andrea cogne dans sa poitrine.

— Il va bien.

Elle se représente Ethan dormant à poings fermés, son souffle léger, son petit nez, ses yeux hermétiquement clos, oublieux de l'orage forcissant. De ce voyageur importun.

— Je ne voulais pas te faire peur tout à l'heure. Les gamins de cet âge, ils adorent les motos. Les gars de mon âge aussi, hé hé ! On s'est juste un peu amusés, Andrea, y a pas de mal.

— Eh bien, vous auriez dû demander la permission d'abord.

— OK. Je peux l'emmener faire un tour demain matin ?

— Il n'en est absolument pas question.

— Pourquoi ? À cause du temps ?

— Non, parce que je ne veux pas qu'il fasse de la moto. Il est trop jeune.

— Il n'est pas trop jeune !

Rosey descend son porto, puis tapote le comptoir avec son verre.

— La même chose, s'il te plaît.

Andrea étreint le goulot de la bouteille.

— Vous savez quoi ? Ça vous dit si je vous donne la bouteille, que vous puissiez l'emporter dans votre chambre pour boire tranquillement ?

— Gratuitement ?

— Oui.

— Tu n'aimes pas ma compagnie ?

— Il est tard, je suis fatiguée.

— Tu blagues ? Il est encore tôt. On peut aussi bien traîner au bar pour continuer à causer. Je m'amuse bien, et je ne pense pas que je m'amuserais autant si j'étais seul dans une de ces minuscules piaules.

— Nous n'avions pas prévu d'ouvrir ce soir et j'ai travaillé toute la journée.

Rosey la dévisage avec des yeux mi-clos.

— C'est drôle que ton mari ne soit pas là. Il te laisse toujours travailler seule ? Je ne laisserais pas ma femme servir le soir toute seule. Je prendrais mieux soin d'elle.

— Il s'est assoupi, il est vidé. Nous avons trimbalé des sacs de sable toute la journée.

— Ou peut-être qu'il a peur du tonnerre… Qu'est-ce que t'en penses ?

Andrea feint de faire des rangements autour du bar.

Rosey ôte son blouson mouillé de ses épaules, l'étend à côté du casque. Il tapote le tabouret proche de lui.

— Viens t'asseoir, Andrea. Trinque avec moi. Allez, arrête de t'agiter…

Andrea garde la tête haute, songeant : *Il ne croit pas que Matt est là.* Toutefois, il est impossible que le bikeur en soit certain. Dehors, il y a une grande grange qui peut contenir un nombre incalculable de voitures. De fait, leur voiture de secours s'y trouve. Elle rapproche le porto de Rosey, tentant de conclure le marché. Comme pour la clé de chambre, il refuse de le prendre. Accoudé au bar, il garde ses yeux bleus fixés sur elle.

— Tu veux te débarrasser de moi, Andrea ? Allez, tu pourrais être plus gentille…

19

QUINN

Mardi 7 février
18 h 30

Quinn se dégage en décochant un coup de botte dans la poitrine de l'homme, sans se soucier de ses blessures. L'inconnu pousse un cri, la main qui étreint le poignet de Quinn se desserre, sans lâcher complètement prise. Entendant Bronte aboyer dans le quatre-quatre, elle regrette de ne pas l'avoir laissée descendre.

— Lâche-moi, halète-t-elle.

— S'il te plaît, dit-il d'une voix faible, aide-moi.

Quinn s'immobilise, désorientée. Ce n'est pas ce à quoi elle s'attendait. La main se ramollit. Quinn recule et l'homme abandonne. Son bras retombe sur la chaussée mouillée, il geint bruyamment. Ses yeux et un coin de sa bouche sont tuméfiés. Son visage est si meurtri et si ensanglanté que ça la rend malade de le regarder. Plantée à quelques mètres, elle observe, guettant un autre mouvement de sa part, scrutant les arroches basses du bas-côté à l'affût de quiconque y serait caché. Ça n'a pas l'air d'une mise en scène. L'homme ne peut pas vraiment lui faire du mal, il y voit à peine, pourtant elle reste secouée par son contact.

Elle se rapproche.

— J'essaie de t'aider, juste ne me touche pas, OK ? Tu m'as fait peur. Je vais appeler les secours…

Elle regagne sa voiture en courant. Dès qu'elle ouvre la portière, Bronte bondit dehors, pas moyen de l'arrêter. Quinn récupère son téléphone et vérifie l'écran. Pas de réseau.

— Merde !

Elle tape du pied sur le sol. Il y a bien une radio bidirectionnelle fixée sous le tableau de bord, mais ils sont trop hors de portée pour contacter le Pindarry.

Bronte renifle l'inconnu avec méfiance.

— Bronte, au pied.

Quinn siffle en se frappant la cuisse pour rappeler la chienne.

La jeune femme se demande quoi faire. Elle n'est pas assez forte pour tirer le blessé jusqu'au quatre-quatre, en plus le simple fait de le traîner risque d'aggraver ses blessures. Mais c'est dangereux aussi d'être exposé à la pluie, sa température corporelle doit déjà baisser, ce qui pourrait mener à l'hypothermie. D'abord, il faut le protéger de l'averse. Avec un peu de chance, une voiture ne va pas tarder à arriver.

Elle rouvre la portière côté conducteur, fait remonter Bronte et met le contact. Prudemment, elle roule en marche arrière, rapprochant le véhicule du blessé, terrifiée à l'idée de l'écraser. Peut-être est-ce ce qui lui est arrivé au départ, un accident avec délit de fuite. Sauf que ces accidents ne surviennent qu'en ville, non ? Il n'y a pas de piétons par ici. Il est plus probable qu'on l'a tabassé et laissé pour mort. Pourquoi ? Qui est-il ?

Quand le quatre-quatre est aussi proche que possible, elle bondit à l'extérieur, ouvre le hayon arrière et sort une vieille couverture de pique-nique, le genre à revers imperméable. Retournant auprès de l'inconnu, elle tend la couverture au-dessus d'eux pour s'abriter avec lui sous la bâche de fortune. Elle l'examine, il a reperdu conscience. Leurs visages ne sont qu'à quelques centimètres de distance. Une telle proximité est intrusive, comme si elle se glissait dans sa chambre pour le regarder dormir. Accroupie près de lui, elle prie pour que passe une voiture.

Quinn repense à la dernière fois où elle a attendu sur le bas-côté, des années auparavant, dans des circonstances très différentes.

C'était la saison de Noël, par un après-midi caniculaire. Quinn et sa mère Trish rentraient d'un week-end de shopping à Port Augusta. Ryan assistait avec des amis à un championnat de cricket à Adélaïde. Elles n'étaient qu'à soixante kilomètres de la maison, quand Quinn a été alertée par un choc sourd sous leurs pieds, puis la voiture est tombée en panne.

— C'est rien, le moteur a juste besoin de faire une pause, l'a rassurée Trish, se rabattant sur le bord de la route.

Elles sont descendues du véhicule. La chaleur ambiante était suffocante. Quinn sentait le soleil jaune lui brûler la nuque pendant qu'elle regardait sa mère lever le capot pour sonder les entrailles mécaniques. Elle craignait que cette dernière ne découvre pas ce qui clochait, avant d'entendre un triomphant :

— J'ai pigé !

Sa mère a fait signe à Quinn de se pencher.

— Tu vois ce truc ? C'est un bout de la courroie du ventilateur. Elle s'est effilochée, ça arrive parfois, et maintenant elle a fini par se détacher. C'est ça, la cause du bruit.

— Ça a l'air grave, a dit Quinn.

— Ça l'est… Heureusement, ta mère est préparée à tout.

Trish a arboré le sourire avec yeux écarquillés tant aimé de Quinn.

— Ce sera une bonne occasion pour que tu en apprennes plus sur les automobiles, ma chérie.

Elles se sont dirigées vers le coffre. Écartant les sacs de courses, Trish a sorti une caisse en plastique de pièces détachées. Elle a farfouillé dedans jusqu'à ce qu'elle trouve un nouveau ventilateur. Quinn se souvient s'être sentie fière que ses parents aient grandi au fin fond de l'Australie et soient toujours préparés à des situations délicates comme celle-là. Sous peu, elles allaient reprendre place dans leur véhicule climatisé et rentrer à la maison.

— Très bien, on y va, a murmuré Trish, se penchant sous le capot, le visage empreint de concentration.

Au bout de quelques instants, inclinant la tête pour examiner le ventilateur défectueux, elle a marmonné :

— Je ne comprends pas.

Quinn s'est rapprochée.

— Où est le problème, maman ?

— Je n'arrive pas à voir où on dévisse le boîtier.

— Je peux jeter un coup d'œil ?

— Bien sûr, vas-y, a dit Trish, l'air distrait.

Quinn a examiné la courroie de ventilateur déchirée, à l'affût d'une réponse miraculeuse au problème.

— Merde ! s'est soudain écriée Trish. Je pourrais réparer si le moteur n'était pas à l'envers !

— À l'envers ?

— Enfin, pas comme il faut… Habituellement, la courroie de ventilateur ne se présente pas ainsi.

Sa mère avait les mains posées sur ses hanches anguleuses. Elle portait sa tenue de ville, un short de couturier avec un chemisier blanc immaculé, et un collier de jade luisait à son cou. Trish ne portait jamais de bijoux à la ferme. Elle a scruté un moment la route déserte.

— Il faut téléphoner pour demander de l'aide. Nous ne pouvons pas rester ici beaucoup plus longtemps, nous allons rôtir.

— Qui on peut appeler ? Papa est occupé.

Comme les trois quarts des autochtones, il était sapeur-pompier volontaire au service des incendies et aidait à la lutte contre les feux de broussailles à trois cents kilomètres à la ronde.

— Papa n'aurait pas pu réparer de toute façon, a grogné Trish.

— Désolée.

— Non… C'est moi qui suis désolée, mon chou.

Trish a froncé de nouveau les sourcils devant sa courroie, comme si celle-ci pouvait avoir changé de position. Ses épaules se sont affaissées. Elle a tapoté sur son téléphone.

— Il faut essayer les services de dépannage. Espérons qu'ils ne mettront pas trop de temps…

Une fois son appel passé, Trish a glissé leurs bouteilles d'eau dans un sac, puis a pris un plaid sur la banquette arrière. Après avoir mis un chapeau, elles se sont dirigées vers un bouquet d'eucalyptus, seule ombre à des milles alentour. Avant tout, elles ont inspecté la terre orange à la recherche de serpents ou de fourmis agressives, puis Trish a plié le plaid pour en faire un siège le plus volumineux possible. Toutes les deux s'y sont installées pour attendre dans la chaleur étouffante. Sa mère enserrait ses genoux levés de ses bras minces, jurant à voix basse contre le ciel vide de nuages.

— Ça va aller, maman, a dit Quinn en lui caressant la cheville. Ils ne vont sans doute pas tarder à arriver…

— Je sais juste que j'aurais pu la réparer, a dit sa mère, mais ces moteurs modernes et leurs maudits constructeurs…

Un sanglot s'est étranglé dans sa gorge.

— Ce n'est pas ta faute, maman. Personne ne pourrait la réparer.

— Je voulais rentrer vite. J'avais prévu d'allumer la clim, de ranger les courses et de préparer à dîner pour ton père. Il est parti combattre un incendie et je voulais m'assurer que tout serait prêt pour son retour. Et puis je n'aime pas que tu sois dehors avec cette canicule…

Elles ont attendu plus d'une heure. Trish demandait régulièrement à sa fille si ça allait. Leurs vêtements leur collaient à la peau. Quinn aurait bien aimé s'arroser le visage avec un peu de son eau potable. Quand la dépanneuse est arrivée, le premier geste du mécanicien a été de leur tendre à chacune une bouteille d'eau bien froide qu'il avait extraite d'une glacière posée devant le siège du passager. Quinn a aussitôt pressé le plastique contre son cou. Ensuite, le mécanicien a passé moins d'une minute sous le capot de la voiture.

— Non, je ne peux pas la réparer ici, leur a-t-il dit. Il faut la remorquer jusqu'au garage pour tout démonter.

Quinn a regardé le corps de sa mère se détendre. Elle était soulagée que la panne ne soit pas facile à réparer parce qu'elle pouvait garder sa fierté. Mais elle n'a pas tardé à sembler vexée, contrariée de rentrer plus tard que prévu, soufflant bruyamment alors qu'elles transféraient leurs paquets dans le coffre du mécanicien. Les adultes ont parlé de la voiture en panne puis de cricket, tandis que Quinn, perchée entre eux sur la banquette et bercée par le voyage, luttait pour ne pas basculer sur le chauffeur.

Quand ils ont fini par atteindre la ferme, Trish a insisté pour que l'employé reste prendre un sandwich et un café. Elle l'a questionné sur le feu de broussailles, et le mécano lui a appris qu'il avait été contenu des heures plus tôt.

— Je me demande bien où est papa alors, a dit Quinn.

Elle n'oublierait jamais ces mots. La tension et l'angoisse présentes dans la pièce. La manière dont sa mère regardait d'un air absent par la fenêtre.

— Il va bien, a répondu le mécano. Il aide probablement à nettoyer...

Trish a incliné la tête.

— Ouais. Il a dû rester pour donner un coup de main.

Aujourd'hui, à la place d'une dangereuse canicule, c'est un déluge ininterrompu qui piège Quinn sur le bas-côté de la route. Le ciel s'assombrit de plus en plus, la pluie tombe plus fort. Qu'aurait pensé son père de ce temps, s'il avait toujours été en vie ? Sa ferme y serait-elle mieux préparée ? Verrait-il dans cette monstrueuse tempête une opportunité ? Ou serait-ce un autre fléau météo destiné à l'abattre ?

Bronte renifle contre eux. Quinn soulève la couverture pour laisser la chienne se faufiler dessous. Son souffle est moite sur sa nuque, son pelage dégage sa familière odeur musquée. Quinn pose des doigts hésitants sur le front du blessé, qui est glacé par comparaison.

— On ne peut pas attendre ici, pas vrai, Bronte ? Il n'y a plus personne qui passe désormais et ce gars est gelé. Il faut qu'on y aille...

Abandonnant la couverture, Quinn regagne sa voiture et ouvre une portière côté passager, puis revient en courant pour secouer doucement le blessé.

— Hé, tu m'entends ?

Il tourne la tête en marmonnant.

— Tu peux marcher ?

Pas de réponse. Quinn laisse échapper un sanglot de déception. Elle ne peut pas le soulever, elle est trop menue, trop chétive.

— Hé ! répète-t-elle en le secouant plus vigoureusement. Il n'y a pas d'autre solution. Réveille-toi !

Ses yeux exorbités bougent derrière les paupières closes.

— Tu n'as que quelques pas à faire. Allez !

Quinn empoigne un bras et tire. Le corps commence à rouler, elle pense que c'est grâce à elle, mais il continue de bouger et l'homme s'assoit.

— Oui, c'est bien, continue.

Elle plonge sous le bras du blessé et se redresse avec effort. Ils se lèvent de terre ensemble en chancelant légèrement. Quinn fait appel à toutes ses forces pour le faire avancer, le traîner jusqu'à la portière ouverte. Il pousse un cri perçant, elle manque le lâcher. Bronte aboie, dansant sur ses pattes. Par miracle, l'homme s'écroule sur la banquette arrière. Quinn se rue sur la portière opposée et le tire sur le siège de vinyle. Il hurle de douleur. Elle isole le son, refermant soigneusement les deux portières. Il est dedans, ils peuvent redémarrer.

Une fois au volant, Quinn marque une hésitation. Où aller ? La ferme Durand est la plus proche, ils peuvent toujours faire demi-tour et être là-bas en un quart d'heure. Mais il n'y a personne pour les aider sur la propriété inoccupée, peu de nourriture et de fournitures médicales. Elle serait seule avec cet inconnu, et la tempête pourrait durer des heures, peut-être même des journées entières. Son autre possibilité est le pub, à une heure de route, où Andrea et Matt ont reçu une bonne formation aux premiers secours.

Tandis que la pluie fouette le pare-brise, Quinn démarre le moteur et étreint le volant d'exaspération. Le trajet prendra plus de temps par ce déluge, elle ne voit plus rien à quelques mètres.

— Nous allons au Pindarry, annonce-t-elle à Bronte.

La chienne rondouillarde gémit, l'air aussi anxieuse que sa maîtresse.

20

HAYLEY

Mardi 7 février
17 h 30

Le vent a forci. Il s'acharne sur la toile, de concert avec la pluie, Hayley tressaille au moindre bruit. Comment a-t-elle pu penser qu'elle pouvait rester ici sans Scott ? Cette tente ne la protège de rien du tout.

Elle plaque les mains sur ses oreilles, ne voulant plus entendre les claquements et les craquements. Si elle n'était pas si déterminée à économiser la batterie de son téléphone, elle écouterait de la musique. Elle éclate en sanglots, regrettant que ses parents ne soient pas là. Ils arrangeraient tout. S'il y avait du réseau, elle les appellerait et ils trouveraient une solution, même depuis Adélaïde, à des milles de distance. Elle aimerait entendre leurs voix familières. Si quelqu'un faisait route vers elle, si d'autres personnes avaient connaissance de sa situation, cela rendrait son attente plus supportable.

Mais personne n'est au courant. Et, avec Scott parti, c'est comme si tout le monde se moquait de ce qui peut lui arriver.

D'abord, Livia et Joost l'ont abandonnée. Et maintenant Scott. Il ne lui a pas demandé de venir avec lui, ne l'a pas implorée, il ne s'est même pas retourné. Est-ce qu'il veut se montrer courageux ? Peut-être veut-il être son héros, aller chercher du secours et revenir le plus tôt possible. À moins, peut-être, qu'il ne se soucie que de lui-même. Nouvel exemple de la tendance de Scott à prendre ses distances avec elle.

En juin dernier, ils ont traversé une période affreuse, avec des semaines d'affilée de ciels chargés et de feuilles mouillées jonchant le sol. Sans le tampon que représentaient les cours, ils étaient cloîtrés ensemble à la maison. Hayley a tenté de convaincre Scott de se promener avec elle, de s'installer sur le canapé pour regarder Netflix, de fréquenter le pub du coin pour des bières à moitié prix et des concerts gratuits.

— Je n'en ai pas envie…

C'était sa rengaine. À la fin, elle lui a posé la question :

— Tu en as marre de moi ou quoi ? Tu passes tout ton temps à jouer, tu me regardes à peine. Tu vas me larguer, c'est ça ?

— Mais non, qu'est-ce qui te fait dire ça ?

— Tu ne veux jamais rester avec moi.

— On habite ensemble !

— Ça ne compte pas si on ne se parle pas, si on ne fait rien ensemble !

Scott a repoussé son portable pour se frotter les yeux derrière ses lunettes.

— Je ne sais pas ce que tu attends de moi, Hayley. Je me tape tant de merdes, à la fac, au boulot, tout ça…

— Il m'arrive les mêmes choses et je ne boude pas toute la journée.

Avec un mélange de lassitude et de douceur dans les yeux, il l'a regardée, puis s'est affaissé sur sa chaise.

— Écoute, excuse-moi, OK ? Je vais essayer de m'améliorer.

Hayley a eu mauvaise conscience. Elle l'a enlacé, ils ont échangé un baiser et fini par échouer dans la chambre, où ils ont fait l'amour dans le jour morne qui tombait sur le matelas. Ce soir-là, ils se sont rendus à pied au pub pour dîner. Elle se sentait illuminée de l'intérieur, riche de choses à lui confier. Une fois à table, il n'a pas une seule fois consulté son portable. Pendant les semaines suivantes, leur lien s'est renforcé, cela a rassuré Hayley. Puis, dans la période précédant Noël, Scott est redevenu maussade, daignant à peine lui parler, encore moins lui montrer de la tendresse. Le road-trip était censé les réconcilier, mais peut-être est-il réellement fatigué d'elle…

Hayley s'essuie les yeux. Un de ses nouveaux ongles s'est cassé, formant un vilain petit angle qui détruit tout son look. Novice dans l'art de la manucure, elle a oublié d'emporter une lime à ongles. Avec un soupir, elle sort son portable. Pas de réseau. Mais l'absence de médias sociaux ne veut pas dire qu'elle ne peut pas enregistrer son désarroi. Elle éprouve le besoin d'écrire. Sur l'appli notes, elle crée une nouvelle entrée comme s'il s'agissait d'une légende Instagram. C'est apaisant. Elle a vite saisi plusieurs paragraphes :

Seule dans le bush.

Drôles de vacances ! Des semaines d'organisation et tout part en vrille à cause de la météo. Il n'est même pas censé pleuvoir ici. Je croyais qu'il y avait une sécheresse et il s'avère que c'était grave exagéré, et en réalité il pleut trop !

Ce n'est pas l'unique problème. Livia et Joost ont pris notre voiture et ont disparu avec !!! Je ne comprends toujours pas pourquoi ils sont partis. Est-ce qu'ils sont fous ? Peut-être qu'ils sont amoureux, qu'ils se sont enfuis ensemble. C'est super pour eux, mais nous, qu'est-ce qu'on devient ? Hahahaha !

Scott me critique et maintenant il est parti lui aussi. Incroyable, putain ! Grrrrr. Quel genre de petit ami laisse sa copine comme ça ? Peut-être que c'est pour le mieux. Quel connard mal luné ! On ne dirait pas qu'il est en vacances, il n'arrête pas de me tomber dessus. J'aurais dû me douter de ce qui arriverait parce qu'il se comportait bizarrement même avant le départ.

Du coup, je me retrouve seule dans le noir et n'importe quel vieux taré peut se pointer…

Son journal commence à l'effrayer, alors elle cesse de taper et reste immobile, à guetter le moindre nouveau bruit. Elle n'a pas fait attention, tout peut arriver dans le bush. Mais non, c'est toujours le même temps déchaîné qui secoue la toile de tente.

Il ne faut pas gaspiller la batterie du téléphone, mais elle ne peut s'empêcher de dérouler sa galerie de photos. Il y en a une de Livia, Joost et Scott debout autour du quatre-quatre, le matin ensoleillé où ils ont quitté Adélaïde. Tous les trois clignent des yeux à cause de la luminosité. Bien plus grand que les autres, Joost a l'air hautain et anguleux. Livia pose avec son sac polochon à ses pieds, les coins de sa bouche relevés, plus déterminée que contente. Parée pour la prochaine étape, prête à sauver la planète.

Une autre image représente Livia et Joost en train de discuter à l'ombre de l'auvent du magasin d'alimentation de Mindarie.

Joost domine de sa taille Livia, qui tient entre ses bras un pack de bouteilles d'eau. Sur une autre, ils se détendent après dîner autour du feu de camp de Mindarie ; Joost fait un signe de paix et Scott a la bouche ouverte, comme au beau milieu d'une phrase. Hayley se rend compte qu'elle ne figure pas sur beaucoup de photos. Justement elle est sur la suivante, parce que c'est un selfie au camping avec tout le monde à l'arrière-plan. Proche de l'appareil, son visage est déformé. Ses joues sont roses, effet des flammes et du vin. Ce n'est pas juste. Les autres posent plus loin de l'objectif, l'air calme et charmant.

Y en a-t-il un seul qui a pris des photos de Hayley ? Un seul qui s'est intéressé à elle ? Livia fait une fixation sur les clichés de plantes et d'animaux. Quant à Scott, il ne s'est guère servi de son portable.

Fouillant dans son sac à dos, elle trouve un sachet de bonbons et le déchire pour l'ouvrir. Son contenu se répand sur ses genoux. Son désir était de les partager avec les autres, mais maintenant elle se dit : *Allez vous faire voir !* Elle se gave rageusement, enfournant dans sa bouche un fruit confit avant même d'avoir avalé le précédent.

Elle scrute la dernière photo de sa galerie.

Le ciel est couvert, l'image légèrement floue. Il y avait probablement des gouttes de pluie sur l'objectif. Livia est derrière le quatre-quatre, dont les feux de stop sont allumés. À moitié accroupie, elle s'amuse avec son appareil. On distingue une forme bleutée dans la voiture, le dos de Joost à la place du conducteur. La photo surprend Hayley, elle l'avait oubliée. Étant donné sa situation actuelle, il semble insensé qu'elle ait pris des photos, bien qu'elle comprenne pourquoi elle cherchait à se distraire. Quelques instants plus tard, Livia sautait dans le quatre-quatre et disparaissait. Posant les doigts sur l'écran, Hayley agrandit l'image jusqu'à ce que le visage de Livia remplisse l'écran. Que sait-on d'elle ? Scott aurait-il raison ? Livia pourrait-elle être méchante ? La Brésilienne plus âgée aux parents fortunés. En ce moment, elle pourrait très bien être en train de s'éclater avec Joost dans un motel, et il s'écoulera des heures avant que Hayley et Scott puissent signaler à la police la disparition de la voiture. Cela signifie-t-il que tout leur voyage est annulé, qu'ils vont rentrer à Adélaïde en ratés ?

C'est la faute de Livia, se dit Hayley, en proie à une bouffée de ressentiment. Si cela n'a rien à voir avec une mauvaise planification de vacances, cela a tout à voir avec Livia, qui fait marcher Joost à la baguette. Se pavane dans son short moulant. Se rase le crâne, comme si elle était si jolie qu'elle n'avait pas besoin d'avoir des cheveux sur la tête, à la différence des autres filles. Joue la globe-trotteuse aux frais de ses parents et pontifie sur le climat. Demande le nom d'un stupide oiseau marron que Hayley n'a jamais vu de sa vie. Pourquoi Hayley saurait-elle son nom ? Hayley, qui a presque décroché son diplôme universitaire, a une carrière de comptable devant elle, un petit ami de longue date. Elle ne dépend pas de ses parents. Et elle a quelques années de moins que Livia. Du coup, qui est la vraie surdouée ? Pas de raison que Hayley se sente inférieure.

— J'ai tout fait bien, murmure-t-elle. On passait de bons moments…

Barbouillée, elle écarte le paquet de bonbons. Scott doit être épuisé. Il marche tout seul depuis vingt minutes. Jusqu'où est-il allé ? En tout cas, il se bat. Il s'approche peut-être d'une ferme ou d'un relais routier ou d'on ne sait quoi, alors qu'elle se cache sous cette stupide tente. Qu'est-ce qui cloche chez elle ?

À genoux, Hayley fouille tout au fond de son sac à dos. Impossible de passer la nuit seule ici, il faut qu'elle s'active, trouve de l'aide avant le coucher du soleil. Scott a eu raison de rester en mouvement.

Son sweat à capuche est encore mouillé, elle enfile donc un T-shirt supplémentaire, puis une chemise à manches longues en coton. Renoue ses lacets par précaution avant de se glisser hors de la tente.

Dehors, dans le vent et sous une pluie glaciale, Hayley est à deux doigts de changer d'avis.

Il fait sombre… étrangement sombre pour 18 heures en été. De gros nuages cachent le soleil. Pas de réverbères, ni de maisons éclairées. Hayley active l'appli torche de son portable pour se frayer un chemin entre les buissons à hauteur de cheville. Il ne lui reste que quarante pour cent de charge, aussi l'éteint-elle une fois revenue à la route.

Un pied devant l'autre, dépêche-toi, se répète-t-elle. Il n'y a qu'à continuer à avancer et elle retrouvera bientôt Scott. Ce n'est pas marrant de marcher sous la pluie, avancer dans l'obscurité, mais mieux vaut ça que rester à rien faire.

Hayley tente de se rappeler exactement où ils en étaient de leur trajet. L'appli cartes de son portable ne fonctionne pas sans réseau. Ils avaient atteint la route départementale des sources sans rencontrer d'autres bifurcations. En outre, le Pindarry se trouve dans les alentours, peut-être à moins de cinquante kilomètres. Elle n'en est pas sûre. *Imagine, si ce pub est accessible à pied, que Scott soit là et qu'il ait parlé de toi, réuni un groupe de sauveteurs.* Elle n'aura peut-être pas à marcher autant que lui.

Doit-elle lui pardonner ? Il a été si méchant de lui reprocher ce fiasco, et puis c'est LUI qui a tendu les clés à Joost. Il a pratiquement dit adieu à la voiture de son grand-père. Si Scott n'avait pas été tout le temps désagréable avec Joost – s'il avait fait un effort pour être un pote au lieu d'un rival –, ils seraient peut-être toujours ensemble dans le quatre-quatre. Même si elle rumine la façon dont Scott l'a laissée tomber, elle s'inquiète de savoir s'il n'est pas frigorifié ou fatigué maintenant, peut-être même plus angoissé qu'elle. Il n'a jamais été le genre de type à montrer l'exemple.

Le menton levé, elle chemine bon train, rythmant ses pas à voix basse.

— Une, deux… une, deux…

Dix minutes après, elle ralentit l'allure, se frictionne les bras pour ne pas avoir froid. *Allez, allez, allez,* s'exhorte-t-elle.

Vingt minutes plus tard, ses pieds sont à vif à cause du frottement des chaussettes mouillées, ses vêtements aussi dégoulinants qu'une combinaison de plongée. Elle se force à poursuivre sa route, perdue dans ses pensées vagabondes. Et si quelqu'un était embusqué dans les broussailles pour l'espionner et la suivre ? Elle est au milieu d'une longue route toute droite, on n'aurait aucun problème pour la localiser. Mais si elle était attaquée, il n'y aurait personne pour la secourir. Que dirait Scott en ce moment ? « Tu écoutes trop de podcasts sur les affaires criminelles. » Frissonnante, Hayley se remémore le cocon de la tente qu'elle a laissé derrière elle et se demande si elle a pris la bonne décision.

Elle se voûte pour se dérober à la pluie. Sa peau est glacée, elle regrette de ne pas avoir emporté plus de vêtements avec elle. Elle aurait pu empiler des couches de T-shirts pour garder un peu de chaleur, en enrouler quelques-uns autour de sa tête et de son cou en guise de passe-montagne. Ses tennis piétinent les flaques d'eau. Quand cette pluie va-t-elle s'arrêter ? Ce n'est pas normal, c'est plus que ce qui tombe à Adélaïde. Et si elle est encore dehors à la tombée de la nuit, au moment où les températures chutent, mais que la pluie persiste ? C'était une mauvaise idée…

Tant bien que mal, elle reprend de la vitesse en traînant les pieds, s'efforçant de devancer une nouvelle frayeur. Où est Scott ? Est-il même possible de le rattraper ?

Cette route n'en finit pas. Il n'y a aucune aire de repos, nulle part où s'abriter de la pluie et du froid, elle est complètement exposée. S'apitoyant sur son sort, Hayley fond en larmes. Les plaintes remontent en elle, de son ventre à sa poitrine, avant de franchir ses lèvres. Elle marche en sanglotant, à peine attentive à l'endroit où elle met les pieds, le nez bouché et le souffle court. C'était stupide de quitter la tente. Maintenant elle a rendu la situation dix fois pire.

Une lueur apparaît droit devant. Une lumière qui se rapproche régulièrement. C'est peut-être Scott, c'est la lampe de son téléphone, il revient la chercher. Scott ! Ça veut dire qu'il n'a pas trouvé de secours, mais elle n'est plus seule au moins.

Mystérieusement, l'obscurité semble plus menaçante désormais, comme si celle-ci allait aspirer Hayley avant qu'elle puisse rejoindre son petit ami. Elle se met à courir. La lumière grandit, puis elle se divise en deux, blanche et brillante. Des phares. C'est une voiture ! Hayley gémit de soulagement. Elle entend le moteur, le véhicule roule pleins phares. Hayley agite les bras en l'air.

— Au secours ! Arrêtez ! Je suis là !

C'est une grosse voiture, un quatre-quatre, elle en est sûre. La voiture du grand-père de Scott ! Il a retrouvé Joost et Livia, ils sont tous réunis, ils sont tous venus la chercher. Elle va enfin apprendre ce qui est arrivé.

Hayley sanglote, à mi-chemin entre le rire et les larmes, et regagne le bord de la route en sautant et agitant les mains. Le véhicule ralentit, il est reconnaissable maintenant, la couleur, le modèle… C'est indéniablement leur voiture.

Une seule silhouette se dessine à l'intérieur.

21

ANDREA

Mardi 7 février
19 h 40

Rosey tapote sa cuisse.

— Viens par ici, bois un coup avec moi.

Andrea essaie de faire la grosse voix.

— Ne soyez pas ridicule.

— Je croyais que tu étais une meuf sympa.

— Je suis sympa. Je vous ai laissé entrer, non ? Je vous ai donné une bouteille de porto gratis, vous avez une clé de chambre… Maintenant, je vous en prie, sortez, que je puisse fermer le pub !

Arrivés dans une impasse, ils se taisent.

Andrea voudrait se retirer, même si rien ne peut empêcher Rosey de la suivre. Une nouvelle fois, elle prie pour entendre le bruit dc la voiture de Matt. Le bruit de n'importe quel visiteur, du moment qu'elle ne soit plus seule ici avec ce salaud.

— Pourquoi tu ne demandes pas à Matt de me mettre dehors ? lance Rosey avec un clin d'œil.

— Pardon ?

La gorge d'Andrea se serre.

— Ton mari, tu m'as dit qu'il était à l'arrière. Pourquoi il n'est pas encore venu te chercher ?

— Il dort, je vous l'ai dit.

— Et ton petit garçon, il dort aussi derrière ?

Rosey se lève de son siège et tend le cou, comme s'il pouvait voir dans le couloir jusqu'au lit d'Ethan.

Andrea se redresse de toute sa hauteur.

— Sortez ! Je suis sérieuse, il est temps de partir.

— Oh ! allez, bébé, ne dis pas de bêtises…

— J'ai dit sortez !

Elle contourne le bar pour aller ouvrir la porte d'entrée. L'air froid et une rafale de pluie pénètrent à l'intérieur.

— Vous êtes sur une propriété privée.

Rosey se juche sur un tabouret. Il n'a pas l'air contrit, seulement amusé.

Andrea ne sait plus quoi faire, elle tremble sur place, ne voulant pas refermer la porte et reconnaître ainsi sa défaite. Il lui faut se montrer plus dure avec Rosey. Comment ? Peut-être en lui réclamant sa clé pour révoquer son asile de nuit. Ça peut l'inciter enfin à circuler.

Une lumière apparaît à la limite de son champ visuel. Elle se retourne. Son cœur bondit. Une voiture approche.

— Matt est de retour, c'est vous qui allez avoir des ennuis maintenant ! annonce Andrea avec une note de jubilation dans la voix.

— Je croyais que tu m'avais dit qu'il était…

Sans attendre que Rosey finisse sa phrase, elle se précipite dehors et s'abrite sous la terrasse, voulant que la voiture arrive plus vite. Ses dents se mettent à claquer sous l'effet du froid ou de la tension. C'est bien un quatre-quatre mais, apparemment, plus petit que le Toyota de Matt. Peut-être Quinn qui rentre enfin ? Quel soulagement ce serait de savoir que Quinn est saine et sauve, et de pouvoir compter sur elle et Bronte pour l'aider à jeter dehors Rosey !

Quand le véhicule est plus proche, Andrea découvre la peinture noire, un pare-buffle compact, des essuie-glaces qui vont et viennent rapidement. Ce n'est ni Matt ni Quinn, c'est un nouveau visiteur. Quelqu'un d'autre qui cherche à échapper à la tempête. Andrea met de côté sa déception. Qui que ce soit, elle est contente d'avoir de la compagnie. Rosey va cesser de la harceler si le bar a un autre client.

La voiture s'arrête dans une embardée. Andrea s'efforce de voir à l'intérieur. Une portière s'ouvre, deux jambes émergent. Et puis le conducteur court sous le déluge pour se réfugier sur la terrasse couverte.

— Bonsoir ! lance Andrea, tâchant de se faire entendre malgré l'eau qui tambourine sur la tôle ondulée. Ça va ?

— Waouh !

Une voix enjouée. Un grand jeune homme qui arrache un bonnet gris de sa tête et ébouriffe ses cheveux aplatis.

— Quelle journée ! C'est ici, le Pindarry Hotel ?

— Oui.

Andrea incline la tête avec enthousiasme. Aucun client n'a jamais été aussi bienvenu que celui-là.

— Bonne nouvelle ! Je croyais m'être perdu.

Il embrasse la terrasse du regard.

— Vous avez beaucoup de sacs de sable. Vous pensez qu'il va pleuvoir autant ?

— Je ne sais pas. Si c'est le cas, nous sommes parés.

Andrea jette un coup d'œil à la voiture par-dessus son épaule.

— Vous êtes accompagné ?

— Non, il n'y a que moi.

— D'accord, alors. Entrez !

L'inconnu passe devant Andrea, qui referme derrière eux, laissant le mauvais temps à la porte.

— Merci !

Il s'essuie les pieds sur le paillasson et embrasse du regard les lieux silencieux. Tables et sièges vides, lampes-tempête à piles. Et un bikeur à l'air renfrogné qui boude sur un tabouret de bar, perdu dans les ombres allongées.

— Désolée, l'électricité est coupée, explique Andrea, dont les yeux se reportent sur Rosey, lequel serre toujours d'une main son verre de porto.

Il semble déjà avoir rapetissé, comparé au jeune et imposant nouvel arrivant. Le motard l'examine de la tête aux pieds avec aigreur.

— Je suis si content que le bar soit ouvert ! s'exclame le nouveau.

— Ne vous inquiétez pas, vous êtes le bienvenu, réplique Andrea, enjouée. Attendez-moi ici un instant, je vais vous chercher une serviette.

— Tu ne m'en as pas proposé…, grogne Rosey.

— Ne faites pas attention, crie Andrea derrière elle.

Elle se précipite vers un placard de la cuisine et revient en tenant une serviette destinée aux visiteurs du soir. Elle remarque une vilaine entaille sur l'arête du nez du jeune homme, du sang séché autour de ses narines, comme s'il s'était cogné.

— Oh non ! Que vous est-il arrivé ?

Il se palpe le visage d'un air penaud. Une grosse montre moderne orne son poignet.

— Je crapahutais dans le bush et je suis tombé…

— Oups ! fait Andrea avec une grimace. Ça ne me coûte rien, voulez-vous que je nettoie la plaie ? J'ai une trousse de premiers secours.

— Non, c'est juste une égratignure. Un souvenir !

— Très bien. Mais vous avez un accent ?

— Oui, je suis néerlandais. Je m'appelle Joost.

— Joost, répète-t-elle d'une voix hésitante. Moi, c'est Andrea.

Ils se serrent la main.

— Et moi c'est Rosey, gronde le motard.

Andrea pousse un énorme soupir. Ce serait génial d'éjecter Rosey maintenant. Mais comment ? Elle lui a donné une chambre pour la nuit, mais il s'est montré si libidineux, il ne mérite pas un lit. Comment peut-elle rétracter son offre ?

Joost les observe tous les deux d'un air narquois, en se frictionnant le crâne et les bras avec la serviette.

— Puis-je vous servir un verre ? demande-t-elle.

— Oui, merci. Je ne dirais pas non à un café, répond Joost.

— Excusez-moi, la machine à café ne fonctionne pas. Je peux vous préparer un café soluble sur le gaz.

— Ça marche.

— Avec du lait chaud ?

— Ce serait sympa.

— Du lait ? ricane Rosey. T'es sûr que tu veux pas quelque chose de plus fort ?

Il pose une main sur la bouteille de porto.

— Non, c'est jour sans alcool aujourd'hui.

— Sans alcool ? Je ne connaissais pas l'expression.

— Je vois ça, dit Joost.

Rosey perd son petit air suffisant.

Souriante, Andrea disparaît dans la cuisine, met une casserole d'eau sur le feu, puis se précipite pour vérifier si tout va bien pour Ethan. Couché en chien de fusil sous son drap aux dinosaures, il a les yeux hermétiquement clos. Elle dépose un baiser sur sa tête, puis repart en courant préparer le café de Joost. Consulte son téléphone, déçue une fois de plus. Tout se passe-t-il bien pour Matt ? Sera-t-il bientôt de retour ? Et Quinn, qui est beaucoup plus en retard que d'habitude ? Quelque chose ne tourne pas rond.

Dans la salle, Joost, qui a tourné le dos à Rosey, tient à la main une lampe-tempête pour étudier une grande carte épinglée au mur. Andrea est soulagée que les deux hommes ne se soient pas entendus en son absence. Le visage de Rosey a pris une teinte métallique. N'ayant plus Andrea pour lui tout seul, il s'affaisse sur son tabouret, sans cacher son dépit. Même s'il n'est plus une menace, elle sait qu'elle ne doit pas baisser sa garde.

Elle fait un signe de tête à Joost.

— Votre café.

Il s'installe sur un tabouret à l'autre bout du bar, loin de Rosey. Andrea lui apporte sa tasse. Après s'être servi un grand verre d'eau, elle s'assoit sur le tabouret voisin. La fatigue commence à se faire sentir. Elle va attendre que Joost ait fini son café, puis décidera ce qu'elle va faire des deux. Il lui tarde de s'effondrer dans son lit au côté d'Ethan.

— Vous voyagez seul ? s'enquiert-elle.

— Oui.

— Ce n'est pas courant, si je peux me permettre.

— Ah bon ?

— Les touristes étrangers voyagent habituellement en groupe pour partager les frais d'essence, sans compter que c'est plus sûr. C'est bien d'avoir des amis avec soi, au cas où on aurait des ennuis…

— Hmm. Je m'en souviendrai la prochaine fois.

Il boit son café à petites gorgées.

— Du coup, il y a longtemps que vous êtes en Australie ?

— Quelques semaines. Je suis venu à Sydney en avion, et puis j'ai séjourné un peu à Adélaïde.

— Adélaïde, c'est ma ville natale.

— Une jolie ville, très… organisée. Les rues sont larges.

— C'est une bonne description. Et où allez-vous avec votre voiture ? Vous faites la Stuart Highway ?

— Oui, exactement. Je remonte jusqu'à Darwin, dans le Territoire du Nord.

Andrea se retient de rire parce que Joost lui a précisé où se trouve Darwin.

— Vous avez un pied-à-terre là-bas ?

— En fait, je rejoins un bateau, un navire écologique. Nous allons filmer la pêche illégale, peut-être en avez-vous entendu parler ? Comme Greenpeace…

— Waouh ! Je suis impressionnée, bravo ! Ce n'est pas dangereux ?

— On doit tous se battre pour la planète, répond Joost avec un grand sourire.

— Ah, tu es un de ces hippies, hein ? intervient Rosey.

— Non, je ne suis pas un hippie.

— Pffft ! Tu parles comme eux.

— En fait, les manifestations pour le climat sont un très bon moyen pour rencontrer des jolies filles…

Rosey s'esclaffe en tapant sur le bar. Andrea est interloquée, jusqu'au moment où elle décide que le Néerlandais blague pour provoquer le vieux bikeur. Une des lampes-tempête vacille, puis repart. Il va falloir bientôt changer les piles.

— Où sont les autres ? s'étonne Joost.

— Oh ! la majorité des touristes ont été chassés par la tempête, répond Andrea.

— Vous avez du personnel ? Un chef, des serveurs, ce genre de trucs…

— Je gère la maison avec mon mari…

— Et il dort dans l'arrière-boutique, alors ne te fais pas d'idées, rit sous cape Rosey.

Andrea lui lance un regard noir.

— Qu'est-ce que vous faites encore là ?

— Je suis un client, comme lui.

Andrea et Rosey se dévisagent mutuellement. Elle songe à lui dire qu'il est un connard, mais ne souhaite pas mettre Joost mal à l'aise. Il vient d'arriver, et elle le veut de son côté si la situation commence à dégénérer.

Andrea se retourne vers Joost.

— Nous avons une employée, Quinn, qui loge ici et qui est juste merveilleuse. Et puis on a du personnel temporaire pour les périodes d'affluence.

— Et vous aimez cette région ?

— Bien sûr.

— C'est très reculé, ça peut être flippant pour une femme.

Andrea éclate de rire.

— Je suis une grande fille.

— La ville la plus proche est loin ?

— Assez près. On peut faire l'aller-retour en un jour, si nécessaire. On stocke plein de provisions afin de ne pas se rendre trop souvent en ville. On se fait livrer aussi par transporteur.

À sa propre stupéfaction, Andrea se retrouve en train de défendre leur isolement après des semaines d'inquiétude à ce sujet.

Rosey se lève et s'étire.

— Ne faites rien d'excitant pendant que je ne suis pas là, glousse-t-il, se dirigeant pesamment vers les toilettes pour hommes.

Dès qu'il a quitté la salle, Andrea se penche vers Joost. Il dégage une odeur un peu aigre, comme de vieux vêtements.

— Ce type doit partir.

Elle garde un ton égal.

Le jeune homme cligne des paupières. De près, il a de beaux yeux bleu clair de part et d'autre d'un nez malheureusement retroussé.

— Qu'est-ce qu'il a fait ?

— Il a… vous savez… il me drague. Ça me met très mal à l'aise.

— Quoi ?

Ses sourcils se lèvent.

— Je lui ai demandé de partir, mais il ne veut pas. Je vous suis tellement reconnaissante d'avoir débarqué !

— Alors votre mari n'est pas là ?

— Non, j'ai menti pour que Rosey me laisse tranquille. Vous pouvez m'aider, s'il vous plaît ?

Joost fixe sans les voir les étagères de boissons alcoolisées.

— Je ne vous demande pas de lui sauter dessus… Rien de tel, rien de physique, poursuit Andrea. J'ai juste besoin de votre soutien. Je ne pense pas qu'il va insister si vous êtes là.

Se raidissant sur son tabouret, Joost tambourine sur le bar avec les jointures de ses doigts.

— Absolument, je peux vous aider. Tout ce que vous voulez…

— Vous êtes mon sauveur.

Andrea lui presse fugitivement le bras.

Elle ramasse la clé du cabanon pour Rosey, toujours posée sur le comptoir, puis la remet dans l'armoire sécurisée. Récupère aussi la bouteille de porto et la range sur son étagère. Au retour de Rosey, elle a repris place derrière le bar, le dos rigide.

— Ce n'est pas la peine de vous asseoir, lui lance-t-elle.

— Je n'ai pas fini de boire, réplique-t-il.

— Si, vous avez fini.

— Oh ! tu ne vas pas recommencer ! Tu as dit que je pouvais rester pour cette nuit !

— Pas après votre comportement.

— Je n'ai rien fait.

— Vous avez été vulgaire, vous le savez. Vous n'êtes pas le bienvenu et je n'ai pas envie de discuter.

Rosey secoue la tête.

— Quoi ? Tu t'es trouvé un jeunot ?

— Ne soyez pas dégoûtant ! Ce pub a un règlement et vous l'avez enfreint.

Andrea regarde Joost et ajoute :

— Je vous prie de m'excuser.

— Pourquoi tu fais l'aimable avec lui ? dit Rosey, qui, changeant d'expression, prend un air pathétique.

— Sortez !

— Tu es sérieuse ?

— Oui, je suis sérieuse !

— Il pleut trop fort pour rouler, putain !

Joost hausse les épaules.

— Le temps n'est plus si mauvais maintenant.

La pluie sur le toit s'est muée en un crépitement.

— Il a raison, c'est le moment de repartir, renchérit Andrea. Au revoir.

Les yeux de Rosey vont d'elle à Joost et inversement. Le jeune homme pivote sur son tabouret pour les observer tous les deux. Andrea retient son souffle, se demandant si Rosey va continuer à protester. Faudra-t-il en passer par une confrontation physique ? Soudain, le motard saisit son casque et son blouson.

— Attends que je parle à tout le monde de cet endroit et de la salope que tu es.

Prenant lourdement la direction de la sortie, il renverse une chaise d'un coup de pied, l'envoyant dinguer par terre.

Andrea se rue dans son sillage, ferme et verrouille la porte derrière lui. Poussant le store de côté, elle observe Rosey qui enfile son équipement et met le contact. Son croque-mitaine des ténèbres reste immobile un moment sur sa selle, puis replie la béquille de sa moto, qui commence à rouler. Elle suit des yeux le trajet du phare arrière jusqu'à ce qu'il disparaisse, sentant son corps se vider de sa tension. Elle espère ne jamais revoir cet homme.

— Bon débarras, dit-elle durement.

Elle entend de lents applaudissements dans son dos. Joost sourit depuis son tabouret de bar.

— Bravo, il est parti !

— Merci.

Andrea lui fait une petite révérence.

— Vous êtes une dame très courageuse.

— Enfin, je n'aurais pas pu y arriver sans vous.

22

Quinn

Mardi 7 février
20 heures

Quinn roule doucement, cramponnée à son volant, négociant prudemment les routes glissantes, s'efforçant de voir au-delà de ses balais d'essuie-glace. La tempête a créé un paysage étranger. Les bourrasques secouent le gros quatre-quatre et Bronte s'agite sur son siège, inquiète à cause du temps déchaîné et de l'inconnu allongé derrière elles.

— Ça va ? lance Quinn par-dessus son épaule.

Ce n'est pas la première fois qu'elle pose la question, sans obtenir davantage de réponse de l'homme inconscient. Mais ce ne serait pas correct si elle n'essayait pas de lui parler.

Elle a envisagé de s'arrêter pour vérifier qu'il allait bien, avant de décider qu'il était préférable de regagner au plus vite le Pindarry. La tempête pourrait s'aggraver, rendant tout déplacement impossible. Elle n'a pas oublié non plus le choc qu'elle a eu quand l'homme lui a agrippé le poignet un peu plus tôt. Et si c'était une mauvaise personne ? Peut-être a-t-il agressé quelqu'un et a-t-il été blessé dans la bagarre. Quinn ne sait pas quel genre de personne elle transporte dans son quatre-quatre.

La route décrit un grand virage, que Quinn aborde lentement. Elle déteste cette pluie, ose même se l'avouer. Des souvenirs de la ferme inondée défilent dans sa mémoire. Cette tempête est-elle aussi grave ? Ou pire ? Les images des veaux prisonniers de la boue ou du visage creusé de fatigue de son père ne s'effaceront jamais. Les précipitations ne sont pas toujours une bonne chose, elle le sait, sa famille le sait, tout le monde le sait par ici. La pluie n'est pas toujours une aide apportant vie et secours. Elle peut être envahissante et dévastatrice, meurtrière pour le bétail, emportant tout sur son passage – plus tueuse que salvatrice. Elle a tout détruit pour son père par son arrivée imprévisible, ajoutant ainsi à la longue liste des batailles déjà livrées par l'exploitation. Elle aurait pu tout aussi bien envahir ses poumons et le noyer de l'intérieur.

Il y a des souvenirs plus heureux. La famille réunie pour le déjeuner dominical, se disputant dans la bonne humeur sur la quantité de jus de viande restant dans la saucière. Leurs nuits cinéma, avec le salon parsemé de couvertures et d'oreillers. Les fêtes anniversaires et les cadeaux cachés par ses parents pendant des mois. Fondera-t-elle elle-même une famille ? Où habitera-t-elle alors ? Quinn n'a jamais rêvé que sa vie prenne une telle tournure, avec son frère Ryan à l'autre bout du pays, sa mère dans le Sud et son père sous terre. Que Trish ne veuille pas rester, qu'elle ne puisse pas attendre que la ferme soit vendue, était compréhensible. Ils ont eu beau essayer un temps, leur existence avait connu des changements trop dramatiques. Tous les trois se sentaient perdus et, alors qu'elle s'était préparée au chagrin, elle s'était laissée emporter par la rage et le ressentiment. Comment son père avait-il osé les abandonner ? Comment pouvait-il croire que sa famille allait survivre ? Chacun ruminait dans son coin ce qu'il aurait pu faire pour l'arrêter. Son père était un égoïste, un lâche. Ils auraient pu quitter la ferme tous ensemble. Se construire une nouvelle vie ailleurs.

Elle le méprisait. Mais il lui manquait. Elle l'aimait et aurait donné n'importe quoi pour le faire revenir.

Trish a emménagé chez sa sœur, plus près de la capitale, avec davantage de bruit, de vignobles et de touristes. Il lui fallait des murs différents, des arbres différents, des paysages différents. Cela n'a pourtant fait qu'accroître le sentiment d'abandon de Quinn. Comment une famille peut-elle se disperser ainsi ? Comment se fait-il que ses membres ne soient pas plus proches et protecteurs les uns envers les autres ? Oui, Quinn rêve de fonder un jour sa propre famille. La perspective d'élever des enfants sur une exploitation prospère la soutient, mais il lui faut d'abord rencontrer quelqu'un. Elle aimerait bien savoir ce que cela fait d'être vraiment amoureuse, de se sentir attachée.

Si Thommo était marrant, aucun des deux n'était amoureux. C'était un gamin de la région, un élève de la School of the Air[1], l'école par correspondance du bush australien, comme elle et Ryan. Ils ne s'étaient jamais vraiment intéressés l'un à l'autre jusqu'à de récentes vacances de Noël, quand Thommo et Ryan, une fois leur permis de conduire en poche, avaient été plus libres de circuler. Thommo est devenu moins enclin à la taquiner, moins enclin aux échanges de blagues avec Ryan. Il a commencé à s'asperger d'un parfum pour hommes, et fait plus attention aux chemises qu'il portait rentrées dans son jean. Plus

1. La SOA est un système d'enseignement à distance, destiné aux habitants de l'outback australien. La première fut créée à Alice Springs en 1951.

tard, Quinn a compris que c'était son propre empressement à perdre sa virginité qui avait donné le coup d'envoi de leur relation. Âgée de dix-huit ans ou presque, elle était curieuse et partante. Après leur première sortie, Thommo est passé tous les jours à la ferme jusqu'à ce que la famille accepte qu'ils soient ensemble. Il a été autorisé à rester la nuit, à la condition qu'il dorme par terre dans la chambre de Ryan. Sans prévenir ni discuter beaucoup, Trish a conduit Quinn au centre médical le plus proche pour lui faire poser un implant contraceptif. Quinn s'est émerveillée du sens pratique de sa mère, appréciant son soutien, même si elle a été incapable de la regarder en face durant plusieurs jours.

À Noël, Thommo a offert à Quinn un petit bracelet en or. Elle a adoré son cadeau. Une fine chaînette, il n'aurait pas fallu grand-chose pour la briser. Même s'il ne coûtait pas cher, ce bijou lui procurait une sensation de raffinement. Il brillait à son poignet quand elle se promenait, montrant à tout le monde qu'elle grandissait et avait désormais un petit ami.

Janvier a amené avec lui un été d'enfer, qui a épuisé tout le monde. Discrètement attentifs aux nouvelles de feux de brousse, les gens avaient la peau luisante de sueur dès qu'ils bougeaient. Dès la mi-février, les visites de Thommo sont devenues moins fréquentes. En mars a débuté sa première année universitaire. Ils ont échangé des baisers d'adieu passionnés sur la terrasse des Durand et se sont envoyé des SMS d'abord toutes les heures, puis tous les jours, puis toutes les semaines, jusqu'au moment où ils ont complètement cessé de communiquer. Pas de rupture officielle, juste une déconnexion croissante sur des centaines de kilomètres.

Thommo reste la seule relation sérieuse de Quinn, maintenant âgée de vingt ans. Bien sûr, elle a eu deux ou trois aventures d'un soir depuis qu'elle travaille au Pindarry, se réveillant avec des remords et la gueule de bois, sortant furtivement d'un des cabanons en priant pour qu'Andrea et Matt n'aient rien remarqué. Quinn n'a fait aucun projet à long terme parce qu'elle n'a encore rencontré personne qui vaille la peine. C'est délicat d'être célibataire dans une région aussi isolée.

Quinn ignore où est passé ce fragile bracelet en or et elle s'en fiche.

La voiture arrive à l'embranchement du pub. Bronte tortille son arrière-train d'impatience.

Durant les heures où Quinn s'est absentée, les lieux sont devenus quasi méconnaissables.

La lumière a complètement changé.

Le terrain aussi a complètement changé.

On dirait qu'une grue a soulevé le Pindarry pour le déposer au milieu d'un sinistre marécage. À la faible lumière des phares, les trois quarts du parking semblent sous les eaux, tandis que l'établissement est cerné par des murs de sacs de sable pareils aux pierres anciennes servant à fortifier un château. Il y a une seule voiture de visiteurs, un vague contour à côté des cabanons. Quinn est si angoissée qu'elle en a la chair de poule. Son corps est endolori par la tension de la conduite, pourtant elle est vraiment soulagée d'être arrivée à bon port. Andrea et Matt peuvent l'aider maintenant. Avec un peu de chance leurs téléphones fonctionnent, ils pourront appeler un médecin ou même une ambulance, et puis la police pourra démêler cette histoire.

Bronte frémit, impatiente d'être libérée.

Quinn vérifie la banquette arrière. L'homme est couché sur le côté, les genoux remontés, un bras pendant à terre.

Elle se gare près de la terrasse, aire ordinairement réservée aux visiteurs.

— On est arrivés, annonce-t-elle. J'entre une minute. Je me dépêche, promis.

Pas de réponse.

Dès qu'elle ouvre sa portière, Bronte bondit par-dessus ses genoux pour atterrir dans la boue. Quinn lui emboîte le pas et grimpe sur la terrasse.

— Andrea ! crie-t-elle. Matt ! J'ai besoin de secours !

Elle fait irruption dans le bar éclairé par deux lampes-tempête. Il doit y avoir une panne de courant. Et le groupe électrogène, alors ? Personne autour des tables ou sur les tabourets, personne derrière le bar. À qui appartient cette voiture inconnue ?

— Andrea ?

Elle se rue dans la cuisine. De l'eau dégoutte de la hotte aspirante au-dessus de la cuisinière, mais ce n'est pas le moment. Quinn s'engage dans le couloir, sans cesser d'appeler. Il fait noir et étouffant à l'arrière du pub, elle prend garde à ne pas se cogner dans les meubles. La banquette est vide, l'écran de télé éteint.

Devant la chambre de sa patronne, elle tape à la porte close.

— J'ai trouvé un homme… Il est blessé.

Pas de réponse. Peut-être n'entendent-ils pas à cause du bruit de la pluie sur le toit. Pourquoi se sont-ils couchés si tôt ? Quinn entrouvre la porte. Seule la forme immobile d'Ethan repose sur le matelas. Où sont donc passés Andrea et Matt ? Ils ne laisseraient pas leur fils, ça n'a aucun sens.

Son anxiété redoublant, elle rebrousse chemin et se dirige vers la petite cour derrière la cuisine. Immédiatement, elle voit que la génératrice a les pieds dans l'eau. Cela explique la panne d'électricité. Matt doit maudire son imprévoyance.

De retour dans la salle du bar, elle repère le portable d'Andrea sur le comptoir et le ramasse précautionneusement comme si c'était un objet inconnu. Elle appuie sur l'écran, une photo d'Ethan coiffé d'un Akubra trop grand la regarde dans les yeux. Pas de réseau, tout comme sur son propre appareil.

— Andrea ? braille-t-elle, jetant un regard dans les toilettes pour hommes et pour femmes.

Les deux sont vides. Personne ne répond à ses appels, mais Bronte réapparaît, mouillée et pantelante.

— Où est-ce qu'ils sont tous passés ?

Malade d'inquiétude, elle retourne en courant à sa voiture. La pluie tombe toujours, Andrea et Matt ne sont pas là pour l'aider à transporter le blessé à l'intérieur. Que va-t-elle faire maintenant ? Elle se penche sur la banquette arrière. La faible lumière intérieure éclaire le corps recroquevillé, le visage gonflé. Elle tâte le bras de l'inconnu pour le réveiller.

— Excusez-moi, il faut vous lever.

Ses gémissements, ses yeux fermés et collés.

— Je suis la seule personne ici, annonce-t-elle. Vous devez vous réveiller et bouger, je vous en prie !

— Qu'est-ce qui se passe ?

Quinn pousse un hurlement et se retourne.

Andrea est là, ses boucles sombres aplaties sous l'averse.

— C'est moi ! Mais où tu étais ? dit celle-ci.

Quinn se jette dans les bras d'Andrea. Elles se serrent fort l'une contre l'autre. C'est la première fois que Quinn embrasse sa cheffe et elle sent une longue étreinte en retour. Elle enfouit son visage dans l'épaule d'Andrea, regrettant de ne pas pouvoir rester là indéfiniment.

— Hé, ça va ? s'inquiète Andrea.

Quinn recule un peu.

— J'ai trouvé un mec.

— Qu'est-ce que tu veux dire ?

— Il gisait sur la route.

— Merde ! C'est qui ? Il est blessé ?

Andrea passe devant Quinn pour jeter un regard sur la banquette arrière.

— Que s'est-il passé ? demande-t-elle.

— Il a eu un accident, je pense.

— Oh ! mon Dieu ! Tu n'es pas blessée, Quinn ?

— Non, ça va, ce n'est pas moi qui ai eu un accident. Je l'ai juste trouvé étendu là…

— Et tu l'as bougé ?

— Je n'avais pas le choix ! Il pleuvait, lui se refroidissait. Je ne pouvais pas le laisser là !

Andrea se penche sur l'homme.

— Vous m'entendez ?

Quinn piétine dans la boue.

— Qu'est-ce qu'on va faire ? lance-t-elle.

— Il faut appeler les secours.

— Tu as du réseau ?

Andrea secoue la tête.

— Non. On peut toujours utiliser le téléphone satellite.

Quinn regarde les mains d'Andrea palper l'homme inconscient, à la recherche de plaies éventuelles.

— Je ne vois pas de sang, pas de fractures, commente Andrea.

— Il faut le transporter dans le bar, le réchauffer.

Quinn se penche à son tour, se servant du quatre-quatre pour s'abriter de la pluie.

— Où est Matt ?

— Il est parti aider Greg, sa ferme est sous les eaux.

Quinn sent son ventre se nouer.

— Quand est-ce qu'il va rentrer ?

— Je ne sais pas, répond Andrea laconiquement.

— On est assez fortes pour le transporter sans Matt ?

Andrea ressort la tête de la voiture.

— Peut-être, on a de l'aide.

S'éloignant de quelques mètres, elle crie en direction des chambres d'hôte.

— Tu appelles qui ?

— Un Hollandais qui est descendu chez nous. Il est arrivé il y a un petit moment, je lui montrais son cabanon.

Andrea revient à la voiture. Dans l'attente, les deux femmes réexaminent l'homme inconscient.

— Mais où est-ce qu'il est ? murmure Andrea.

Elle s'écarte une nouvelle fois, crie « Joost ! » plus fort.

Un instant plus tard, une silhouette dégingandée surgit en courant, dos bien droit, pieds qui font flic floc sur le sol. Un garçon de grande taille, peut-être plus jeune que Quinn, des cheveux cuivrés collés sur son crâne mouillé. Il s'immobilise devant elles.

Andrea fait les présentations.

— Voici Joost. Joost, Quinn, qui travaille ici. On a une urgence. Quinn l'a trouvé sur la route, il est K-O sur la banquette arrière.

L'individu appelé Joost s'approche pour regarder dans le véhicule avec des yeux ronds.

— Il est… ? commence-t-il.

— Il est vivant, dit Quinn.

— Il faut le bouger avec précaution, déclare Andrea. On risque d'aggraver son état.

— Comment on fait ?

— Restez ici, je vais chercher des couvertures.

— Des couvertures ? répète Quinn, mais Andrea a déjà disparu à l'intérieur.

La poitrine de Joost se soulève puis s'abaisse tandis qu'il reste immobile dans ses vêtements trempés, encore bouche bée devant la banquette arrière. Quinn s'en veut de l'avoir effrayé. C'est une grosse surprise pour un touriste.

— Ça va ? demande-t-elle.

Joost la considère, puis incline la tête sans dire un mot.

— Il va s'en sortir, je crois, reprend Quinn. Ne panique pas, s'il te plaît. Je veux dire… J'ai failli paniquer plusieurs fois. Tu penses que son état est encore pire que ce qu'il paraît ? On a besoin d'aide pour le transporter à l'intérieur et on verra à partir de là. Je suis désolée pour tout ça.

Le jeune homme s'éclaircit la voix, puis regarde Quinn en face.

— Bien sûr, pas de problème.

Andrea réapparaît sur la terrasse, peinant avec le paquet qu'elle tient dans les bras.

— On va confectionner une civière.

Elle jette les couvertures en long sur le plancher – une, deux, trois –, puis charge l'ensemble sur une épaule et revient au quatre-quatre. Quinn et Joost s'écartent pour qu'Andrea puisse se faufiler à l'intérieur.

— Attrape l'autre bout et tire vers toi, ordonne-t-elle.

Quinn se précipite pour obéir. Elles glissent les couvertures sous l'homme inconscient, le poussant de-ci de-là, jusqu'à ce qu'il soit étendu dessus. Joost observe la scène, apparemment plongé dans une rêverie.

— Allez, Joost, prenez un côté, lui dit Andrea.

Se décidant à bouger, il empoigne les coins de couverture à hauteur de la tête du blessé et commence à extraire celui-ci de la voiture. Quinn et Andrea, elles, se préparent à saisir les jambes.

Bronte renifle autour d'eux pendant qu'ils se dirigent péniblement vers la maison.

— Pousse-toi de là, ma belle, dit Quinn.

Tant bien que mal, ils réussissent à entrer, soulevant leur patient sur leur civière de fortune.

— On continue, grogne Andrea.

Ils traversent le bar et la cuisine, puis pénètrent dans le salon.

— Le canapé.

Andrea élève la voix pour être entendue malgré la pluie qui martèle le toit. Ils posent l'inconnu dans l'obscurité. Il reste allongé là, tremblant, le souffle saccadé.

— Je vais chercher une couette.

Quinn court à sa chambre.

À son retour, Andrea se penche de nouveau sur l'homme inconscient, qu'elle réexamine de la tête aux pieds, concentrée sur sa tâche.

— Vous m'entendez ? questionne-t-elle. Comment vous vous appelez ?

En réponse, elle obtient le même silence que Quinn plus tôt.

Joost apparaît avec une des lampes-tempête du bar. Celle-ci jette une lumière bleutée sur le visage relâché du blessé. Quinn l'étudie attentivement. Il est difficile de dire son âge, à cause de l'œdème et des contusions. Peut-être que même sa famille ne le reconnaîtrait pas. Mais, d'une manière ou d'une autre, elle pense qu'il est plus ou moins de son âge, comme Joost.

Andrea borde la couette autour de l'homme.

— Ses yeux sont si enflés que je me demande s'il voit quelque chose… Tu peux aller me chercher la trousse de premiers secours du pub, Quinn ? Et une cuvette d'eau.

Quinn repart en courant, entendant Bronte déraper derrière elle. La malheureuse chienne ne comprend pas ce qui se passe. Elles atteignent la salle de bar, dont la porte d'entrée est restée entrouverte, laissant le vent et la pluie s'engouffrer comme des goules envahissantes. Les affiches et les cartes fixées aux murs claquent dans la bourrasque, une fine nappe d'eau recouvre déjà le plancher. Quinn repousse violemment le battant et ferme à clé, puis récupère la trousse de secours rangée sous le comptoir. Dans la cuisine, elle met à bouillir une casserole d'eau, verse son contenu dans une cuvette émaillée et suspend un torchon à un de ses bras.

Elle rapporte le tout au salon et pose la cuvette par terre, à côté d'Andrea toujours à genoux devant le canapé. Contre le mur, Joost observe la scène, une main posée sur son menton.

Andrea ouvre la trousse, sort les ciseaux, puis écarte la couette sur le côté.

— Qu'est-ce que tu fais ? demande Quinn.

Andrea est trop occupée pour répondre. Saisissant le bas du T-shirt de l'homme, elle commence à le couper par le milieu jusqu'à l'encolure, mettant au jour un torse couvert d'ecchymoses noir et violet, puis fait la même chose avec son jean, révélant cette fois des jambes indemnes. Trempant son torchon dans l'eau, elle lui tamponne minutieusement le visage pour le nettoyer du sang et de la boue, ce qui le fait paraître légèrement en meilleur état.

Quinn attend, incertaine de son rôle.

— Tu peux appeler les secours maintenant ? lance Andrea, sans se détourner de sa tâche.

— Le téléphone marche ? demande Joost.

— Non, nous avons un téléphone satellite. Dépêche-toi !

Quinn ne s'est jamais servie de ce téléphone, mais Andrea lui en a montré un jour le mode d'emploi. Elle court de nouveau au bar et fouille les étagères du bas, jusqu'à ce qu'elle voie enfin le coffret métallique rouge. Elle dégage le téléphone, puis l'allume et compose le numéro d'urgence.

— Au secours, j'ai besoin d'aide, dit-elle dès qu'elle entend la voix de l'opérateur.

Les mots tombent de sa bouche de manière hachée.

— J'appelle du Pindarry Hotel. J'ai trouvé un homme sur la route, il est blessé, couvert de plaies...

Elle écoute, puis répond aux questions pondérées de l'opérateur.

— Oui, il est à l'abri en ce moment, ma patronne s'en occupe. Non, je ne crois pas qu'il saigne... du moins, on ne voit rien.

Davantage de questions et de réponses.

— Oui, il s'est réveillé, mais il est de nouveau inconscient.

Elle écoute encore, tend la main pour saisir un bloc-notes et commence à griffonner les consignes. Bronte réapparaît et vient s'asseoir à côté de sa maîtresse.

— Dans combien de temps vous pouvez venir ? demande Quinn à l'opérateur. Vous nous envoyez le médecin volant[1] ? L'électricité est coupée, du coup je ne peux pas éclairer le terrain pour que l'avion atterrisse. Ou vous nous envoyez un hélicoptère ? Je suis désolée, c'est la première fois... Vous êtes certain ? À quelle heure dois-je rappeler ? OK, alors. Merci.

Quinn berce le téléphone contre sa poitrine, les yeux fermés. Bronte la pousse doucement, de son museau mouillé. Quinn

1. Le Royal Flying Doctor Service apporte une aide médicale aux populations isolées du pays ou à celles qui n'ont pas accès à un hôpital.

remet l'appareil à sa place. Elle a les membres lourds en allant retrouver les autres.

— Qu'est-ce qu'ils ont dit ?

À l'aide d'un tampon de coton et d'un flacon de liquide antiseptique, Andrea poursuit ses efforts sur la tête du blessé.

— C'est trop dangereux pour voler, à cause de la foudre. On ne vole jamais dans des conditions pareilles.

— C'est urgent, regarde dans quel état il est !

— Ils estiment que tout le monde est débordé, ils ont des tas d'appels. On ne peut pas compter sur les routes non plus, elles sont fermées à cause des inondations, on est donc coupés du monde.

— Merde !

— Ils m'ont dit de rappeler demain, ils réévalueront la météo.

— C'est quoi, ça ?

D'un signe de tête, Andrea montre le papier dans la main de Quinn.

— Des consignes pour s'occuper de lui, mais je crois que tu as déjà tout fait.

Andrea parcourt les notes, puis soupire.

— Ouais… je n'ai rien oublié.

Joost traîne les pieds. Bronte lui montre les dents.

— Bronte !

Quinn fixe sa chienne du regard, surprise et gênée.

— Désolée, dit-elle à Joost.

Andrea farfouille dans les fournitures médicales, puis ouvre un paquet de pansements.

— Comment a-t-il pu se mettre dans cet état ? marmonne-t-elle. Il a l'air d'être monté sur un ring.

— Je ne sais pas, il était juste là tout seul, répond Quinn. Ni voiture ni vélo, rien. Il était juste étendu là…

Elle entrelace ses doigts, si reconnaissante à Andrea d'avoir pris le relais, mais toujours anxieuse pour le blessé.

— Tu as fait ce qu'il fallait, ma chérie, lui dit Andrea.

— Merci.

— Qui ça peut être ? Tu as regardé dans ses poches ?

— Oui, il n'y avait ni portefeuille ni téléphone. Absolument aucune pièce d'identité.

— Je me demande s'il n'a pas été détroussé, alors…

— Peut-être. C'est horrible !

Quinn frissonne.

— Qui ferait un truc aussi tordu ? reprend-elle.

— Il a dû se bagarrer avec ses copains et ils l'ont abandonné, peut-être sans se rendre compte que c'était dangereux.

— Qui que ça puisse être, tu ne penses pas qu'ils sont encore dans le coin, si ?

— Je pense qu'ils ont dû se sauver, ils doivent être à des kilomètres. C'est incroyable que tu l'aies repéré.

— Il n'était pas loin après la bifurcation de la ferme.

— Comment tu as réussi à le charger dans la voiture ?

— Il s'est un peu réveillé, je l'ai aidé à marcher.

— Il s'est réveillé ? répète Joost. Il a parlé ?

Quinn secoue tristement la tête.

— Il a juste prononcé quelques mots.

— Il t'a raconté ce qui s'était passé ?

— Il n'a pas pu me dire grand-chose, ça n'avait pas de sens…

— Tu as contacté la police ?

— Après l'avoir trouvé ? Non, je n'avais pas de réseau.

— Et ton téléphone satellite, tout à l'heure ?

— J'ai appelé le numéro d'urgence et parlé à des ambulanciers. En tout cas, je crois qu'ils étaient ambulanciers…

— Ils vont prévenir la police ?

— Je n'en suis pas certaine.

— La police peut attendre, nous devons nous concentrer en priorité sur ses problèmes médicaux, interrompt Andrea.

L'homme gémit. Andrea rapproche son visage du sien.

— Coucou, vous m'entendez ? Vous êtes au Pindarry Hotel. Je m'appelle Andrea. On va s'occuper de vous, OK ?

Nouveau gémissement, suivi d'un toussotement. Il se palpe la tempe d'une main.

— Il est bien réveillé ?

Quinn se penche davantage. Elle ne souhaite qu'une chose, c'est qu'il parle, qu'il aille bien.

— Il a peut-être soif, je vais lui chercher de l'eau.

Andrea sort de la pièce.

Quinn observe Joost, son visage blême et sérieux, ses lèvres pincées. Il n'est guère étonnant qu'il soit troublé, il a dû entendre des histoires horribles sur l'outback, comme la plupart des touristes. Et maintenant il est tombé dans une…

— J'aimerais que l'averse s'arrête, dit-elle, tentant d'engager la conversation.

Cette pluie continue lui donne l'impression d'être enfermée. Que se passera-t-il si les secours ne peuvent pas les atteindre demain matin ? Ce garçon mérite sûrement de meilleurs soins que ceux qu'elles peuvent lui apporter.

De retour avec une carafe et un gobelet en plastique, Andrea s'agenouille devant le canapé.

— Tenez, buvez.

L'inconnu cherche à lever la tête, elle glisse une main dessous et fait doucement couler de l'eau entre ses lèvres. Il toussote et Quinn se dit qu'il en a avalé un peu. Il soulève difficilement un bras, tel un poids, puis le pose en travers de son front.

— C'est bon signe, non ? dit Quinn.

— Je n'en suis pas si sûre.

Andrea rajuste la couette.

— Qu'est-ce qu'on fait maintenant ? s'enquiert Quinn.

— On attend l'arrivée des secours.

Andrea se remet debout.

— J'ai faim, dit-elle. Donnez-moi le temps d'aller voir Ethan, puis je nous préparerai à manger...

— Qui est Ethan ? la coupe Joost, fronçant les sourcils.

— Mon fils.

— Vous n'avez pas mentionné de fils. Quel âge il a ?

— Trois ans.

— Ah, il doit être très mignon.

— Il l'est, surtout quand il dort. Bon, laissez-moi m'organiser. La nuit va être longue.

23

ANDREA

Mardi 7 février
21 h 30

Andrea se glisse dans sa chambre, rampe sur le matelas et s'enroule autour d'Ethan. Sa chaleur, sa forme menue lui donnent envie de pleurer. Elle aimerait bien rester ici, mais il y a trop de choses à faire. Quand elle ferme les yeux, c'est la tête lubrique de Rosey qui lui apparaît. Elle les rouvre brusquement. Où est-il maintenant ? Le refuge le plus proche est un relais routier à plus de cent kilomètres au sud ; peut-être va-t-il aller là-bas. Il sera trempé, probablement épuisé, mais elle s'en moque. Il n'a aucune empathie pour les autres et elle plaint ses proches. N'a-t-il pas dit qu'il avait des enfants ? Cette pensée la rend malade.

Dieu merci, Joost est là ! Le jeune homme est parfait depuis son arrivée. C'est un tel soulagement aussi que Quinn soit de retour saine et sauve ! Et leur blessé ? Encore plus de soucis. Heureusement que le temps doit s'améliorer demain et que les secouristes pourront le récupérer de bonne heure ! Andrea ne lui trouve pas bonne mine, mais elle a tenté de masquer son inquiétude parce que Quinn est déjà stressée. Il peut avoir des lésions ou une hémorragie interne. Visiblement, il est blessé à la tête. Et si son état s'aggrave pendant la nuit ? Et s'il meurt avant l'arrivée des services d'urgence ? Sa connaissance des premiers secours n'a pas préparé Andrea à une éventualité aussi redoutable. Sa responsabilité est écrasante.

Andrea réfléchit à l'endroit où l'avion pourrait atterrir. Quand Matt et elle ont repris le pub, les anciens propriétaires leur ont montré la prétendue piste d'atterrissage. Juste un autre terrain proche, tout en longueur, sans arbres et marqué par des pneus blanchis tous les quatre-vingts mètres et une chaussette pendue à un poteau. Andrea l'a inspecté, avec l'espoir qu'ils n'auraient jamais l'occasion de l'utiliser. Aujourd'hui elle se demande si la piste ne sera pas endommagée par la pluie de la journée, trop détrempée pour que l'avion puisse se poser.

Elle entre dans la salle de bains attenante. Après avoir tiré la chasse, elle se lave les mains et la figure, puis s'étudie dans le miroir. Ses yeux sont anxieux, ses cheveux emmêlés. Elle s'agrippe au rebord lisse du lavabo.

— Je t'en supplie, Matt, rentre à la maison, chuchote-t-elle.

Comme les choses seraient différentes si son mari était là ! Matt et sa présence aimable et apaisante. Pouvoir lui prendre la main, sentir sa peau calleuse, bénéficier de son sourire rassurant. Tous les couples ne sont pas capables de vivre et de travailler l'un sur l'autre comme eux. Ils aiment ça, se nourrissent de leur énergie et soutien mutuels. C'est là une des choses qu'Andrea adore dans leur nouvelle vie au pub, leur proximité. Elle devrait s'en souvenir plus souvent.

La bâtisse s'est refroidie sous la pluie torrentielle. Habituellement, à cette époque de l'année, il fait au moins trente degrés, mais le thermomètre semble être descendu au-dessous de vingt. Andrea enfile un pull.

Quand elle ressort de sa chambre, Quinn et Joost se sont installés pour veiller le malade. Elle leur adresse un sourire réconfortant.

— Je ne serai pas longue.

Dans la cuisine, elle allume deux bougies effilées, projetant un halo doré sur les bancs et la batterie de cuisine accrochée au mur. Elle prend une poignée de torchons pour éponger l'eau du dessus de la cuisinière, espérant qu'il n'y a pas d'autre infiltration.

Bronte entre dans la pièce.

— Tu dois avoir faim, toi aussi.

Andrea se penche pour verser des biscuits dans sa gamelle, observe la chienne qui mâche bruyamment. Revenue dans la salle de bar, elle vérifie que les portes sont bien fermées. Elle n'a pas entendu de bruits de moteur, sans être sûre pour autant que Rosey ne rôde pas, attendant de redemander un lit. Le visage tendu vers la fenêtre la plus proche, elle sent la fraîcheur de la vitre. Trempés mais résistants, les sacs de sable entourent la terrasse de leurs rangées rebondies. Elle regarde dehors, bien qu'il fasse si noir qu'on ne distingue pas grand-chose. À gauche, le contour de la voiture de Quinn, plus près des cabanons à sa droite, la forme de celle de Joost. Pas d'autres véhicules. Aucun signe de Matt. Elle scrute la route un moment, guettant son apparition. La pluie tombe en rideaux. Andrea pouffe de rire en pensant que Rosey doit être mouillé jusqu'aux os. Quand elle a montré son cabanon à Joost, une nappe liquide grandissante entourait la zone d'hébergement. Celle-ci était assez peu profonde pour qu'on puisse traverser, pourtant Andrea est secouée par les répercussions immédiates de la tempête.

Elle prend son portable sur le bar, vérifie le signal. Toujours rien, aucun message. De retour dans la cuisine, elle met une casserole d'eau sur le feu pour le café, puis commence à préparer deux assiettes de sandwichs, grignotant des lamelles de nourriture au passage. Affamée, elle alterne fromage, concombre et pain.

Joost surgit dans l'embrasure de la porte, touchant presque le linteau du haut de sa tête. Ses bras pendent avec lassitude, son visage est tout rouge. Andrea a mauvaise conscience. Elle l'a réprimandé sur les dangers de rouler seul dans l'outback, et il n'a connu que des drames depuis son arrivée. Il doit regretter de ne pas avoir continué à rouler.

— Vous voulez quelque chose pour votre coupure ?

Joost se palpe le nez avec des doigts hésitants.

— Non merci, ça va aller.

Il promène ses regards à la ronde.

— Votre mari n'est pas rentré ?

— Non, malheureusement. Avec la météo actuelle, je ne serais pas étonnée s'il restait chez notre voisin pour la nuit…

— Il ne vous a pas appelée ?

— Il ne doit pas avoir de réseau, lui non plus.

— Bon, je vais aller dans mon cabanon un moment, il faut que je m'organise.

— Pas de problème. Vous devez être fatigué. Tenez, prenez ça !

Elle lui tend un sandwich.

— Merci.

— Joost, je ne veux plus vous déranger. Installez-vous dans votre cabanon, dormez un peu. Quinn et moi, nous sommes parées.

— J'aimerais vous aider, je serai l'homme de la maison !

Il sourit humblement.

Andrea a un petit rire.

— Après un peu de repos, je reviens direct, promet-il.

24

HAYLEY

Mardi 7 février
21 h 30

Hayley fait des flexions pour prévenir les crampes aux bras et aux jambes, mais aussi pour lutter contre le froid. Plus tôt, se sentant asphyxiée, elle s'est dégagée tant bien que mal de dessous la couverture qui avait été jetée sur elle. Elle regrette déjà de ne pas pouvoir s'y blottir. La pluie tambourine sur le toit de la voiture, la température intérieure est glaciale. De temps en temps, le véhicule tangue sous une bourrasque. Ses poignets et ses chevilles sont liés avec deux serre-câbles, elle peut à peine bouger sans s'entamer les chairs.

Ses lèvres sont douloureusement étirées sous le scotch adhésif. Elle a essayé de remuer le bas du visage pour le desserrer, mais Joost l'a bien aplani. Tout à l'heure – après avoir entendu d'autres voix – elle a voulu crier au secours, mais tous ses efforts ont été étouffés.

Quand la voiture du grand-père de Scott était arrivée, Hayley s'était crue sauvée. Même en découvrant que Joost était seul à bord, elle s'attendait à une bonne explication : Scott et Livia devaient attendre ailleurs, et il avait été chargé de la récupérer.

Avec un grand sourire, Joost avait abaissé une fenêtre.

— Monte ! l'avait-il pressée.

Hayley s'était ruée sur la porte côté passager et s'était hissée à l'intérieur du quatre-quatre. Tout ce qu'elle ressentait, c'était du soulagement. Elle ne voulait qu'une chose, fuir la pluie et grimper à bord, prête à tout pardonner à tout le monde. Elle aurait bien le temps de connaître toute l'histoire. Dans l'intervalle, son cauchemar était terminé. Plus de marche solitaire la nuit dans une tempête au milieu de l'outback !

Elle a attaché sa ceinture.

— Qu'est-ce qui se passe ? Où est Livia ? Tu as vu Scott ?

— Attends, je vais tout te raconter.

Joost a manœuvré pour faire demi-tour. Hayley est retombée en arrière sur son siège, cramponnée à la poignée au-dessus de sa vitre, sensible au confort et à la stabilité du véhicule. Elle n'était restée dehors qu'une demi-journée, mais on aurait dit que cela faisait une semaine. Elle a retenu un rire. Ça allait être génial de revoir les autres ! Elle a tendu la main pour allumer le chauffage, savourant le courant d'air chaud. Ses pieds lui faisaient mal. Elle s'est penchée pour retirer ses chaussures et ses chaussettes dégoulinantes.

— C'est une chance que je t'ai retrouvée, a dit Joost, dont le visage et les vêtements étaient maculés de boue.

— Je sais, je suis tellement soulagée ! C'est horrible dehors ! Je suis trempée, j'ai paniqué, je ne voyais plus rien. Toute cette journée… a été dingue ! Je savais bien que vous ne pouviez pas nous laisser.

— Ouais !

— J'ai attendu sous la tente, puis ça m'a paru idiot. Scott est parti avant moi. Tu l'as vu, hein ?

— Oui, j'ai déjà retrouvé Scott.

— Oh ! merci, mon Dieu ! Il nous attend avec Livia ?

— Oui, toute la bande sera bientôt réunie.

Joost gardait les yeux fixés devant lui, les phares leur montrant le chemin dans un paysage obscur.

— Pourquoi tu nous as laissés, Joost ?

Hayley frictionnait ses mains glacées sur ses genoux. Ses yeux se posaient sur lui pour s'en détacher aussitôt, elle ne voulait pas déclencher de dispute mais était si impatiente de savoir.

Il a gloussé de rire.

— Tu as eu peur ?

— Oui, bien sûr ! J'ai eu peur et j'étais perplexe. Pourquoi tu as fait ça ?

— Vous auriez pu rester dans la voiture avec nous.

— Ha ! Nous serions restés si nous avions su que vous alliez partir comme ça…

— Mais vous étiez bien contents qu'on prenne tous les risques. Pour traverser l'eau.

Elle s'est tortillée sur son siège.

— Joost, ce n'est pas ça ! J'ai prévenu tout le monde, tu te rappelles, j'étais inquiète…

— Pour la voiture ?

— Pas seulement pour la voiture. Je craignais que ça finisse mal. Et puis tout le monde a reconnu que c'était le meilleur plan, je me suis inclinée.

— Tu penses toujours que c'était un bon plan ?

— Non, je pense que nous aurions dû rester ensemble.

Un poids pesait sur la poitrine de Hayley. Leur tête-à-tête était gênant, Joost semblait sur le qui-vive.

— Alors, où vous êtes allés ? a-t-elle poursuivi. Pourquoi Livia a marché dans la combine ? Je croyais qu'elle n'aimait pas ce genre de trucs…

Joost demeurait silencieux, apparemment hypnotisé par les essuie-glaces. Elle s'interrogeait sur la banquette arrière inoccupée.

— Vous avez trouvé un refuge ? C'est là que sont Scott et Livia ?

— On a rompu, Livia et moi, a lancé Joost.

— Quoi ?

Hayley trouvait sa déclaration étrange.

— Qu'est-ce que tu veux dire par « rompu » ?

— On s'est séparés, on est partis chacun de son côté.

— OK, je suis totalement perdue en ce moment. Vous vous êtes disputés ? Où tu l'as déposée ?

— Je vais te montrer, bientôt.

Les doigts de Hayley tambourinaient sur ses genoux. Joost aimait les petits jeux, c'est ce que Livia lui avait confié. Il était clair qu'il jouait, parlait par énigmes, cloisonnait les informations. Elle a remué ses orteils nus pour les réchauffer, se forçant à être patiente.

Au bout de quelques instants, Joost a brisé le silence.

— Scott est parti et t'a laissée.

— C'est vrai, a-t-elle geint. Je ne voulais pas quitter la tente et il n'était pas d'accord. Il va probablement me vanner là-dessus ! Il est quelque part au sec en train de prendre un repas chaud, je parie ?

— Quel genre de copain peut te laisser seule ici ?

— T'as tellement raison !

— Hayley, il ne t'aime pas vraiment.

Elle s'est raidie sur son siège.

— Ce n'est pas gentil de dire ça.

— Tu devrais regarder la réalité en face.

— Tu ne sais rien de nous !

Elle a jeté un regard furieux par la fenêtre, même si on ne voyait pas grand-chose dans le noir. Seuls étaient audibles le ronronnement du moteur et le chuintement des essuie-glaces.

Joost a souri d'un air narquois.

— Qu'est-ce qui se passe ? Tu n'as plus envie de parler ?

Hayley s'est retournée vers lui.

— De ma relation avec Scott, non. Je ne peux pas croire que tu m'aies balancé ça !

— Je te dis juste la vérité, c'est le rôle des amis. Nous sommes amis, non ?

— Bien sûr.

Hayley ne voulait pas poursuivre la conversation. Elle aurait largement le temps d'élucider ce point avec Scott plus tard. Elle a tripoté son portable.

— Hé, tu as du réseau ?

— Non.

— Moi non plus. C'est chiant.

— Alors tu n'as appelé personne ?

— Personne, je n'ai aucune barre sur mon téléphone depuis des heures.

Hayley a tendu son portable vers Joost.

— Tiens, laisse-moi prendre une photo de toi, a-t-elle repris, pressée de changer de sujet.

Il a volontairement fait tomber l'appareil de la main de sa passagère.

— Joost ! Merde ! Pourquoi tu as fait ça ?

— Ne me prends pas en photo.

— Très bien, très bien ! Tu aurais pu me le dire, ce n'était pas la peine de me frapper.

— Je ne t'ai pas frappée !

— Tu vois ce que je veux dire…

— Tu ne sais pas ce qu'est un coup.

Hayley a froncé les sourcils.

— Pardon ?

Son téléphone est tombé dans l'espace sous le tableau de bord. Elle s'est inclinée, les doigts tendus pour le rattraper. En se contorsionnant, elle a vu sous un angle différent le visage taché de boue de Joost. Son nez ensanglanté. Des écorchures. Elle s'est redressée.

— Oh ! mon Dieu ! Tu as eu un accident ?

Brusquement, Hayley a été projetée d'avant en arrière. Sa tête a suivi le mouvement, la ceinture de sécurité lui a brûlé la poitrine. Elle a poussé un cri en ouvrant les bras. La voiture s'est immobilisée. Joost s'est penché près d'elle, lui envoyant son souffle brûlant au visage.

— Ferme-la ! Tu peux arrêter avec tes questions ?

Hayley a reculé, le fixant avec des yeux agrandis. Son visage écorché, son air hagard. Elle a hoché la tête, les lèvres serrées, sans oser émettre un son.

— Merde, merde, merde !

Joost a frappé trois fois sur son volant. Hayley se recroquevillait à chaque coup.

— Pourquoi les meufs parlent-elles autant ? Vous ne pouvez pas tenir votre langue ?

Elle est restée figée pendant qu'il prenait trois longues inspirations râpeuses. Puis elle a entendu des chocs sourds. Qui ne venaient pas des poings de Joost, mais de l'arrière de la voiture.

— Qu'est-ce que c'est ? a-t-elle bredouillé, le ventre noué de peur.

Il l'a foudroyée du regard.

— Je t'ai dit de la fermer.

— Mais… c'est quoi, ces coups ?

— C'est rien.

Boum boum !

— Ce n'est pas rien, a protesté Hayley. S'te plaît… dis-moi ce qui se passe.

Joost a ouvert sa porte et sauté à bas du siège du conducteur, claquant la portière derrière lui. Hayley l'a regardé faire le tour pour se jeter sur sa propre porte, qu'il a ouverte brutalement. Il a détaché la ceinture de Hayley, qui a hurlé pendant que les doigts de Joost la saisissaient par la nuque pour la tirer hors du véhicule sous une pluie glaciale.

— Lâche-moi !

Sous l'effet de la panique, Hayley se tortillait avec des yeux exorbités, cherchant à se plier pour se libérer, griffant les mains de son agresseur. La poigne de ce dernier s'est encore resserrée, la pinçant cruellement, tandis qu'il la poussait devant lui vers le coffre du quatre-quatre.

— Qu'est-ce que tu fais ? a-t-elle croassé. Lâche-moi !

— Tu veux savoir d'où vient le bruit ? a riposté Joost. Viens voir !

Il l'a jetée face contre terre. Le sol caillouteux lui a éraflé les paumes, elle a senti son poignet craquer en essayant d'amortir sa chute. Elle a poussé de nouveaux hurlements, mais Joost lui tournait déjà le dos. Il a ouvert le coffre, crachant des jurons dans sa langue maternelle. L'ampoule intérieure s'est allumée, illuminant le bas de ses jambes. Hayley s'est redressée et, rapprochant ses pieds nus, s'est relevée en position accroupie, prête à se sauver. Son corps allait-il lui obéir ? Combien de distance pouvait-elle parcourir avant que Joost la rattrape ?

Le Hollandais a fléchi les genoux avec un grognement étouffé pour tirer péniblement quelque chose du coffre. Une masse imposante, plus grosse que leurs sacs à dos. Quand elle a été à moitié sortie, Joost l'a laissée choir sur le sol.

C'était une personne.

Hayley a hurlé d'horreur.

Joost a bondi à côté d'elle et l'a saisie de nouveau par la nuque, la forçant à baisser les yeux.

— Le voilà ! a-t-il vociféré. Voilà ton petit ami idéal !

Hayley sanglotait. Elle ne voulait pas regarder, refusait de donner un sens à ce qui était devant elle. La même silhouette, les mêmes cheveux, les mêmes vêtements, mais pas le Scott qu'elle connaissait. Un masque grotesque recouvrait le visage de son copain. Violet, noir et rouge, enflé et déformé. Il était inconscient, l'air si loin d'elle.

— Scott !

Elle s'est penchée sur lui, berçant sa tête avec des mains douces.

Joost l'a regardée pleurer un moment, puis l'a empoignée par les épaules. Elle s'est débattue. Il a poussé un hurlement quand elle lui a labouré la figure avec les ongles. Son étreinte s'est relâchée, mais avant qu'elle ait pu s'écarter il a levé une main pour la frapper à la joue. Elle a eu la sensation de rentrer dans un mur au moment où sa tête a valdingué. Il a levé de nouveau la main, l'atteignant au nez cette fois. Son crâne bourdonnait de douleur, les larmes ruisselaient de ses yeux. Elle avait un goût de sang dans la bouche. Le monde a culbuté de côté, elle s'est effondrée sur le revêtement de bitume.

— Tu voulais le voir ! a bredouillé Joost. Tu es contente maintenant ?

Hayley a fermé les paupières, tentant de respirer entre les décharges de douleur. Un marteau la frappait dans les côtes. Joost la rouait de coups de pied. Elle s'est roulée en boule pour se protéger, désormais insensible à la pluie. Ses oreilles sifflaient.

Joost l'a remise en position assise, adossée à un pneu arrière. Elle a levé les bras au-dessus de la tête, tétanisée à l'idée d'être de nouveau agressée. Il a fait rouler Scott dans la boue comme un vieux tapis.

— Là, s'est exclamé Joost. Dis au revoir à Scotty. Il ne fait plus partie du voyage.

— Non ! Ne le laisse pas là !

Joost s'est mis à genoux devant elle, haletant.

— Alors, tu veux savoir ce que j'ai fait de Livia ?

Hayley a enroulé les bras autour d'elle en pleurant, refusant de le regarder dans les yeux.

— Eh bien, elle ne va pas non plus rejoindre Darwin, a repris Joost. J'ai rendu service aux pêcheurs !

Hayley ne voulait pas entendre, elle ne pensait pas pouvoir le supporter. Son corps s'est contracté, attendant les coups de Joost, obsédé par la proximité de Scott. Elle ne pouvait pas le toucher, il n'y avait rien qu'elle puisse faire, mais peut-être Joost finirait-il par se calmer. Peut-être même qu'il s'en irait avec la voiture et les laisserait tous les deux, et qu'elle pourrait s'occuper de Scott.

Au lieu de quoi il l'a remise de force debout, l'a fait pivoter sur place et a tiré brutalement ses bras dans son dos. De minces liens de plastique ont enserré ses poignets, la blessant et lui arrachant un cri de douleur. Hayley a entendu un bruit de déchirement derrière elle. Quand il l'a retournée, il tenait dans ses mains une bande de ruban adhésif gris. Elle a tenté de se dérober, mais il la lui a plaquée sur la bouche. Elle s'est concentrée pour respirer par le nez, afin de tenir en respect la panique et la nausée. Finalement, elle a été aveuglée par ce qui lui a semblé être un masque de nuit. Tout a basculé quand Joost l'a couchée dans l'espace où se trouvait Scott quelques instants plus tôt. Elle s'est affalée au milieu des sacs de voyage. Un objet inerte de plus.

— Tu sais quoi, tu es vraiment grosse, a grogné Joost.

Deux mains lui ont pressé le crâne. Elle s'est fait pipi dessus. Puis tout a disparu.

Elle ignore depuis combien de temps la voiture est garée là. Où est-elle ? Est-ce un lieu public ou bien Joost l'a-t-il emmenée chez quelqu'un ? Elle a entendu des bruits de voix. Pourquoi personne ne vient-il ? Pourquoi personne ne l'a-t-il encore retrouvée ? Et qu'est-ce que Joost manigance ? Elle sait qu'elle va encore mouiller sa culotte si elle pense à lui et à ses possibles plans. Peut-être que quelque chose l'a effrayé et qu'il s'est sauvé…

Ses pensées reviennent à Scott, son corps inanimé gisant sur le bas-côté dans la tempête. Elle se retient de pleurer, sachant que ça lui bouchera le nez et qu'elle aura plus de mal à respirer. Qu'est-ce qui lui a pris d'opter pour des vacances en voiture avec des inconnus ? Elle s'est sentie obligée de voyager, de visiter l'Australie, et maintenant elle ne sait même pas si son petit ami est mort ou vivant. Il ne méritait pas d'être traité ainsi. Il y a si peu de circulation… Quelqu'un le retrouvera-t-il ? Et où est Livia ? Qu'est-ce que Joost lui a fait ?

La porte du coffre s'ouvre, laissant entrer une bourrasque de neige fondue. Hayley crie sous son ruban adhésif en tentant d'envoyer des coups avec ses pieds malgré ses chevilles attachées, s'efforçant de résister à ce qui lui arrive.

D'en haut, deux grandes mains appuient sur ses épaules, suivies de l'odeur répugnante de Joost. Elle rue de plus belle.

— Arrête, siffle Joost.

25

QUINN

Mardi 7 février
21 h 30

L'homme sur le canapé tressaille sous les couvertures. Quinn entend un « Hé ! » suivi de gémissements. Il est en train de se réveiller ou fait un mauvais rêve, elle ne sait pas.

— Tout va bien, tu es en sécurité.

Elle lui caresse le bras, un geste qui semble l'apaiser.

— Je m'appelle Quinn, je t'ai transporté ici… Tu te rappelles ? Tu t'es réveillé, tu as marché jusqu'à ma voiture. Tu t'es bien débrouillé.

Elle se tait, se sentant bête. Ce gars n'a que faire des compliments ou du bavardage, il a besoin de soins. Il semble respirer plus paisiblement, son état s'est peut-être stabilisé, comme on dit dans les films. Ses cheveux bruns sont presque secs, sa peau est moins pâle. En tout cas, elle ne voit aucun saignement, il ne paraît pas avoir de fractures non plus. Son visage tuméfié est affligeant, mais ça va mieux depuis qu'ils lui ont appliqué de la glace. On a dû lui asséner plusieurs coups. Elle le regarde fixement, méditant, écoutant la pluie continuelle.

Andrea revient avec deux assiettes et deux mugs. Elle se penche pour poser le plateau sur la table basse, puis enroule un petit plaid autour des épaules de Quinn.

— Tiens, mange quelque chose.

— Merci, dit Quinn.

Ces attentions maternelles sont une nouveauté de la part d'Andrea, mais sa tendresse est la bienvenue. Les deux femmes s'installent chacune dans un fauteuil pour mastiquer leurs sandwichs. Quinn se sent remontée, elle ne s'était pas rendu compte qu'elle avait l'estomac vide.

— Comment était la ferme aujourd'hui ? demande Andrea. Elle va résister à la météo ?

Quinn incline la tête.

— Ouais, ça devrait aller. Au moins, les digues auront un peu d'eau. Ça pourrait être un argument de vente. Les photos de la propriété seront incontestablement meilleures…

— Tu as beaucoup de demandes ?

— Rien de sérieux.

— Mais ça te laisse du temps pour vider la maison, j'imagine.

— Ça, c'est le bon côté. J'aime faire ça, j'aime passer du temps à la ferme.

— Beaucoup de souvenirs heureux, non ?

Les larmes lui montent aux yeux. Elle espère qu'Andrea ne verra rien dans la pénombre.

— Des souvenirs très heureux, répond-elle. La majorité des gens croient que c'est triste de se trouver dans une maison vide, ils ne comprennent rien.

— Je sais que je te l'ai déjà dit, mais je suis sérieuse. J'étais si désolée pour ton père. Ça a dû être tellement difficile. Une période traumatisante pour toute la famille.

— La pire.

— Ce n'est pas ta faute, tu sais ça ?

— C'est ce qu'on dit.

— Le plus dur, c'est pour ceux qui restent.

— Je sais.

Quinn essuie les miettes de ses mains, puis tire sur son T-shirt sali.

— Je vais me changer, annonce-t-elle.

Bronte la suit dans la chambre et se couche sur son coussin dans un coin. La chienne observe sa maîtresse avec des yeux attentifs bordés de longs cils.

— Bonne fille, murmure Quinn.

Elle enfile un jean propre et une chemise de flanelle de coton, laissant ses vêtements mouillés pendus à un montant du lit. Vérifie son reflet dans la glace de la chambre. Ses cheveux châtain clair sont noués dans leur habituel catogan relâché sur la nuque. Elle retire son élastique, s'ébouriffe les cheveux pour les sécher un peu et les attache plus haut, au sommet du crâne, pour ne pas être gênée. Sa peau a l'éclat caramel de l'été et des taches de son constellent son nez. Un nez un peu large qu'elle trouve moche, même si son père lui a toujours dit qu'il était mignon. Les pères sont censés dire ce genre de trucs. « Quinny quinn quinn », roucoulait-il. Elle se chuchote maintenant ces mots doux, un test pour voir s'ils vont être un soutien. Ça ne marche pas, ça lui crée plutôt un sentiment de vide.

Elle vérifie son téléphone, certaine que sa mère a déjà dû essayer de l'appeler, mais il n'y a toujours pas de réseau. Trish connaît tout du mauvais temps. Si elle n'arrive pas à joindre sa fille, elle tentera peut-être Ryan. Cette pensée provoque un grognement chez Quinn. Son frère est tellement immergé dans la vie de Canberra qu'il n'est sans doute pas au courant du déluge en Australie-Méridionale. Il voudra raccrocher au nez de Trish le plus vite possible pour retourner s'imbiber avec ses nouveaux potes dans un bar chic de la ville.

Quinn a beau comprendre pourquoi Ryan a rejeté son ancienne vie, ça ne veut pas dire qu'elle n'en a pas gros sur le cœur. Il a choisi de ne pas mener la même existence que leurs parents. Le stress, les angoisses et le labeur endurés pendant leur enfance suffisaient, Ryan ne voit aucun intérêt à maintenir la tradition familiale. Mais comment peut-il s'épanouir dans un mode de vie si différent ? Il remue plus de paperasse que de brouettes ces derniers temps. Comment arrive-t-il à supporter ses collègues citadins, les courriels et réunions interminables, un confinement quotidien dans un bureau ? Quinn préfère de loin son job au pub, à temps partiel avec hébergement, surtout quand l'hôtel est animé. Ce choix l'empêche de trop penser. Pourtant, ça ne peut pas durer éternellement. Un jour ou l'autre, Matt et Andrea risquent de céder le bail du pub. Que se passera-t-il s'ils partent, et que les nouveaux gérants ne veuillent pas de Quinn ? Il lui faut un plan B pour un avenir plus indépendant, pour avoir sa propre maison un jour. Ce n'est pas possible avec un salaire de serveuse.

Chaque fois que Quinn réfléchit à son avenir, ses idées deviennent brumeuses. Elle préférerait remonter dans le temps plutôt que d'aller de l'avant. Revenir à l'époque où leur exploitation regorgeait de fourrage, où l'équipe d'élevage débarquait et où elle aidait sa mère à préparer des montagnes de sandwichs, où les bottes de son père résonnaient sur la terrasse et où il la faisait tournoyer dans les airs. *Quinny quinn quinn.*

L'époque avant le week-end de shopping avec sa mère six ans plus tôt, quand Trish n'était pas parvenue à réparer la courroie du ventilateur déchirée. L'époque avant qu'ils apprennent que son père n'était pas sorti pour aider à lutter contre les feux de brousse. Avant que Trish le retrouve pendu dans l'ancienne grange.

Bronte trottine jusqu'à la porte, puis regarde sa maîtresse. C'est le signal par lequel elle demande à sortir pour faire ses besoins.

— OK, on y va.

Quinn enfile ses bottes, puis prend un coupe-vent humide accroché au dos de la porte.

Andrea fait un somme dans un fauteuil du salon, les jambes repliées sous elle, la tête au creux d'un bras. Quinn songe à lui dire d'aller se coucher mais, si elle dort déjà, à quoi bon ? Le blessé, dont la poitrine monte et s'abaisse doucement, a l'air d'aller aussi bien que peut en avoir l'air quelqu'un qui a été roué de coups.

Ses ongles crépitant sur le plancher, la chienne trotte devant, suivie de Quinn. À mi-chemin du couloir, l'air est différent, plus frais, avec une odeur étrangère, une odeur de terre. Elles atteignent le bar, voient la porte d'entrée grande ouverte, les flaques sombres qui ondoient comme une nappe de pétrole. Bronte franchit le seuil d'un bond.

— Merde !

Quinn se rue dehors. L'eau inonde déjà la terrasse, contournant les sacs de sable pour s'insinuer dans la maison. Elle retourne en courant au salon et secoue l'épaule d'Andrea.

— Vite ! La pluie rentre par le devant.

Andrea saute sur ses pieds et toutes deux se précipitent vers l'entrée principale du pub. Une vague d'eau sale se propage sous leurs semelles.

— On va rajouter des sacs de sable ! hoquette Andrea.

Retirant un élastique de son poignet, elle noue ses cheveux bouclés en une vague queue-de-cheval.

Dehors, la bourrasque cingle le visage de Quinn. Elle enfonce la tête dans son coupe-vent.

— Là !

Andrea montre du doigt l'extrémité de la terrasse, où des sacs de sable de réserve sont soigneusement stockés en un tas rectangulaire. Une brouette est appuyée contre un flanc de la pile. Après qu'Andrea l'a remise droite, toutes deux commencent à y charger des sacs. Sous l'effort, Quinn a le souffle rauque. Même si elle est bosseuse et en pleine forme, c'est un exercice épuisant. Chaque sac pèse autour de quinze kilos. Ses vêtements propres sont vite trempés, ses poumons et ses membres lui cuisent. Elle se contracte aux coups de tonnerre au-dessus de leurs têtes. L'orage arrive directement au-dessus du pub, une salve liquide.

Joost surgit, faisant sursauter Quinn, qui l'avait oublié.

— Aide-nous ! lance Andrea d'une voix haletante.

Joost se penche pour empoigner un sac de sable puis, après avoir lutté pour se redresser, le porte directement devant l'entrée du pub.

— Ça ira plus vite comme ça, dit Andrea, indiquant la brouette.

Formant une chaîne, elles remplissent la brouette de sacs semblables à du ciment, avant que Joost pousse celle-ci en vacillant jusqu'à l'entrée du pub. Puis tous mettent la main à la pâte pour colmater le muret de sacs déjà là. Au bout d'un moment, Andrea retourne à l'intérieur du pub et y prend un grand balai pour chasser l'eau, qu'elle dirige entre les sacs, puis sur les marches.

— Allez, il faut avancer !

Son visage est tiré.

Du coin de l'œil, Quinn voit Joost peiner sous l'effort. Il est grand, mais il est malingre et sans doute peut-être peu habitué à travailler dur. Un nouvel éclair illumine la cour. Quinn se prépare à un bang retentissant.

Ethan apparaît derrière Andrea. Une petite silhouette éthérée en pyjama, les pieds nus et les yeux ronds.

— Ethan ! dit Andrea. Ça va, bonhomme, tout est sous contrôle. Assieds-toi ici, s'il te plaît ne bouge pas.

Elle le perche sur un banc.

Quinn s'applique à la tâche comme un robot. Ses bras et ses jambes sont plâtrés de boue, son jean et ses bottes l'alourdissent. Joost passe en titubant, manquant perdre l'équilibre sur les planches glissantes. Le tonnerre gronde encore, nouvel avertissement.

— Je vais chercher d'autres sacs !

Les mains sur la brouette, il s'éloigne à toute vitesse.

Ethan presse sa frimousse fantomatique contre la vitre. Quinn lui fait un geste de la main pour le rassurer, il se borne à lui rendre son regard.

Après quelques tours de piste tuants, Andrea crie pour tenter de couvrir l'orage :

— On est parés, je crois.

Quinn acquiesce. Les murs renforcés tiennent l'eau en échec. Elle s'immobilise, mains sur la tête, pour reprendre sa respiration. Joost s'affale sur le plancher de la terrasse.

— Je vais vérifier l'arrière de la maison, dit Andrea.

— Je viens, réplique Quinn.

Joost lève les yeux.

— Je viens vous aider aussi.

— Non, c'est bon, repose-toi, on va juste jeter un coup d'œil, répond Andrea. Tu peux veiller à ce que mon fils ne sorte pas, s'il te plaît ?

Apparemment d'abord prêt à discuter, le Hollandais finit par incliner la tête, tandis qu'Andrea appuie son balai au mur. Elle saisit une lampe-tempête posée à proximité et se dirige vers le côté de l'établissement, longeant la voiture de Joost. Quinn suit sa cheffe, bien qu'elle ait la sensation que son corps ne puisse plus avancer. Du coin du mur, on distingue les cabanons et, devant, une mare ondoyante d'environ douze mètres de long sur deux de large. S'approchant davantage, elles constatent que l'eau n'est pas si profonde. Heureusement, les chambres d'hôte, le bloc sanitaire voisin et les granges reposent sur des dalles de béton légèrement surélevées par rapport au sol. Et, plus tôt ce matin-là, elle a aidé Andrea et Matt à renforcer les parois des cabanons de sacs de sable, lesquels résistent toujours.

Andrea fait volte-face.

— Allons voir les granges !

Quinn acquiesce d'un signe de tête. Elles se glissent derrière le bâtiment principal, les jambes éclaboussées de boue, le faisceau de leur lampe dansant autour d'elles. Elles passent en revue le périmètre des granges. Andrea lève haut sa lampe pendant que Quinn ouvre les portes. Elles inspectent chaque grange, passant au peigne fin les ombres des véhicules, des bancs, des placards d'outils et de fournitures. Il y a une mare à l'entrée de la plus grande grange, mais l'eau ne s'est pas infiltrée à l'intérieur.

— Tout a l'air normal, dit Andrea.

— Super, j'ai besoin d'une pause ! répond Quinn, essoufflée.

Elles reviennent péniblement au bâtiment en pierre du pub. En tant que construction la plus ancienne de la propriété, celui-ci a souffert, mais les récents sacs de sable ajoutés font leur boulot.

Bronte les attend sur la terrasse, oreilles dressées. Andrea les pousse tous à l'intérieur. Quinn referme fermement la porte, soulagée de voir les planches nues sous ses bottes. La crise de l'eau a été évitée.

Joost s'est réfugié derrière le bar, encore essoufflé. Il n'est pas du tout en forme, peut-être habitué à une vie plus calme dans son pays. Il lève son verre de whisky.

— Je me suis dit que j'allais prendre un verre.

Ses épaules sont osseuses sous son T-shirt humide.

— Absolument, tu l'as bien gagné.

Andrea s'écroule à côté d'Ethan sur une banquette, dépose un baiser sur le haut de sa tête. Quinn s'assoit en face d'elle, Bronte contre ses jambes, et gratte machinalement le cou de sa chienne.

— Quelqu'un d'autre veut un verre ? demande Joost.

— De l'eau, s'il te plaît !

Quinn retire sa chemise trempée. Joost apporte des verres pleins sur la table. C'est une sensation nouvelle de se faire servir, comme s'il faisait partie du personnel désormais. Une extension de la famille.

Andrea doit penser la même chose, car elle lance :

— Joost, tu veux pieuter chez nous ce soir ?

Joost lève les sourcils.

— Pardon ?

— Tu aimerais dormir ici ? reprend Andrea. On doit se serrer les coudes, je pense. On peut installer le matelas de secours. Rien ne t'y oblige, bien sûr, à toi de décider !

Joost incline la tête, méditant la proposition.

— Oui, je peux faire ça. Merci pour l'hospitalité.

— Merci à toi de ton aide.

— Vous pensez que la pluie va s'arrêter quand ? demande Joost. Je pourrai rouler demain, à votre avis ?

— Les routes seront peut-être ouvertes, qui sait ?

— Je vais voir… le mec, annonce Quinn, ne sachant toujours pas comment l'appeler.

Elle retire ses bottes et ses chaussettes et, marchant sur la pointe des pieds, passe devant Joost, Bronte dans son sillage.

Dans le salon, la lampe éclaire moins. Il ne doit plus y avoir de batterie. Quinn jette un regard à l'inconnu sur le canapé, dont la couette est remontée jusqu'au menton ; il est comme elles l'ont laissé. C'est bien qu'il ne se soit pas réveillé pendant qu'ils luttaient contre l'inondation. Ça aurait été déroutant pour lui de se retrouver seul dans cette pièce. Quinn hésite, puis se penche plus près. Il est immobile, trop immobile.

Se laissant tomber à genoux, elle presse l'oreille contre sa bouche. Elle n'entend ni ne sent rien. Un signal de panique s'allume en elle pendant qu'elle lui tâte la gorge avec les doigts. Sans vouloir interrompre son sommeil, elle appuie plus fort, cherchant un pouls, tandis que le sien s'accélère.

— Hé !

Elle le saisit par le T-shirt, le secoue.

— Hé, réveille-toi ! Ça va ?

Ses yeux sont fermés, son corps est aussi peu réactif que les sacs de sable dehors.

— Andrea ! hurle Quinn.

Andrea arrive en courant par le couloir, suivie lourdement de Joost.

Quinn se lève d'un bond, montre du doigt l'homme allongé sur le canapé.

— Il est… Je ne pense pas qu'il respire…

Andrea se laisse choir à son côté pour chercher des signes de vie.

— Va recoucher Ethan, ordonne-t-elle.

Prenant l'enfant dans ses bras, Quinn l'emporte dans la chambre d'Andrea. Bronte se rue derrière eux et Quinn referme la porte.

— L'homme…, commence Ethan.

— Oui.

La voix de Quinn chevrote.

— Ta maman le soigne, tout va s'arranger.

Elle pose Ethan sur la couverture, s'installe le dos contre le chevet du lit, tandis que le petit garçon s'affale sur elle. Bronte bondit à son tour sur le matelas, et Quinn ne la chasse pas. La chaleur des corps, voilà ce qu'il lui faut, la chaleur de corps tous reliés ensemble. Elle tire la couverture sur eux, reconnaissante pour le tambourinement de la pluie sur le toit parce que ça signifie qu'Ethan ne peut pas entendre ce qui se passe de l'autre côté de la porte. Quinn brûle pourtant de savoir, son corps est tendu comme un arc, la moindre de ses cellules en alerte maximale. L'homme va-t-il bien ? Quand s'est-il arrêté de respirer ? Va-t-il mourir parce qu'ils étaient occupés à lutter contre les eaux ?

La respiration d'Ethan devient enfin plus sonore à mesure qu'il s'endort. Quinn le cale sur un oreiller, sous l'œil attentif de Bronte.

Puis la porte de la chambre s'ouvre et Andrea lui fait signe d'une main.

— Je ne peux pas y croire, ne cesse de répéter Quinn. Il a failli mourir…

Elle fait les cent pas sans arrêt dans la pièce.

Andrea est assise auprès de l'homme, une main protectrice sur sa jambe. Elle est vidée, son corps affalé en point d'interrogation.

— Il va bien maintenant, murmure-t-elle.

— C'est moche.

Joost abaisse les yeux vers le canapé.

— Je ne comprends pas, il allait bien, reprend Quinn. Qu'est-ce qui s'est passé ? Pourquoi il a arrêté de respirer ?

— Il est très mal en point, tu sais, répond Andrea. Il a peut-être des lésions internes qu'on ignore.

— On n'aurait pas dû le laisser seul.

— Ce n'est pas notre faute, ce n'est la faute de personne. On a été distraits par l'inondation.

— Je n'aurais peut-être pas dû le bouger de la route ! C'est ce qu'on dit, ne pas bouger les blessés. J'ai peut-être même aggravé ses blessures. Mais je ne pouvais pas le laisser sous la pluie, il aurait pu souffrir d'hypothermie…

— C'est vrai, réplique Andrea. Tu as fait ce qu'il fallait, Quinn, la seule chose possible. S'il te plaît, assieds-toi, tu me donnes le tournis.

— Excuse-moi.

Avec réticence, Quinn se pose sur la table basse. Immédiatement, la chienne se couche à ses pieds.

— Dois-je rappeler les secours ? demande-t-elle.

— Pour leur dire quoi ? intervient Joost.

— Qu'il s'est arrêté de respirer ! Ça le rend sûrement encore plus prioritaire.

— Il pleut toujours. Le temps n'a pas changé depuis ton dernier appel, c'est même pire…

Andrea soupire.

— Joost a raison.

Quinn presse ses paumes l'une contre l'autre. Un frisson d'inquiétude irrépressible parcourt son corps.

— Bon, je ne vais plus le laisser seul, c'est sûr.

— Tu ne peux pas veiller toute la nuit, objecte Andrea. On n'a qu'à se relayer.

— Tu as déjà l'air si fatiguée.

— Je peux prendre mon tour aussi, propose Joost.

— Tu es sûr ? Tu n'es pas obligé.

Le jeune homme hoche catégoriquement la tête.

— Je suis sûr, je veux vous aider. Le mec a souffert, il faut qu'on prenne soin de lui.

— C'est très gentil de ta part, approuve Andrea.

— Quelle doit être la durée d'un tour de garde ? s'informe Quinn.

— Deux heures ? Trois ?

— Trois, ça me semble bien.

— OK.

Andrea lance un regard à Quinn.

— Ça te va si je dors en premier ?

Ses joues ont perdu leur couleur, ses bras et ses jambes sont tout crottés.

— Oui, bien sûr.

Andrea disparaît dans sa chambre. Quinn inspecte son patient. Elle borde la couette, pose une main sur la poitrine du blessé pour la sentir monter et s'abaisser.

— Regarde-toi ! Une véritable infirmière, commente Joost.

Quinn lui répond par un sourire poli, décontenancée par l'ironie qu'elle entend dans la voix de Joost. Peut-être est-ce l'effet de son accent guttural.

— D'où tu viens, déjà ?

— Des Pays-Bas.

— Et tu es tout seul ici ? On ne voit pas beaucoup de touristes en solo dans le coin, c'est un peu risqué.

— Andrea m'a dit la même chose. La Stuart Highway est une seule longue route au centre du pays. Je ne pense pas que ce soit un plan de voyage très compliqué.

— Tu étais au courant de l'alerte tempête ?

— Oui, mais je ne m'attendais pas à tant de pluie.

Quinn hausse les épaules.

— Aucun de nous ne s'y attendait. Hé, le matelas de secours se trouve dans ma chambre. On devrait l'installer pour la nuit.

Elle conduit Joost à sa chambre. Bronte trotte sur ses talons, se remettant à grogner, ce qui exaspère Quinn, déjà nerveuse.

— Arrête !

Joost regarde la chienne comme si c'était un problème à résoudre.

— Elle est à toi ?

— Oui.

— Un bouvier australien, non ?

— Oui. Un bouvier rouge exactement, à cause de sa couleur.

Pour se réconforter, Quinn caresse le large crâne de Bronte. Sa chienne est à la fois douce et robuste, un réservoir de résilience sur lequel elle s'appuie.

— Elle ira dormir dans sa niche ?

— Elle n'a pas de niche, elle vit dedans avec moi.

— Ce n'est pas illégal en Australie ? Un chien dans un hôtel…

— Non, répond Quinn sur le ton de la moquerie.

— Dans mon pays, les chiens ne sont pas autorisés dans les maisons. Ils sont sales, pas hygiéniques. Vous devriez la mettre dehors.

— Elle ne te mordra pas, elle est juste nerveuse à cause de l'orage.

— C'est pas ça, je n'ai pas peur des chiens. Les animaux ne doivent pas rentrer dans la maison, c'est tout.

— Eh bien, je ne suis pas d'accord. Maintenant on va chercher le matelas, oui ou non ?

Ledit matelas est rangé sous le petit lit de Quinn.

— Je peux le sortir tout seul, dit Joost.

— Ne sois pas bête, je vais t'aider.

Ils se penchent, saisissent chacun un coin et le tirent sur le plancher.

— Du coup tu vis ici ? demande Joost, alors qu'ils redressent le matelas sur le côté pour le faire passer par la porte.

— Oui, un emploi où je suis nourrie et logée, c'est un bon plan, répond Quinn.

— Toi, Andrea et son mari ? Pas de petit ami ?

— Ça ne te regarde pas.

Joost émet un petit rire.

Ils étendent le matelas derrière le canapé, là où il ne bloquera pas l'accès aux toilettes ni à d'autres portes. Quinn jette dessus un oreiller et des couvertures d'appoint.

Joost sourit.

— Tu vas me faire mon lit ?

— Va te faire foutre !

Quinn commence à se demander si Andrea a eu raison d'inviter Joost à dormir à l'intérieur du pub. C'est là le sanctuaire du personnel. Aucun client n'a jamais été autorisé à y passer la nuit auparavant. Pourquoi ne pas avoir laissé Joost dans son cabanon ? Elles auraient pu l'appeler en cas de besoin. Puis elle réfléchit. Peut-être Andrea appréhende-t-elle cette tempête anormale et l'absence de Matt. Elle est crevée, elle vient de sauver la vie d'un homme. Très bien.

— Je n'ai pas envie qu'on se dispute, répond Joost d'un ton plus amical.

Quinn lâche un sourire réticent.

— Moi non plus.

— Tu devrais te coucher maintenant, j'assure le premier tour de garde.

— Je vais rester debout un peu plus longtemps, tu as besoin de te reposer et Andrea a dit…

— Je sais ce qu'Andrea a dit. Je n'ai besoin de personne !

Sa brusquerie la dépasse. Il s'est assis au bord d'un fauteuil, ses genoux cagneux largement écartés, les bras formant des triangles aigus, pareil à une gargouille perchée sur un rempart. Quinn sent ses poils se hérisser sous son regard. L'espace d'un instant, on dirait presque qu'il va lui crier d'aller dans sa chambre, comme un grand frère étrange et trop zélé.

Puis, sans prévenir, il lui sourit.

— C'est sûr, reprend-il. On peut veiller tous les deux. Comme dans une soirée pyjama…

26

ANDREA

Mercredi 8 février
5 heures

Dès le réveil, la première pensée d'Andrea est pour Matt. Elle tend un bras, tâtonne à la recherche de son téléphone posé sur la table de nuit. Il n'y a toujours pas de réseau, mais des SMS lumineux sont mystérieusement arrivés dans la nuit. Le plus beau cadeau qu'elle ait jamais reçu.

Andrea ravale ses larmes, se contorsionnant avec précaution pour se redresser sans réveiller Ethan, et lit à la hâte.

3 h 10 :

Pardon, mon amour, pas de signal. Xxx

Elle rit et pleure en même temps.

Dormi chez Greg. Sommes entourés d'eau. On dirait une île ici, nous devrions nous offrir une seconde lune de miel.

Enfin, un dernier texto, quelques minutes plus tard.

Espère que tout est OK à la maison. Quinn rentrée ? Tu veux bien m'appeler demain matin, je vais me pieuter un peu. Xxx

Andrea relit plusieurs fois ses messages, le sourire aux lèvres, une sensation de chaleur dans le ventre. Matt a raison, bien sûr qu'il a raison, il sera de retour plus tard dans la journée. Quand cette catastrophe sera terminée, elle lui annoncera sa grossesse et ils pourront fêter l'événement. Ce qu'il adviendra de leur vie après ça, elle l'ignore, mais c'est un moment que tous deux attendent avec impatience.

Avec un sursaut, Andrea songe à regarder l'heure. Il est 5 heures du matin passées. Quinn et Joost l'ont laissée dormir des heures durant. Pourquoi ne l'ont-ils pas réveillée ? Peut-être ont-ils pensé qu'ils pouvaient se relayer sans elle. Elle sort du lit et se glisse dans le cabinet de toilette attenant, une nouvelle liste de choses à faire en tête. La pluie tambourine toujours au-dessus d'eux, quoique moins fort que la veille, le genre de matin pluvieux qui est ordinairement salué et qui, d'habitude, lui donne l'envie de se blottir sous les couvertures. Mais il lui faut aller voir le blessé, vérifier que le Pindarry résiste à la crue. Lorsque le soleil se lèvera, dans une heure et demie, elle roulera jusqu'à la piste aérienne pour voir si tout va bien. Elle prie pour qu'un médecin puisse voler ce matin. Ensuite, elle aura la tâche de se restaurer avec les autres et de s'occuper d'Ethan.

Elle n'a plus le temps ni le luxe de se payer une douche maintenant. Andrea enfile des vêtements propres et des bottes dans la pénombre, jetant des regards réguliers à Ethan. Elle prend un T-shirt et un bas de survêtement dans la partie de la penderie réservée à Matt, rattache ses cheveux épais au moyen d'un serre-tête, saisit un blouson léger, puis sort de la pièce sur la pointe des pieds, refermant délicatement la porte derrière elle.

La lampe-tempête s'est éteinte. Andrea parvient pourtant à distinguer l'entassement des corps dans le salon. L'homme inconscient est toujours sur le canapé, désormais couché sur le côté, un bras en travers de la poitrine. Quinn a rapproché deux fauteuils pour se confectionner un lit de fortune, la tête inclinée sur une épaule. Andrea exprime son agacement d'un soupir, elle aurait dû se douter que Quinn ne quitterait pas le chevet du blessé. Deux longues jambes dépassent de derrière le canapé. Joost, sur son matelas. Et, la dernière de tous, Bronte sur le tapis au centre de la pièce. Elle lève la tête pour regarder fixement Andrea.

— Bonne fille, chuchote Andrea.

S'accroupissant auprès de l'homme inconscient, elle pose les vêtements bien pliés de Matt sur le sol. Ils l'aideront à s'habiller plus tard. Elle contrôle sa respiration, les pansements, utilise la torche de son téléphone pour évaluer son teint. *Il a failli mourir*, pense-t-elle, *nous étions censés le veiller et il a failli mourir.* Elle se repasse le film des événements : la résurrection, elle en train de souffler entre ses lèvres molles, de comprimer sa poitrine, de se démener pour le ranimer sous les yeux de Joost. Elle s'est entraînée si souvent à la réanimation cardio-respiratoire dans ses cours de premiers secours. Mais la nuit dernière était la première fois qu'il lui fallait vraiment mettre en pratique ce qu'elle avait appris. Même si elle s'est sentie brouillonne, incompétente et inutile en le faisant, ça a marché.

Andrea se glisse dans le couloir de la cuisine, où de l'eau dégoutte encore de la hotte aspirante. Il lui faudra régler ce problème avant de pouvoir préparer le petit déjeuner. Elle ouvre le frigo, y prend un pot de yaourt et le mange à la cuiller en gagnant le bar. Quel soulagement de voir que les sacs de sable supplémentaires ont rempli leur office ! Le sol est sec. La vision de la salle si déserte dans le calme surnaturel qui suit autant de pluie lui donne la nostalgie de leurs habituelles journées ensoleillées, y compris de celles qui sont synonymes de canicule, poussière et sueur. Ce serait merveilleux de voir des touristes heureux, attablés dans la bonne humeur, échanger des conseils de conduite ou prendre des selfies. Regarder Matt s'arrêter à une table pour causer, exagérer son accent australien à l'intention des visiteurs étrangers, les faire rigoler. Dire qu'elle a pris tout ça pour acquis !

Andrea appuie sur un interrupteur, toujours pas de courant. Dommage, elle aurait apprécié un bon expresso mousseux à la machine à café. Elle ira bientôt jeter un nouveau coup d'œil au groupe électrogène, en demandant peut-être à Quinn si elle s'y connaît un peu. Des claquements familiers sur le sol accompagnent l'entrée de Bronte dans le bar.

— Tu veux sortir ?

Andrea enfile sa veste, ouvre la porte et s'écarte pour laisser passer la chienne. La fraîcheur de l'heure matinale lui donne un choc, elle remonte son col en s'aventurant sur la terrasse au milieu du dédale des sacs de sable. *Attends qu'Ethan voie ça, il voudra les escalader comme si c'était un mini-fort !* La lampe qui brille dans son dos est l'unique lumière à la ronde, la lune et les étoiles du matin sont encore enfouies sous les nuages. Bronte disparaît au coin de la maison, poussant Andrea à aller plus loin. Le parking est mouillé, mais la pluie ne menace plus le pub comme la veille. Elle met la capuche de sa veste sur la tête, fourrant ses cheveux à l'intérieur, et se hasarde près de l'endroit où Joost a garé sa voiture. C'est un quatre-quatre tout crotté, un ancien modèle, elle se demande où il l'a déniché. Ça ne peut pas être une location. Peut-être l'a-t-il obtenu bon marché auprès d'un autre routard. Ces gens achètent souvent un véhicule pour les vacances et le revendent avant de rentrer au bercail. Un peu honteuse de sa curiosité, elle fait le tour de la voiture, lorgnant par les fenêtres, sans voir grand-chose. C'est le bazar à l'intérieur, avec chapeaux, bouteilles d'eau et articles divers répandus sur les sièges et le plancher. Ce n'est pas un voyageur soigneux.

Le froid finit par la saisir, son nez est glacé.

— Au pied, Bronte, appelle-t-elle. Il est temps de rentrer.

La chienne n'est toujours pas là, Andrea s'impatiente.

— Bronte ! appelle-t-elle de nouveau, un peu plus fort.

On entend un bruit sourd. Andrea se retourne, tentant de le localiser. Bronte réapparaît en frétillant joyeusement de la queue, la gueule ouverte.

— Te voilà !

Andrea se tourne pour rentrer, mais le bruit recommence, insistant.

Impossible de l'ignorer, elle doit aller vérifier. Elle s'approche de la rangée de cabanons, se demandant si une des portes n'est pas restée ouverte. Mais pourquoi battrait-elle ? Le vent est tombé. Il est difficile de voir quelque chose aussi loin de l'éclairage du bar, du coup Andrea sort son téléphone d'une poche et se sert de sa fonction lampe torche pour se guider. Le halo éclaire la mare boueuse autour des chambres d'hôte, lui permettant de vérifier que toutes les portes sont bien fermées.

Le bruit reprend. *Toc toc toc.* Andrea s'arrête net. Un frisson perturbant lui court du bout des doigts jusqu'au cuir chevelu. Elle est contente de la présence rassurante de Bronte à son côté.

— Qu'est-ce que c'est ? murmure-t-elle.

Toc toc toc. Ses pieds se déplacent vers le bruit.

Les coups viennent du cabanon de Joost.

Elle jette un regard par-dessus son épaule vers le Pindarry, s'attendant à moitié à l'apparition du Hollandais. Doit-elle ouvrir la porte ? Il l'a loué pour la nuit, il a acheté son intimité. Mais quelle est l'origine de ce bruit ? Peut-être voyage-t-il avec un animal de compagnie et celui-ci cherche-t-il à sortir, pauvre bête. Il ne serait pas le premier voyageur accompagné d'un chien.

Mal à l'aise, Andrea tend la main vers la poignée, la saisit, commence à tourner. La poignée ne bouge pas. Il a fermé à clé, bien sûr.

Elle se penche vers la porte.

— Y a quelqu'un ?

Elle parle presque trop bas pour être entendue.

Les cognements s'interrompent, puis reprennent à une cadence plus rapide. Frénétique. Andrea en a des sueurs froides. Un chien aboierait ou gémirait, au moins. Quelque chose n'est vraiment pas normal. Il y a quelqu'un à l'intérieur.

— Attendez, dit Andrea. Je reviens dans un instant !

Elle repart à toute vitesse, la capuche de sa veste volant en arrière, trébuche dans un nid-de-poule avant, vite, de se rattraper. Elle court avec la chienne dans son sillage, remonte sur la terrasse et entre dans le pub. Son esprit bat la campagne. Doit-elle aller chercher Joost ou, d'abord, prendre son passe pour inspecter les lieux maintenant ?

Même si elle ne sait pas de quoi il retourne, son instinct lui dit d'enquêter toute seule.

Elle se précipite derrière le bar et s'agenouille devant l'armoire à clés sécurisée. Elle compose le code, cherche le numéro de la chambre de Joost et serre si fort la clé dans sa paume qu'elle se blesse. Sans réfléchir davantage, elle se rue de nouveau dehors.

Au cabanon, les coups continuent.

— Tenez bon, bredouille Andrea.

La pluie, qui s'amplifie de nouveau, rebondit contre le mur du cabanon et arrose ses mains tremblantes. Andrea insère sa clé dans la serrure, puis tourne la poignée. Par l'entrebâillement de la porte, une bouffée d'air rance lui saute au visage. C'est un peu comme entrer dans le bloc sanitaire d'un festival de musique. Bronte jappe, Andrea la repousse pour pénétrer à l'intérieur et referme la porte. Tenant une manche sur sa bouche et son nez, tâchant de réprimer ses haut-le-cœur, elle agite la lampe torche de son téléphone.

Le faisceau lumineux se pose sur une forme écartelée qui se tortille sur le lit. Andrea découvre des poignets et des chevilles attachés au moyen de câbles, une masse de cheveux, des yeux agrandis par la terreur. Des jambes nues et charnues. Une jeune femme à la bouche recouverte par du scotch, qui crie sous le plastique.

— Oh ! mon Dieu !

Andrea se laisse tomber à côté du lit et décolle le scotch avec précaution.

Des sanglots rauques emplissent la pièce.

— Ça va aller, tout va bien, chuchote Andrea d'un ton apaisant. Il faut que j'aille chercher quelque chose pour te libérer. Je reviens tout de suite !

Elle court à la grande grange, qui contient sa collection d'outils, gardant sa lampe de portable dirigée vers le bas, de peur d'alerter Joost. Putain ! Il a attaché une fille aux montants du lit ! Andrea n'arrive pas à concilier cette image avec le jeune homme propre sur lui qui l'a aidée ces douze dernières heures. Elle ouvre une boîte à outils, localise la pince coupante à tâtons et retourne à toute allure au cabanon. La jeune fille émet des sortes de miaulements quand Andrea jette son portable sur le matelas, puis coupe ses liens à la lumière artificielle.

À peine libérée, la fille lance le poing et atteint Andrea à la poitrine. Qui tombe à la renverse en levant les mains pour se protéger.

— N'aie pas peur, chuchote Andrea, le souffle coupé. Je viens t'aider !

La fille se détourne alors pour se blottir contre le mur, tire sur sa minijupe et son T-shirt taché pour essayer de se couvrir. Un côté de son visage est tuméfié et enflé, elle a les lèvres ensanglantées, les genoux couverts de vilaines égratignures et les jambes de boue séchée.

— Qu'est-ce qui t'est arrivé ?

Andrea s'efforce d'adopter une voix aussi douce et non menaçante que possible.

— Tu t'appelles comment ?

Elle entend des sanglots, puis une voix rauque répondre :

— Hayley.

27

HAYLEY

Mercredi 8 février
5 h 30

Hayley a très mal dans les membres après être restée attachée aussi longtemps. Les coins de sa bouche sont secs et endoloris. Agenouillée près du lit, une femme aux cheveux bruns bouclés la regarde bouche bée. Hayley cligne rapidement des yeux devant elle et ce lieu étrange. Sa cellule de prison.

— Où est Joost ?

Elle a du mal à parler. Sa gorge est irritée, elle porte les mains à son cou, le poignet droit lui fait un mal de chien.

— Il est à l'intérieur, répond la femme. C'est lui qui t'a fait ça ?

Hayley écarquille les yeux.

— Vous le connaissez ?

— Depuis hier. Je ne sais rien de lui. Je ne savais pas que tu étais dans le cabanon, je le jure !

— Je dois sortir. Il ne faut pas que je sois là au retour de Joost. Vous devez m'aider ! Appeler la police !

La femme dit oui de la tête.

— D'accord, d'accord, on va le faire…

— Il ne faut pas que Joost nous voie.

Hayley se remet lentement debout en grimaçant. Ses sous-vêtements ont séché sur elle, elle a le vertige.

— Voilà, laisse-moi t'aider.

La femme ramasse son portable sur le lit et lui prend le coude.

Les larmes ruissellent sur les joues déformées de Hayley. Comme si c'étaient celles de quelqu'un d'autre. Elle n'entend plus de l'oreille gauche. Elle est une ecchymose géante ambulante.

La femme ouvre la porte, un rectangle doucement lumineux apparaît. Un chien blond-roux attend sur une marche dehors, gémissant de curiosité. La femme lui ordonne de se taire, puis toutes les deux sortent dans l'air frais et humide. Hayley descend précautionneusement sur le sol boueux, parcourant le paysage des yeux. Le lever du soleil est atténué par de gros nuages menaçants. Elle se demande quelle heure il est.

Reconnaissant la forme de la voiture du grand-père de Scott, elle a envie de hurler. La femme remarque son tressaillement, pose prudemment une main sur son bras.

— Tout va bien. Comme je l'ai dit, Joost est à l'intérieur. Il dort.

À une vingtaine de mètres derrière elles, Hayley distingue un bloc sanitaire, apparemment fait de carreaux de béton. Devant elles et à leur gauche, un bâtiment tout en longueur, avec des pierres anciennes aux quatre coins, le début d'une terrasse. Le ciel pleut à seaux, lui rappelant qu'elle est vulnérable, exposée. La chienne bat en retraite pour se mettre à l'abri.

— Il faut se cacher, maintenant !

Hayley se cramponne fermement au bras de la femme.

— Viens avec moi, lui dit cette dernière.

Marchant voûtée au côté de sa sauveuse, Hayley fait des efforts pour rester silencieuse, réprimer le cri qui ne demande qu'à sortir d'elle. Si Joost la voit, il la tuera. Son corps est à la fois perclus de douleur et chargé d'adrénaline. Ses tennis s'enfoncent en chuintant dans le sol pendant que la femme l'entraîne derrière la vieille grange. Une porte apparaît devant elles. La femme l'ouvre, elles se ruent à l'intérieur. Ici, la pluie résonne plus fort en se répercutant dans les hauteurs. Hayley a les nerfs à vif.

La jeune fille continue d'avancer dans l'humidité glacée de la grange, c'est elle qui est devant maintenant pour s'éloigner le plus possible de l'entrée. Il y a un vieux frigo, un quad, des formes qu'elle ne parvient pas à distinguer. Elle s'écroule dans un coin, entre un établi et une armoire ancienne déglinguée, sous elle le béton est froid comme la glace. Ce n'est qu'une question de temps avant que Joost sente sa présence ici, elle en est sûre. Ses tremblements sont un signal d'alarme, il va la retrouver. Hayley se rend le plus invisible possible en berçant son poignet blessé.

La veille, quand Joost a tranché ses liens aux chevilles et l'a extraite du coffre les yeux toujours bandés, elle n'avait aucune idée de l'endroit où ils étaient. Une fois sortie du quatre-quatre, elle a tenté de se dégager de son étreinte, mais il l'a empoignée par les cheveux. Elle était sans défense, inutile, le corps et l'esprit submergés d'une folle panique. Il lui a fait monter de force quelques marches, franchir avec brutalité une entrée étroite, puis elle a entendu une porte se fermer. Il les avait coupés de la tempête, elle et lui, bouclés ensemble. Et elle était certaine qu'il allait la tuer, terrifiée à l'idée qu'il allait aussi la violer. Elle a hurlé sous son scotch adhésif.

— La ferme ! lui a braillé Joost à l'oreille.

Il lui a arraché son bandeau et l'a poussée sur un lit. Elle est tombée sur un fin matelas. Où se trouvait ce lieu ? Était-ce un genre de motel ? Pourquoi n'y avait-il personne pour l'aider ? Personne n'avait vu non plus le manège de Joost ? Elle s'est tortillée jusqu'au mur, aussi loin que possible, mais Joost n'avait qu'un pas à faire pour la toucher.

Il a ri, se coulant plus près d'elle.

— Où tu vas comme ça ?

Il la regardait fixement, sans ciller. Elle a fermé les yeux, détourné la tête.

— Hayley, qu'est-ce qui ne va pas ?

Elle a poussé un cri rauque sous son bâillon. Il l'a giflée.

— Arrête, a-t-il menacé. Tu n'as pas besoin d'être aussi hystérique, Livia n'était pas comme ça.

Elle a éclaté en sanglots à la seule mention de ce nom. Livia. Une connaissance dans une vie antérieure.

— Tiens-toi bien, a-t-il dit. Ou je vais vraiment te faire mal…

Il était assis à califourchon sur elle, le dos tourné, pesant de tout son poids sur sa poitrine, l'empêchant de respirer. Elle s'est débattue pendant qu'il abaissait péniblement chacune de ses jambes pour lui attacher les chevilles au montant inférieur du lit. Puis il s'est retourné vers elle, penché pour couper ses liens aux poignets et en a utilisé de nouveaux pour fixer chacun de ses bras au haut du lit. Le visage impassible, il tenait des bouts de câble entre ses dents comme s'il faisait ça tous les jours.

Hayley ne s'était jamais sentie aussi exposée qu'une fois solidement attachée. Sa minijupe avait remonté, son T-shirt découvrait son ventre. Sa culotte était souillée. Elle était dans l'incapacité de tirer sur ses vêtements pour se couvrir.

Joost a retiré les segments de câble de sa bouche, puis est descendu du lit pour admirer son œuvre.

— Je sais ce que tu penses, a-t-il dit, ça a l'air facile, non ? Surprenant, le nombre de vidéos en ligne pour montrer comment on attache une personne ! Je pourrais tourner ma propre vidéo après ça. Ha, ha ! Qu'en penses-tu, Hayley ? Tu jouerais dans un film pour moi ?

Elle s'est contorsionnée pour remonter les genoux dans un geste protecteur, tandis que Joost abaissait son regard vers elle avec une expression dégoûtée. Soudain, il s'est écarté brusquement, la tête tournée vers la porte. Hayley s'est figée elle aussi, l'oreille tendue.

— Joost !

Quelqu'un criait son nom. Où qu'elle soit, on le connaissait.

Il a approché son visage du sien.

— Pas de bruit, a-t-il ordonné, lissant le scotch sur la bouche de Hayley. Je serai juste à côté. Si je t'entends, je reviendrai te punir. Sur-le-champ, crois-moi.

Puis Joost est parti. Hayley a entendu le cliquetis de la clé et est restée immobile, l'oreille tendue, tâchant de se faire une idée de ce qui se passait au-dehors. L'orage suivait sa trajectoire, malmenant le toit et les murs autour d'elle. Elle a pensé à s'agiter sur le lit pour le faire cogner contre la cloison, pour faire du bruit afin de donner l'alerte. Peut-être des gens allaient-ils courir à son secours.

À moins que ce soit des amis de Joost.

À moins qu'ils sachent déjà qu'elle était là et s'en fichent. Peut-être étaient-ils eux aussi des mauvaises personnes. Peut-être avaient-ils attendu son arrivée…

Tournant la tête, elle a embrassé la chambre du regard. Il y avait une fenêtre carrée en hauteur, bordée d'une vague grisaille qui trahissait la lumière extérieure.

Elle a éclaté en pleurs, songeant à ses parents, songeant à Scott. Puis est tombée dans une torpeur tourmentée.

Plus tard, Hayley n'aurait su dire combien d'heures après, quand elle a compris que Joost n'était pas dehors, qu'il ne revenait pas aussi vite qu'il l'avait promis, elle s'est sentie assez courageuse pour faire du bruit. Elle a découvert que si elle tirait légèrement sur ses bras et ses jambes en même temps, en arquant le dos, le cadre de lit bon marché heurtait le mur. Cela risquait de faire revenir Joost. Elle devait voir la vérité en face : Joost allait continuer à la torturer. Il avait fait quelque chose à Livia, elle n'allait pas attendre que ça lui arrive aussi.

Et puis enfin, la femme aux boucles brunes est apparue.

— Je suis Andrea, chuchote maintenant celle-ci, s'accroupissant près d'elle dans la grange.

Elle fixe Hayley comme si c'était une bombe sur le point d'exploser.

— Raconte-moi ce qui s'est passé. C'est Joost qui t'a fait ça ?

— Oui, croasse Hayley. Je crois… je crois qu'il a tué mon copain.

— Je ne comprends pas…

— Il l'a tabassé et puis il l'a jeté sur la route, devant moi ! Il ne bougeait plus quand on l'a laissé… Il était juste allongé là.

Andrea en a l'air malade.

— Et Livia a disparu aussi, poursuit Hayley.

— Qui est Livia ?

— Une autre routarde. On voyageait avec elle. Elle est montée dans le quatre-quatre avec Joost, ils nous ont laissés. Je ne l'ai pas vue depuis hier. Elle n'était pas dans la voiture quand Joost m'a ramassée hier soir.

— Joost… a agressé ton petit copain et ton amie Livia, énonce lentement Andrea. Et puis il t'a attachée. Tu as d'autres amis ici ?

— Non !

— Pourquoi est-ce qu'il fait ça ? Comment vous vous êtes tous connus ? Vous avez pris de la drogue ensemble ?

— Non ! Écoutez-moi, murmure Hayley. Je ne comprends pas ce qui se passe… Joost est un monstre. Appelez la police…

Andrea tient son visage entre ses mains. Hayley sait qu'elle se débat avec son histoire… qui semble folle, vraiment trop folle. Va-t-elle la croire ? Où va-t-elle trouver de l'aide ?

— Il faut que je te dise, Hayley, nous sommes loin de tout, la tempête a rendu les routes impraticables. La police ne va pas pouvoir venir avant un bon moment.

— Combien de temps ?

— Des heures.

Hayley gémit doucement, elle voudrait disparaître.

— Oh non, non, non…

— Ce n'est pas seulement à cause des routes inondées, c'est la distance à parcourir, explique Andrea.

— Où est Joost ? Qu'est-ce qu'il fait ? Il va revenir.

— Il est à l'intérieur du pub.

— À l'intérieur du pub ?

— Oui, le Pindarry Hotel.

Hayley arrondit les yeux. Le Pindarry. Le refuge prévu sur leur itinéraire. Elle va s'en sortir, elle retourne à la civilisation. Là-bas, il doit y avoir du personnel, des touristes et des hommes, ce cauchemar est peut-être fini.

Elle agrippe le bras d'Andrea.

— Les gens du pub vont nous aider, on va s'en tirer !

Andrea la regarde tristement.

— C'est moi, la propriétaire du pub.

— Quoi ?

— J'ai avec moi Quinn et mon petit garçon, il n'y a personne d'autre.

28

ANDREA

Mercredi 8 février
5 h 30

La jeune fille a l'air d'un chaton stressé, et sa peur est contagieuse.

Joost l'a attachée et bâillonnée dans le cabanon. Et maintenant il s'est introduit jusque dans la maison d'Andrea, à quelques mètres d'Ethan et de Quinn, qui dort encore. Elle l'a invité à entrer, a insisté pour qu'il reste passer la nuit. Elle a mis tout le monde en danger. Normalement si sensible aux menaces, comment a-t-elle pu faire si vite confiance à un inconnu ?

Le blessé inconscient doit être le petit ami de Hayley. Quinn l'a trouvé sur le bas-côté de la route. Elle décide de ne pas en parler parce que la fille est déjà à moitié hystérique, et puis Andrea peut se tromper. Et cette autre fille, Livia ? Il faut reconstituer le puzzle. Ces jeunes participaient-ils à une sorte de road-trip glauque ? Comment Joost a-t-il pu faire tout ça et pourquoi ? C'est peut-être un criminel venu se cacher en Australie. Tout ce que sait Andrea, c'est que Hayley était captive, attachée à un lit, pendant que Joost se comportait comme si de rien n'était. Elle a envie de vomir.

Hayley frissonne. Andrea veut la serrer dans ses bras en lui disant que tout va s'arranger, qu'elle va la garder en sécurité. Mais elle ne peut pas le lui garantir.

— Comment ça, il n'y a que vous ici ? demande Hayley.

— Mon mari a dû partir aider un de nos voisins, répond Andrea.

— Et qui est Quinn ? Un garçon ?

— Non, c'est une jeune femme qui travaille et vit ici.

— Et c'est tous les gens que vous avez ? Où est le reste du personnel ?

— Nous n'avons personne d'autre, on n'en a pas besoin hors saison.

Cachant son visage entre ses genoux, Hayley se balance d'avant en arrière.

Andrea ne peut pas la consoler davantage, elle doit bouger avant que Joost se réveille et découvre les derniers événements. Quinn a appelé les secours un peu plus tôt, mais elle cherchait un médecin. La police doit savoir ce qui se passe. Apparemment, il y a un maniaque parmi eux. Tempête ou pas, il faut que la police vienne.

Elle sort son portable de sa poche et manque pleurer de rage.

— Bien sûr, il n'y a toujours pas de réseau, chuchote-t-elle. Il faut que je retourne au pub pour prendre le téléphone satellite derrière le bar.

— Vous me laissez ?

— Je n'ai pas le choix.

Hayley prend une grande inspiration.

— J'ai peur.

— Moi aussi. Je vais appeler la police le plus vite possible, d'accord ?

— Mais ils peuvent mettre des heures à venir ?

— Plus tôt je les appelle, plus vite ils seront là. Tu n'as qu'à rester cachée ici, c'est tout ce qu'on peut faire pour le moment.

— Joost sait que vous êtes sortie ?

— Il dormait la dernière fois que je l'ai vu.

Hayley serre ses genoux contre sa poitrine.

— S'il vous plaît, dépêchez-vous. Je n'en peux plus.

— C'est important que tu restes ici, hors de vue.

Andrea regarde Hayley dans les yeux.

— Tu comprends ? Je ne le laisserai pas venir ici, je ne le laisserai pas te faire du mal…

Hayley incline la tête.

Andrea tend le bras vers le haut d'un placard pour saisir une bâche, qu'elle déplie tout autour de Hayley. Elle regrette que ce ne soit pas une couverture moelleuse, elle regrette de ne pas pouvoir emmener Hayley à l'intérieur pour s'en occuper convenablement.

— Prends ça, cache-toi dessous. Je serai aussi rapide que possible, mais je ne sais pas quand je serai de retour.

Hayley geint en se dissimulant sous la bâche.

Après un dernier regard, Andrea sort de la grange au pas de course, songeant à Ethan et Quinn, se demandant si Joost s'est réveillé. Qu'est-ce qu'elle lui dira ? Comment elle agira ? Il lui faut un plan. Plus important que tout, il faut qu'elle le tienne à distance d'Ethan.

Andrea zigzague autour de la terrasse et, au dernier moment, décide de ramasser un sac de sable et de le transporter avec elle.

C'était la bonne décision.

Joost est posté, immobile, entre la salle de bar et la cuisine, tel un prédateur à l'arrêt. Il tient une bouteille d'eau dans une main. Il faut toute sa force de volonté à Andrea pour ne pas crier et laisser choir son sac de sable. Elle doit faire semblant d'ignorer ce qui se passe. Faire semblant de ne pas être au courant pour Hayley. Elle ne peut pas se permettre une confrontation, cela précipiterait la crise. Et qui sait ce que Joost pourrait faire. Elle va se comporter normalement pour protéger tout le monde et appeler les secours dès que possible.

— Oh ! Bonjour.

Andrea expire lentement, espérant lui donner l'impression qu'elle suffoque d'épuisement plutôt que de terreur.

— Qu'est-ce que tu fais ? demande Joost.

— On avait une petite fuite.

Elle dépose son sac près de la porte, le met tant bien que mal en place.

— Mais tout va bien maintenant.

— Un seul sac ?

— Ouais… Ça fait l'affaire.

— Tu aurais dû m'appeler, je t'aurais aidée.

Il avale une longue gorgée d'eau. Elle regarde sa pomme d'Adam monter et descendre.

— Je ne voulais réveiller personne, je me suis débrouillée toute seule.

La voix d'Andrea chevrote légèrement, elle prie pour que Joost ne remarque rien. Ses yeux croisent les siens. Les égratignures écarlates de son visage apparaissent sous un jour nouveau.

— Il pleut toujours, dit-il, faisant tourner la bouteille entre ses paumes avec un craquement audible.

— Oui, mais la pluie n'est pas aussi drue. Ça va peut-être bientôt s'arrêter.

— Alors les routes vont redevenir praticables ?

— Oui, je pense.

— Et le médecin ? Tu penses qu'il arrivera quand ?

Andrea ne sait pas quoi répondre. Si Joost croit les secours imminents, voudra-t-il s'enfuir en emmenant Hayley ? Comment va-t-il réagir une fois qu'il saura qu'elle s'est sauvée ? Il pourrait s'en prendre à elle. Elle croise les doigts en pensant au téléphone satellitaire sous le bar. La police risque de mettre des heures avant d'arriver, il faut qu'elle passe cet appel.

— Je dois rappeler les secours.

— Pourquoi ?

— Pour vérifier si le médecin vient, répond-elle.

— OK.

À la consternation d'Andrea, Joost se perche sur un tabouret. Il remue les genoux, contrôlant son énergie. Il se trouve à moins d'un mètre de la niche de rangement du téléphone satellite. A-t-il fait exprès d'attendre ici ? Peut-être l'espionnait-il depuis une fenêtre, peut-être sait-il exactement ce qui se passe et prépare-t-il les prochaines étapes. Pendant tout ce temps, il n'a montré qu'une façade. Comment peut-on feindre d'être gentil et serviable, comme il l'a fait, en gardant une jeune fille prisonnière dans sa chambre ? Andrea ressent une bouffée de rage. Joost avait attaché Hayley au lit bras et jambes écartés. Il est dégoûtant, il est inhumain.

Elle aimerait bien qu'il saute dans sa voiture et disparaisse. Mais cela voudrait dire qu'il irait d'abord dans son cabanon, où il découvrirait la disparition de Hayley.

— Tu vas passer ton appel ? insiste-t-il.

— Dans un instant. Pourquoi ne pas aller à la cuisine ? J'ai vraiment besoin d'un café…

Joost pose sa bouteille sur le bar, avant de la suivre.

Elle attrape une casserole qu'elle place sous le robinet, luttant pour empêcher ses mains de trembler, persuadée qu'elle va la lâcher d'un moment à l'autre.

Sans demander la permission, Joost prend une pomme dans une coupe et la croque en observant Andrea.

— Surveille l'eau, tu veux bien ? dit-elle en mettant la casserole sur le feu. Je dois aller voir Ethan.

Andrea sent qu'il la suit du regard quand elle sort de la cuisine. Passant devant la cuisinière et les bancs, elle emprunte le court couloir et entre au salon. Elle inspire par le nez, expire par la bouche. Ses jambes se dérobent sous elle. Combien de temps peut-elle continuer ? Quand aura-t-elle l'occasion de se servir du téléphone satellite ? Hayley est seule, elle compte sur Andrea.

Dans le salon encore obscur, Andrea distingue la silhouette de l'inconnu sur le canapé. Est-ce le petit ami de Hayley ? Reconnaîtrait-elle l'homme contusionné étendu là ? Si lui n'a pas pu se défendre contre Joost, quel espoir reste-t-il à Andrea ?

Quinn n'est plus dans le fauteuil où Andrea l'a vue pour la dernière fois. Son cœur bat encore plus vite. Elle se précipite dans la chambre de la jeune fille, pousse la porte de bois.

— Hé !

Quinn se retourne, finissant d'enfiler un débardeur bleu.

— Chut !

Andrea referme la porte et traverse la pièce. Quinn recule d'un bond.

— Que se passe-t-il ? Le blessé va bien ?

— Écoute-moi.

Saisissant Quinn par le bras, Andrea parle en chuchotant durement :

— Joost est dangereux.

Les yeux de Quinn s'agrandissent, mais elle reste bouche close.

— Je viens de dehors, il avait attaché une fille dans son cabanon, dit Andrea.

Un son étranglé s'échappe de la gorge de la jeune fille.

— Je l'ai laissée cachée dans la grande grange.

— Dans la grange ? Il faut l'aider !

— Quinn, nous devons être prudentes. Il y a Ethan, je veux que personne ne soit blessé.

— Il faut appeler la police…

— Oui, je sais, mais même après…

Elles échangent un regard. Quinn comprend qu'elles sont isolées. Pour le moment, elles sont seules.

— C'est qui, cette fille ? demande Quinn.

— Elle m'a dit qu'elle s'appelait Hayley.

— C'est la petite amie de Joost ?

— Non, je ne crois pas.

— Elle est blessée ?

Andrea incline la tête.

— Elle ne saigne pas mais, oui, je pense qu'il l'a frappée.

— Putain ! Pourquoi est-ce qu'il fait ça ? Qu'est-ce qui ne va pas chez lui ?

— Aucune idée…

— Et Matt ? Il rentre bientôt ?

— Oui, c'est possible.

Andrea se met à faire les cent pas.

— Mais ça peut prendre des heures, ajoute-t-elle.

— On doit dire à Joost de partir.

— C'est une option ?

— Si on lui dit qu'on sait ce qu'il a fait, il voudra lever le camp.

— Et s'il n'est pas d'accord ?

— On est deux, il est tout seul.

— Quoi, on va le faire partir de force ? Je ne vais pas lutter avec lui, enfin ! Il a tabassé Hayley. Et je dois penser à Ethan !

Andrea essaie de ne pas élever la voix.

— OK, tu as raison, dit Quinn. On pourrait l'enfermer dehors.

— Hayley *est* dehors. Et puis ce ne serait pas difficile pour lui d'entrer par effraction, il n'a qu'à briser une fenêtre.

— Il faut bien faire quelque chose !

Quinn saisit son anorak sur le lit.

Andrea lui barre le passage.

— On doit se comporter normalement et appeler la police en cachette. On attend l'arrivée des secours, mais jusque-là il ne faut pas laisser Joost se douter de quelque chose.

— Moi, je ne peux pas me comporter normalement. Toi, oui ?

— Je sais pas…

Quinn reprend du poil de la bête.

— Le gars sur le canapé, il essayait de parler il y a quelques minutes.

— Qu'est-ce qu'il a dit ?

— Il marmonnait, j'ai rien compris. Je lui ai donné un peu d'eau, et il s'est presque assis pour regarder où il était. Je pense qu'il va s'en tirer.

— C'est bien, mais il n'est pas en état de nous aider.

— Je sais, je voulais juste dire que…

— Nous n'avons pas beaucoup de temps. J'ai laissé Joost à la cuisine, il a peut-être déjà des soupçons.

— Merde ! Je dois aller le surveiller ?

Quinn serre les bras sur sa poitrine.

— J'ai peur, je ne sais pas si j'en suis capable.

— Il faut que j'aille voir Ethan, puis je te rejoins. On en sera capables si on est ensemble. Nous n'avons pas le choix.

29

HAYLEY

Mercredi 8 février
6 heures

Garder la notion du temps est impossible.

La pluie crépite sur le toit. Un courant d'air froid tourbillonne sous la bâche raide, effleurant les jambes nues de Hayley. Quand est-ce que cette femme, Andrea, est partie ? Il y a dix minutes ? Ou davantage ? Pourquoi met-elle tant de temps ? A-t-elle réussi à appeler la police ? Andrea a dit que, même sans inondations, la police pouvait être à des heures de route. Ils sont au milieu de nulle part.

Hayley étreint ses genoux, percluse de douleur et terrorisée à l'idée de souffrir encore plus. Elle sait que Joost la retrouvera. Elle penche la tête, tentant d'entendre malgré la bâche, par-dessus l'averse. Il arrive ? Il va encore la frapper, il va être furieux qu'elle se soit sauvée du cabanon et il la sortira d'ici de force. Elle voudrait être rentrée à Adélaïde, rentrée à la fac, en cours. Avec Scott. L'entendre se plaindre, s'inquiéter de rendre ses devoirs à temps, le voir devant son PC avec ses écouteurs sur les oreilles, son contrôleur de jeu dans les mains. Elle ne lui en voudrait même plus de toutes les heures qu'il passe en ligne. Il n'a pas besoin d'être un gros macho, d'explorer le monde extérieur, d'être bronzé, d'avoir un corps musclé, il n'a pas besoin non plus de sortir, de la rejoindre sur la piste de danse, il peut faire tout ce qu'il veut. Sauf que maintenant il est probablement… Hayley chasse cette pensée.

C'est sa faute. Ils n'auraient pas dû s'aventurer si loin de la sécurité de la grande ville. Le Pindarry n'est pas un pub folklorique rempli de touristes bavards, ce n'est pas un refuge contre ce cauchemar. L'outback est tout aussi angoissant qu'il l'est dans les films d'horreur.

Non, c'est pire.

Andrea met beaucoup de temps. Quelque chose a foiré.

Joost est à l'intérieur du pub et Hayley sait ce dont il est capable. Il a dû agresser Andrea et maintenant il ligote tout le monde. Qui d'autre, a-t-elle dit, vivait ici ? Elle a parlé d'un petit garçon. Hayley en tremble. Ils vont tous être prisonniers et Joost aura tout le temps de faire ce qu'il lui plaît avant l'arrivée de la police.

Elle ne peut pas attendre ici, elle doit faire quelque chose.

Hayley écarte la bâche, anxieuse, ne sachant pas si on va entendre ou non ses bruissements. Elle se met à genoux, puis à quatre pattes sur le sol poussiéreux, des gravillons sous ses paumes de mains, tâchant de rester le plus bas possible. Elle rampe maladroitement, puis marque une pause, attentive au moindre mouvement extérieur. Une fois à la porte de la grange, elle se colle au chambranle, avec la tête qui tourne.

Elle ignore combien de temps elle attend. La pluie la fouette, tombant en rideaux obliques. Hayley cherche sa respiration, aspire l'air glacé.

Cours à la voiture, se sermonne-t-elle. *Trouve ton téléphone, vite !* Il y a peut-être du réseau. Elle pourra appeler au secours.

Hayley regarde fixement l'arrière du Pindarry, ce pub célébré par tant de photos sur Instagram et les blogs de voyage. Il lui paraissait attrayant alors, la destination de l'outback par excellence, avec son toit ondulé pentu et ses clients éméchés, accoudés à la balustrade de la terrasse pour boire leur bière à l'ombre du soleil australien. Elle a un sentiment d'amertume, de fureur, devant son inutilité. Il devrait y avoir davantage de monde, il devrait même y avoir foule, du personnel, des touristes. Elle n'a jamais imaginé que cet endroit serait aussi désert.

Elle continue d'inspecter la zone. Il y a une autre grange à sa gauche. À sa droite, leur voiture. La pensée d'y remonter la tétanise, mais elle a par-dessus tout besoin de son téléphone. Le véhicule est à vingt mètres de distance au moins. À quelle vitesse peut-elle se déplacer ? Le simple fait de tenir debout tient du calvaire.

Le pub est plus près que le quatre-quatre, c'est là qu'elle doit courir en premier. Sans prendre le temps de réfléchir, Hayley, qui soutient son poignet blessé, avance pesamment dans la tempête en marchant le plus vite possible. Elle atteint le mur de pierre et de brique, et s'y adosse pour se reposer, respirant par saccades et tâchant de ne pas tomber. Il y a une fenêtre à côté d'elle, elle s'en écarte, au cas où Joost se trouverait de l'autre côté. Imagine ses yeux clairs se plantant dans les siens, son rictus affamé.

Ce serait facile de rester scotchée de terreur ici. Il faut qu'elle bouge, mette la main sur son téléphone. Elle s'accroupit pour se glisser sous la fenêtre. Une main posée sur le mur, elle continue à ramper jusqu'à ce qu'elle parvienne à une deuxième fenêtre, plus haute, plus petite, peut-être celle d'une salle de bains. Elle se baisse vivement pour passer dessous.

Le quatre-quatre est plus près désormais. Hayley inspire à fond, s'élance dans l'espace vide et se blottit enfin contre la voiture. Elle se laisse glisser contre un pneu en pleurant silencieusement. Chaque mouvement la terrifie, et pourtant elle est tellement soulagée d'être arrivée jusqu'ici. La pluie crible les flaques environnantes. L'averse a un effet méditatif, presque hypnotique.

Bouge de là, Hayley, pense-t-elle, *prends ton téléphone, ne perds pas de temps.*

Elle se demande comment on ouvre une portière sans allumer l'éclairage intérieur. Impossible. Elle peut juste espérer que Joost n'espionne pas. Une autre pensée lui traverse l'esprit. Et si les clés sont toujours sur le contact ? Elle pourrait se mettre au volant et fuir.

Serait-ce si terrible d'abandonner Andrea et les autres ? Serait-elle capable de mettre le contact et de démarrer avant que Joost se rue dehors pour savoir ce qui se passe ? La pourchasser ? L'état de son poignet, peut-être cassé, implique qu'elle ne peut se servir que d'un bras. Sans compter qu'elle n'est pas une conductrice très expérimentée…

Elle court à la portière côté conducteur, se redresse lentement et tâte la poignée, qui s'enclenche dans sa main. D'un geste brusque, elle ouvre, se penche dans l'air confiné et vérifie le contact. Rien, pas de clés. Comme prévu, le plafonnier s'est allumé automatiquement. Hayley se glisse à l'intérieur, referme la portière, une seconde après l'habitacle retombe dans l'obscurité. Elle s'accroupit, à la recherche de son téléphone. Elle l'avait quand elle est montée dans le quatre-quatre, elle a essayé de prendre une photo de Joost et il le lui a fait lâcher.

Le paquet de chips est toujours rangé dans le vide-poches. Il y a une casquette de sport sur la banquette arrière, des bouteilles d'eau vides par terre. Des souvenirs d'une époque naïve, plus heureuse, seulement vingt-quatre heures plus tôt.

La lumière se rallume. Brusquement, le véhicule se remplit du fracas de l'orage. On a ouvert une portière.

— Te voilà, dit Joost.

30

ANDREA

Mercredi 8 février
6 heures

Andrea se dirige vers sa chambre sans ralentir, ni même jeter un regard à l'inconnu endormi. Elle s'en veut, c'est comme si l'homme était invisible, maintenant que ce sont les autres qui ont besoin d'être protégés.

Dans sa chambre plongée dans l'obscurité, elle distingue les formes familières des meubles. C'est un monde séparé de ce qui se passe dehors. Ethan respire profondément, les yeux clos. Le pub est souvent bruyant, ça ne l'empêche pas de dormir d'habitude, et elle prie pour qu'il dorme encore une heure. Son fils, qui a fêté son anniversaire il y a seulement quelques mois. Ils ont fait le voyage jusqu'à Adélaïde pour voir ses parents, organiser une réunion familiale autour d'un gâteau de supermarché géant. Elle l'a emmené dans les distractions citadines qui lui font défaut dans l'arrière-pays : café ludique, piscine ou même balade en métro. Ethan était souvent dépassé, abattu, collant, sauf à la plage. Il a adoré la plage. Il se pavanait sur le sable blanc avec un maillot et un chapeau tout neufs, le nez enduit de crème solaire, se laissant soulever dans les airs par Matt pour tremper ses petons dans la marée écumeuse. Andrea entend encore ses cris d'allégresse.

Joost ne doit pas s'approcher d'Ethan. Une vague de terreur submerge son corps à la façon d'une brûlante éruption. Elle doit faire ça, se comporter comme si c'était un matin parmi d'autres, tout en téléphonant subrepticement à la police et en attendant l'arrivée des secours. Attendre de pouvoir libérer Hayley de sa cachette. La jeune fille est déjà à bout de nerfs, Andrea ne peut pas la laisser seule plus longtemps. Peut-être pourrait-elle la déplacer dans un autre cabanon, fermer la porte à clé, lui appliquer à la va-vite les premiers secours…

Combien de temps peut-il s'écouler avant que Joost découvre que la fille n'est plus attachée sur son lit ?

Sans un bruit, elle se glisse hors de la pièce. Quinn guette dans le couloir, les yeux brillants, le menton levé avec détermination.

— Viens, chuchote Andrea.

Elles prennent la direction de la cuisine avec des visages impassibles.

Joost n'est pas là. Après avoir échangé un regard, elles continuent.

Elles sont presque arrivées au bar quand elles entendent des cris.

— Ça vient de dehors, balbutie Quinn.

— Hayley, murmure Andrea.

Elle se fige sur place. Il s'est écoulé trop de temps, Joost a dû retrouver Hayley. Une partie d'elle veut courir à son secours, une autre veut retourner auprès d'Ethan. Son indécision prend fin avec Quinn qui fonce tout droit.

— Quinn, sois prudente ! siffle Andrea, sur ses talons.

Elles atteignent le bar. Le ciel devrait déjà s'éclaircir, mais il reste sombre avec l'arrivée de nuages plus étouffants. Les ténèbres sont tenues en respect par une seule lampe-tempête, dont la lumière pâlit aussi. Quinn se baisse, puis traverse la salle en direction d'une banquette sous la fenêtre.

— Plus bas, il peut te voir ! dit Andrea.

Elle rejoint Quinn contre le mur. Le plancher sous leurs pieds est décoré de boue séchée datant de la veille. Andrea lève la tête autant qu'elle l'ose afin d'évaluer la situation. Dehors, les gommiers fantomatiques plient sous le grésil. La voiture de Quinn se trouve à leur gauche, celle de Joost légèrement plus loin, à leur droite. Le plafonnier intérieur est allumé, mais personne n'est visible.

On entend des vociférations. C'est Joost. Andrea ne comprend pas ce qu'il dit, même s'il est clair qu'il est furieux. Puis suivent des aboiements.

— Bronte ! s'écrie Quinn. Oh ! mon Dieu, il n'a pas intérêt à lui faire du mal !

— Je peux aller chercher le téléphone satellite.

— Et… ? On n'a pas le temps d'attendre que…

Hayley pousse de nouveaux cris.

— Il faut y aller *maintenant.*

Le visage de Quinn est blême.

— Je sais, je sais, chuchote Andrea.

Elle parcourt le bar du regard, retourne au comptoir, filant sur le plancher à la façon d'une araignée, inspecte les étagères à la recherche d'une forme d'arme. Il y a une grosse lampe, bien lourde, avec laquelle elle pourrait frapper Joost. C'est pathétique. Qu'espère-t-elle ? Courir dehors pour l'assommer ? Elle tente de maîtriser ses émotions pour avoir les idées claires. Dans la cuisine, il y a des couteaux, des longues lames pour la viande, mais Joost n'aurait aucun mal à lui faire lâcher l'objet et après c'est lui qui l'aurait. Peut-être la menace du couteau serait-elle suffisante ?

Quinn arrive dans son dos.

— Qu'est-ce que tu fais ?

— Je cherche une arme, il nous faut quelque chose !

— Ça te dit, un fusil ?

31

QUINN

Mercredi 8 février

— Un fusil ?

Quinn fait oui de la tête.

— Le vieux fusil de papa. Il est dans le coffre de ma voiture.

— Merde, Quinn, je ne savais pas…

— Il était resté à la ferme, je l'ai emballé hier.

— Tu sais t'en servir ?

— Oui, mais…

— Mais quoi ?

— Je n'ai pas tiré depuis des années. Papa m'a montré comment on fait… On s'entraînait dans le pré de derrière.

— Je sais pas…

Le visage d'Andrea est maculé de boue, on dirait qu'elle n'a pas dormi depuis des semaines.

— Tu cherches une arme, non ? lance Quinn avec insistance. Quoi de mieux ?

— Tu es prête à… tu sais… lui tirer dessus ?

— Je vais tirer en l'air et Joost va se sauver. Je te parie que c'est ce qu'il va faire, tout le monde le ferait.

— Ton fusil est chargé ?

— Pas encore. Les munitions sont aussi dans le quatre-quatre.

— C'est loin ! Comment tu vas faire ? Il va te voir.

Encore des cris et des hurlements venant de dehors, suivis d'aboiements de Bronte.

— Andrea, on doit aller l'aider !

Quinn se relève. Il faut qu'elle bouge, qu'elle fasse quelque chose.

Sans attendre de réponse, elle court à la porte, l'entrouvre. Le parking est devenu un marécage brillant sous les prémices du lever de soleil. Se baissant comme si cela allait la rendre invisible ou l'immuniser contre le mal, Quinn s'élance dehors, vite enveloppée d'air frais.

Elle marque une pause devant son véhicule, aux aguets, tentant de vérifier si Joost l'a vue. Une odeur de vase emplit ses narines. Quand elle se retourne, plus trace d'Andrea. Les cris et les hurlements ont cessé, la pluie s'est atténuée pour se muer en brume. À cet instant précis, Bronte aboie. Un aboiement grave et hargneux que Quinn ne lui connaît pas, la chienne fait de son mieux pour intimider. Quinn aimerait bien pouvoir dire à Bronte que tout va s'arranger, elle arrive, elle l'entend.

Puis :

— Hé, Quinn !

Quinn se fige, le cœur battant.

— Viens chercher ta petite chienne avant que je lui défonce le crâne.

— Ne la touche pas ! rugit Quinn.

— Oh ! Quiiiin ! susurre Joost. Je sais où tu es, Quinn.

Elle se raidit, s'arme de courage. Elle n'a qu'à se faufiler à l'arrière de la voiture pour aller chercher le fusil.

— Pourquoi tu te caches, Quinn ? crie Joost. C'est un jeu ? Tu veux jouer à cache-cache avec moi ?

Elle aimerait bien qu'il cesse de dire son prénom.

— J'adore l'Australie ! continue Joost. Je m'amuse tellement ici ! Mais j'en ai marre de cette pluie. Je veux dire, je croyais que ce pays était censé être tout sec. Je suis venu pour des vacances estivales. Ce n'est pas drôle.

Il semble se déplacer. Bronte émet un jappement, c'est que ça doit aller. Mais où est Joost maintenant ? Est-ce qu'il rampe vers Quinn ? Elle regarde de gauche à droite, puis de droite à gauche. Soudain, une autre voix s'élève.

— Hé, Joost, qu'est-ce qui se passe ?

C'est Andrea.

Risquant un coup d'œil au coin de la voiture, Quinn voit sa patronne descendre de la terrasse, un masque de concentration sur le visage. Elle est si menue, si vulnérable, et pourtant déterminée. Quinn tend le cou pour regarder Andrea s'approcher de deux formes indistinctes. Joost, dressé au-dessus d'une adolescente assise sur les fesses dans la boue, une main posée sur sa tête pour la dompter. Le T-shirt et la jupe de la fille sont sales et trempés, comme si elle avait été arrachée d'un trou souterrain, un sang noir lui fait un emplâtre sur le nez et elle se berce un bras comme si elle tenait un bébé. Une vision digne d'un poster de film d'horreur.

— Joost, lâche-la, s'il te plaît, dit Andrea à haute voix, plissant les yeux dans la lumière émergente du soleil levant.

Quinn bat en retraite. Pendant qu'Andrea distrait Joost, elle contourne le véhicule, entrebâille le coffre et grimpe à l'intérieur, poussant sacs et paquets de côté jusqu'à ce qu'elle trouve le long fusil rangé dans son étui spécial d'un bleu-gris inoffensif. Quinn descend la fermeture Éclair cran par cran, puis sort l'arme, avec son odeur métallique et poussiéreuse, un objet à la fois étranger et évocateur. Fugitivement, elle pense à son père qui lui a montré comment le charger, comment le tenir, comment se pencher pour regarder dans le viseur. À côté, il y a un sac de nylon rouge plus petit, plein de boîtes de cartouches, qu'elle ouvre aussi. D'un instant à l'autre maintenant, elle s'attend à ce que Joost fasse irruption et la jette à terre. Elle ôte deux cartouches de leur petit tas bien rangé, luttant pour raffermir ses doigts tremblants et en insérer une dans la chambre.

Andrea continue à distraire Joost.

— Joost, elle a l'air de souffrir, laisse-nous la soigner.

Quel courage incroyable ! Quinn espère seulement en avoir autant.

Une fois l'arme chargée, armée et prête à tirer, Quinn redescend de la voiture et rampe sur le côté. Elle porte son fusil à deux mains, le canon dirigé vers le bas. Voit Andrea à quelques mètres de distance. Il y a Joost. Et il y a la fille, Hayley, toujours au sol, en pleurs. Bronte bondit autour d'eux en grognant et montrant les dents. Aucun d'eux n'a remarqué Quinn, dissimulée derrière une aile de son quatre-quatre.

Elle observe Joost. Une autre personne. Ce n'est plus le voyageur amical et serviable, le jeune routard plein de naïveté qui traverse l'Australie seul et en prenant des risques. Il est le danger absolu. Il s'est dévoilé, Quinn découvre un être immonde, malveillant. Une menace pour tout le monde ici.

— Pars, le presse Andrea. La police arrive.

— Ah, vraiment ? ricane Joost. Où est-ce qu'ils sont ? En bas de la rue ?

— On les a appelés il y a une éternité.

— Tu mens, Andrea.

— Non, c'est vrai.

Joost joint les mains comme s'il priait.

— Andrea, pourquoi tu me traites comme ça ? Je t'aide depuis que je suis là. J'ai chassé cet horrible bikeur, j'ai charrié des sacs de sable pour protéger ton trou à merde de la pluie. Tu n'aurais jamais pu faire tout ça sans moi.

— Qu'est-ce que tu as fait à Hayley ?

— Oh ! Hayley ! Alors vous vous connaissez ?

Andrea dégage des boucles luisantes de ses yeux.

— Je suis ici chez moi et je ne veux plus te voir. Dégage !

Joost change de ton.

— Ne me dis pas ce que je dois faire. C'est moi qui commande. Bon, ce cirque me fatigue. On va tous retourner à l'intérieur.

Il fait un pas vers Andrea. Pour Quinn, l'heure est venue de montrer qui elle est. Elle s'avance et écarte les jambes, lève son fusil en luttant pour le stabiliser.

— Joost ! crie-t-elle.

32

ANDREA

Mercredi 8 février

Toutes les têtes se tournent vers Quinn. Campée fermement dans la boue, les yeux étincelants, la jeune femme tient Joost en joue. Un soulagement mêlé de terreur déferle en Andrea. Quinn a le fusil de son père, mais l'arme augmente les risques encourus. Que va-t-il se passer maintenant ? Quelle va être la réaction de Joost ?

Lentement, Andrea entreprend de se glisser hors de portée de tir pour se rapprocher doucement de Quinn. Elle veut épauler la jeune femme, sans trop savoir comment. Le faible soleil levant luit derrière l'épaule de Quinn, des nuages se rassemblent de nouveau et le paysage est gravé dans l'ardoise.

Joost se balance d'un pied sur l'autre. Pas d'énervement, plutôt d'excitation. De jubilation.

— Ah, te voilà, Quinn ! Un fusil ? Qu'est-ce que tu fais, Quinn ?

— Va-t'en ! crie-t-elle.

— Où est-ce que t'as déniché ce fusil ? Je croyais qu'ils étaient interdits en Australie, non ? Je suis tellement content que tu en aies trouvé un, tu vas pouvoir abattre ta grande gueule de chienne !

Il provoque Quinn. Plus elle y prêtera attention, plus elle risque de tomber dans la confusion. Andrea prie pour que Quinn reste concentrée, elle prie pour que les cris ne réveillent pas Ethan et ne l'attirent pas dehors.

— Joost, c'est sérieux, intervient Andrea. Quinn sait manier un fusil et elle le fera si nécessaire. Tu devrais remonter dans ta voiture et filer au plus vite.

Avec un gloussement, il secoue la tête en signe de dénégation.

— Aucune chance que ça arrive.

— Remonte dans ta bagnole ou je t'arrache la tête ! menace Quinn.

— Tu ne vas pas me tirer dessus, je n'ai rien fait de mal. Je suis un touriste inoffensif. Vous avez tout faux, les filles, vous êtes hystériques pour rien. Pose ton arme…

Hayley revient brusquement à la vie, le visage convulsé.

— Et Scott ? Tu l'as tabassé, tu l'as laissé pour mort sur la route !

— Scotty chéri ? En fait, il va bien, il n'est pas loin.

Hayley lève les yeux vers lui.

— Tu t'en es débarrassé, je t'ai vu.

— Scott est sain et sauf.

— Tu mens.

— C'est qui, Scott ? demande Quinn.

Joost a un petit rire.

— Cet être pathétique avec qui tu as joué à l'infirmière. Ce mec barbant, qui dort. C'est le copain de Hayley.

Le cœur d'Andrea s'emballe. C'est bien ce qu'elle pensait. Et pendant tout ce temps Joost faisait semblant de s'inquiéter pour l'état de Scott. Il aidait Andrea et Quinn à prendre soin du blessé, alors que c'était lui qui l'avait battu et abandonné.

Est-ce qu'il attendait de le voir mort ? Andrea réprime le frisson qui s'empare de ses bras et de ses jambes. Le ciel menaçant, sa peau glacée, la pensée que Joost pourrait être un tueur.

— Ça t'a plu d'être aux petits soins pour lui, hein, Quinn ? dit Joost. Tu t'es prise pour une vraie héroïne en le ramassant sur ta route. Eh bien, c'est moi qui l'y ai jeté, connasses !

— Pourquoi ? hurle Hayley. Pourquoi tu fais ça ? C'est quoi, ton problème ?

— Tu peux pas comprendre, riposte Joost. Toi et ta petite cervelle…

Andrea brandit son téléphone comme si c'était une grenade qu'elle allait lancer.

— La police est en route.

Sa voix chevrote tellement qu'elle se demande si on va la croire.

Joost lui décoche un regard mauvais.

— Je vais te dire ce qui va se passer maintenant. Quinn va poser le fusil, puis on va tous rentrer pour discuter.

— Pas question.

Quinn est résolue.

— Tu veux que Hayley gèle sur place ? Regarde-la, elle a besoin d'être au chaud.

Joost donne un coup à la tête de Hayley, qui pousse un hurlement.

Bronte lui fonce dessus, une tache rousse, et se suspend au mollet de Joost, qui braille de douleur. Le chien et l'homme forment un enchevêtrement qui se tord furieusement en tous sens. Joost martèle le crâne de la chienne en se penchant de toute sa hauteur, tentant de la repousser, tandis que Bronte dérape de gauche et de droite, la mâchoire résolument verrouillée. Quinn fait jouer la culasse, pointe son arme en l'air et appuie sur la détente. Une explosion résonne aux oreilles d'Andrea. Bronte lâche prise, la queue basse, et disparaît au coin du pub. Quinn titube, puis retrouve l'équilibre. Joost étreint sa jambe blessée, le souffle court, le visage tordu de souffrance et de rage. *Bravo*, se dit intérieurement Andrea, *il souffre maintenant*.

— C'est censé me faire peur ? vocifère-t-il contre Quinn.

— Hé !

Une autre voix, une voix masculine venant du Pindarry.

Ils font volte-face.

L'inconnu, l'homme inconscient retrouvé par Quinn, est sur la terrasse, appuyé à une des colonnes, à quelques mètres de distance.

— Scott ! crie Hayley.

33

QUINN

Mercredi 8 février

Quinn écarquille les yeux.

— Tu es réveillé.

L'homme qu'elle a retrouvé sur la route. Scott. Il les observe par les fentes de ses yeux. Il penche d'un côté, mais au moins il est debout. Le tonnerre gronde au loin. Quinn retient une envie de courir à lui pour le soutenir et l'empêcher de s'écrouler. Il ne devrait pas être là, il aurait dû rester en sécurité dans le bar.

— Oh ! regardez qui a décidé de se pointer ! ironise Joost.

— Fais attention ! conseille Quinn à Scott.

Tant d'énergie circule dans son corps qu'elle pourrait en lâcher son fusil. La rage et la peur se disputent le contrôle. Ses mains sont glacées, elle ignore combien de temps encore elle peut tenir son arme.

— Oh ! Scott ! s'exclame Joost. Regarde-toi, tu es amoché.

— Enfoiré, répond Scott.

— Je dois le reconnaître, tu es plus coriace que je ne le pensais.

Hayley se remet debout. Joost la saisit par le col de son T-shirt pour la tirer en arrière. Quinn tient toujours fermement son fusil, reportant ses regards de l'un à l'autre, tâchant d'anticiper sur ce qui pourrait arriver.

— Scott, ça va ? demande Andrea, qui est la plus proche de lui et de la terrasse.

Cinq mètres les séparent. Quinn se trouve plus loin.

Il ne répond pas.

— Je suis désolée, gémit Hayley. Je suis vraiment désolée, ce voyage était mon idée, Scott, tout est ma faute…

Elle s'est roulée en une boule tremblante.

Joost ricane.

— Tout est ta faute ? Tu penses encore ça ? Pauvre conne.

Scott descend en titubant de la terrasse, se tenant l'abdomen et grimaçant de douleur. Quinn garde son fusil braqué sur Joost debout et trempé, tout en jetant des coups d'œil à Scott. Plus petit que Joost, plus large également, il porte un pantalon de jogging et un T-shirt de Matt. Pas de chaussures. Malgré son étourdissement, malgré ses blessures, il a l'air suffisamment en colère pour se jeter sur le Hollandais. Il croit peut-être les aider, mais il n'est pas en état de se battre.

— Retourne dans le pub, s'il te plaît, l'implore Quinn.

— Oui, retourne au pub, va te coucher, dit Joost. Je m'en occupe.

Quinn est dégoûtée par Joost. Comment peut-il se comporter comme s'il était le chef, alors qu'il a un mur de gens en face de lui et qu'elle est armée ?

— T'es un traître, dit Scott. Tu as voulu te débarrasser de moi, tu as tenté de me tuer. Deux fois.

— Oh ! allez, je n'ai jamais voulu te tuer, proteste Joost.

— Tu m'as étouffé avec un oreiller !

Quinn entend Andrea retenir son souffle. Son propre esprit travaille à reconstituer toute l'histoire. La veille au soir, quand elle a retrouvé Scott inanimé, elle a pensé que c'était la conséquence de ses blessures. Andrea et elle étaient allées inspecter les annexes extérieures mais, à leur retour, Joost était essoufflé et attendait derrière le bar. Elles l'avaient laissé seul avec Ethan, et Scott sur son canapé. N'importe quoi avait pu arriver.

— Regarde, tu es toujours debout, lâche Joost en haussant les épaules. Je dois dire, Scott, tu fais vraiment bien le mort. Comme Hayley pendant le sexe ? C'est ce que tu m'as confié, non ?

Hayley en reste bouche bée.

— Scott ?

— La ferme.

— Tout ça fait partie de l'aventure, n'est-ce pas, Scott, mon frère ?

— Ce n'est pas ton frère ! crache Hayley. On te déteste !

— Tu fais encore erreur, ma pauvre Hayley, réplique Joost. Scott est mon pote.

— De quoi tu parles ?

La jeune fille partage furtivement ses regards entre les deux garçons.

— On n'est pas amis, plus maintenant, déclare Scott. Tu as tenté de te débarrasser de moi, tu voulais tout pour toi tout seul…

Joost a un rire sarcastique.

— Arrête de pleurnicher comme une fille…

— Tu t'es sauvé avec la bagnole, tu l'as fait exprès !

— Hé, je commence à perdre patience !

Joost ne sourit plus désormais. La pluie a aplati ses cheveux, accentuant l'expression menaçante de ses traits.

— Et Livia ? Tu ne m'as pas attendu, tu étais censé m'attendre…

— Livia est partie, tu le sais bien.

Quinn change d'appui, bat des paupières pour chasser la pluie de ses yeux. Elle n'apprécie pas la manière dont tous les deux parlent à Hayley, pas plus qu'elle n'aime l'histoire peu claire qu'ils racontent. Qui est donc Livia ?

Bronte revient décrire des cercles anxieux à proximité.

— Scott ? De quoi tu parles ?

La voix de Hayley tremble.

Scott la foudroie du regard malgré ses yeux gonflés.

— Je t'ai dit de la fermer, putain ! Je ne sais pas comment j'ai pu te supporter si longtemps !

Il se plie en deux, de douleur ou de colère, Quinn ne saurait dire.

— Laisse-la tranquille ! crie-t-elle.

Scott reporte les yeux sur elle, comme s'il venait soudain de découvrir qu'elle était présente et armée.

— T'es qui, toi ?

Joost hulule de rire.

— Ha, fantastique ! Il ne te connaît même pas, Quinn. Tu lui as porté secours et il ne sait même pas que tu existes.

Quinn regarde fixement Scott. Il est vivant, il bouge, parle. L'homme qu'elle a sauvé, au chevet duquel elles se sont relayées, afin de le soigner. Ce n'est pas un type bien, les blessures de Hayley ne l'émeuvent pas, il n'est pas de leur côté. D'une manière ou d'une autre, Joost et Scott sont liés. Ils avaient un plan et Hayley n'était pas au courant.

— Mesdames, les secours n'arrivent pas, reprend Joost, prenant un ton éploré. Ton mari t'a abandonnée, Andrea. La police est à des heures d'ici, les médecins ont des trucs plus importants à faire…

Andrea se rapproche un peu plus de Quinn, lui dit quelque chose. Même si Quinn ne comprend pas, elle se nourrit de sa voix rassurante.

— Tu vas tirer, oui ou non ? lance Joost. Il te reste une seule balle, exact ? Tu crois pouvoir me toucher ? Tu pourrais me rater et atteindre Hayley. Et même si tu m'atteins, je peux toujours venir te chercher. Et Scott aussi…

Scott considère Quinn, les bras ballants, les poings serrés, aussi trempé que les autres désormais.

Joost redresse les épaules, montre sa force, paraissant encore plus grand.

— Je compte pas partir, je suis venu de loin pour ces vacances. Et puis j'ai nulle part ailleurs où aller.

La main d'Andrea appuie délicatement au creux des reins de Quinn, l'aidant à tenir debout. Quinn tire de la force de sa chaude pression.

Joost fait un pas dans la boue.

— Pose ton arme et rentrons tous nous sécher. On va tout vous expliquer. Peut-être que vous vous sentirez mieux après un verre.

— Non.

La voix d'Andrea est un souffle d'air dans son dos.

— Promis, on vous fera aucun mal.

Joost avance encore d'un pas.

— On va discuter et tout arranger. Laissez-moi vous expliquer et vous comprendrez.

Hayley se met à hurler. On dirait qu'un sortilège a été rompu. Quinn sent une secousse dans ses côtes, puis Andrea lui arrache le fusil des mains. Sous ses yeux agrandis, Andrea pointe le fusil sur Joost et presse la détente.

La détonation est dix fois plus forte qu'un coup de tonnerre.

Joost valdingue à la renverse sur le sol.

Personne ne bouge, tous sont piégés dans l'écho de la balle.

Épilogue

QUINN

Mercredi 4 octobre

Le printemps est déjà là, la terre a séché. Bientôt, ils affronteront de nouveau la chaleur. Chaque jour débutera et s'achèvera avec un astre ardent, apparemment bien décidé à carboniser la moindre trace de vie. Pour le moment, toutefois, le soleil se limite à une ampoule crépusculaire à l'horizon. Des ombres géométriques entourent les deux quatre-quatre et le minivan sur le parking du Pindarry.

Chelsea garde l'œil ouvert derrière le bar. Son accent londonien est enjoué. De la terrasse où elle s'est installée, Quinn l'entend flotter au-dessus de la musique country qui passe à la radio. Une routarde avec un permis de travail, résolue à profiter quotidiennement du soleil. Comme elle fait de longues balades autour du domaine, elle a déjà les bras et les jambes plus bronzés que ceux de Quinn. Elle connaît l'histoire de Joost, bien sûr, tout le pays la connaît. Sauf que Chelsea ne harcèle personne pour avoir des informations et Quinn apprécie.

Ils ont eu un hiver sec, rien de comparable avec les précipitations anormales de février. Un mois de février qu'ils n'oublieront jamais. Les affaires ont été meilleures que d'habitude, grâce aux touristes attirés sur le site de la tragédie. Ils scrutent le visage de Quinn quand ils la croisent, ne sachant trop ce qu'on peut dire, demander, ou ce dont on peut parler. Plus tard, s'ils prolongent la soirée, surtout après quelques verres, leurs questions fusent.

Comment Quinn se sent-elle aujourd'hui ?

Et Andrea ? Et Hayley ? Elles sont restées en contact ?

De quelle peine de prison Scott va-t-il écoper, à son avis ?

Comment était Joost ? Était-il charmeur ? A-t-il vraiment abusé son monde ?

Qu'est-ce que ça fait de vivre encore dans ce coin isolé du pays ? A-t-elle peur ?

Quinn a préparé sa réponse.

Avec le plus léger des sourires, elle dit :

« C'est un sujet que je n'aborde pas. Maintenant, y a-t-il autre chose que je puisse faire pour vous ? »

Il y a une pancarte à l'entrée : ENTRÉE INTERDITE AUX MÉDIAS. C'est Matt qui l'a installée. Même si celle-ci ne tient pas tous les journalistes à l'écart, elle donne le ton aux clients du pub.

Dès que la nouvelle des « morts de routards » s'est répandue, les journalistes ont afflué en masse au Pindarry. Ils appelaient si souvent que Matt a débranché le téléphone. Des drones volaient au-dessus de leurs têtes. La police a dépêché un responsable médias, qui a occupé un des cabanons durant une semaine. Ils ont bouclé le parking, et les camions-régie n'ont eu d'autre choix que de se garer plus loin. Les journalistes dormaient dans des sacs de couchage et utilisaient furtivement les toilettes du pub. La tuerie du Pindarry faisait les gros titres de la presse. L'histoire s'étalait sur quatre, six, parfois même huit pages des quotidiens. Illustrée de photos du pub, d'images lointaines ou floues d'Andrea et de Quinn en train de se déplacer sur la propriété, de clichés de Hayley et des autres capturés sur les réseaux sociaux et publiés sans autorisation. Un portrait de Joost, capté sur le site web de son université, un jeune homme propre sur lui, col blanc, cravate. Son visage blanc rasé de près, les cheveux lissés en arrière, un sourire en coin. On trouvait même une photo de Bronte assise sur son arrière-train sur fond de soleil du désert, la gueule ouverte, avec le sourire d'une chienne qui connaît sa place dans le monde.

Quinn tâchait d'éviter la presse, jusqu'au jour où un article en ligne de la BBC britannique l'a aidée à donner un sens aux événements, alors que la procédure judiciaire lancée contre Scott avançait lentement.

L'article campait deux jeunes hommes instables qui s'étaient rencontrés via un jeu de tir à la première personne en ligne. Leur chat misogyne en temps réel avait été à l'origine de leur bannissement. Leur exclusion les avait liés encore plus étroitement. Ils avaient migré sur une application, échangeant quotidiennement des dizaines de messages privés. Ils s'étaient découvert des intérêts et des désirs analogues ; une apathie commune envers le monde, une frustration devant l'existence routinière qui les attendait. Une carrière soporifique, un mariage tout aussi ennuyeux. Les jeunes femmes qui posaient en maillot ou justaucorps de danse sexy sur leurs profils des réseaux sociaux, mais refusaient de chatter avec eux, les mettaient en rage. Joost était le plus sociable, le plus agressif aussi des deux. Scott, lui, était introverti, frustré, désireux de trouver un partenaire capable de lui montrer la voie. Le plan qu'ils avaient élaboré prévoyait que Joost se rende en Australie pour rejoindre Scott, que tous deux fassent semblant de ne pas se connaître, et emmènent Hayley et une autre jeune femme au fin fond de l'outback. Là, ils auraient le loisir et le cadre isolé nécessaire pour jouer à des jeux concrets avec les filles.

C'était compter sans les orages et les routes coupées. Joost avait modifié leur plan pour profiter du chaos grandissant.

D'abord Livia, piégée dans la voiture avec Joost. On ne devait jamais connaître le fin mot de l'histoire sur ce qui était arrivé à la jeune Brésilienne, quelles avaient été ses dernières pensées, à quel point elle s'était débattue. Ses restes furent repérés par un chauffeur routier de passage à trente mètres de la route, sur une étendue de terre qui avait séché après la pluie.

Quinn a vu la famille de Livia pleurer à la télévision et l'a aussitôt éteinte.

Au procès de Scott, on a appris que Joost avait violé et étranglé Livia. Joost avait ensuite retrouvé Scott, qui les suivait à pied, et s'était vanté de ce qu'il avait fait. Ils s'étaient battus et c'est Joost qui avait gagné. Il avait enfermé Scott dans le coffre de la voiture de son grand-père. Plus tard, il avait ramassé Hayley qui marchait sur la route de plus en plus sombre.

La BBC a relayé comment Quinn avait découvert Scott. D'autres reportages ont développé cette approche : comment elle avait ramené Scott au pub, « nourrissant le prédateur ». Comment elle et Andrea l'avaient soigné, le tout sans savoir que c'était un violeur et un meurtrier potentiel. Les experts des émissions télévisées ont débattu sur le plan odieux des jeunes gens, frissonnant dramatiquement à l'écran, spéculant sur ce qui aurait pu se passer d'autre. Comme si les événements n'étaient pas déjà assez terribles. Des pétitions ont circulé pour demander une enquête publique sur l'impact des jeux violents en ligne.

Le plus souvent, les médias saluaient en Quinn et Andrea des héroïnes, des femmes courageuses de l'outback, capables de se défendre. Quinn, qui avait couru dehors récupérer le fusil paternel ; Andrea, la jeune mère de famille qui gardait la maison sans électricité ni moyens de communication, pendant que son mari aidait un voisin à combattre l'inondation.

Andrea, qui avait empoigné le fusil et abattu Joost alors qu'il les menaçait tous.

Andrea n'a partagé l'annonce de sa grossesse que bien des semaines plus tard, après que la police eut déclaré qu'aucune charge ne serait retenue contre elle. Elle avait redouté d'aller au tribunal, peut-être de faire de la prison. Auprès d'elle quand son avocat l'avait appelée, Quinn et Matt l'avaient soutenue pendant qu'elle pleurait de soulagement.

Quels que soient les efforts des médias – aussi dramatique soit la musique illustrant leurs reportages ou aussi répétées leurs violations de la propriété privée – personne n'a réussi à traduire la terreur que Quinn avait ressentie. La torpeur qui l'avait saisie en voyant Joost tomber, son torse se couvrir de sang. Le réflexe qui lui avait fait prendre le fusil des mains d'Andrea pour le braquer sur Scott. Une fois son complice mort, allongé dans la boue, ce dernier s'était montré intimidé et docile. Désorienté, oubliant que le fusil n'était plus chargé. Elles l'avaient enfermé dans un cabanon.

Quinn ne sait pas si elle arrêtera un jour d'imaginer ce qui aurait pu arriver. Ce n'est pas sain, ça ne l'aide pas à se remettre, et pourtant elle ne peut pas s'en empêcher.

Joost avait passé la nuit avec elles, il avait dormi à quelques mètres de distance. Pourquoi n'était-il pas passé à l'attaque ? Peut-être était-ce par mesure de prudence. Peut-être voulait-il d'abord se débarrasser de Hayley. Peut-être jouissait-il du pouvoir et des informations qu'il avait sur elles.

Il y avait tant de « si »...
Et si la pluie n'était pas venue ?
Et si Livia n'avait pas sauté dans la voiture avec Joost ?
Et si Quinn n'avait pas rapporté le fusil de son père ?

Au plus fort de la frénésie médiatique, Quinn s'est glissée dans son quatre-quatre un jour avant l'aube, la chienne Bronte sur ses talons. Aucun des journalistes n'était encore sorti de sa caravane, personne ne la suivait. Bronte a léché le nez de Quinn, qui a éclaté de rire.

Au bout de plus d'une heure de route, la chaussée s'est incurvée, alors qu'elles approchaient de la limite de la propriété. Arrivées à l'embranchement, elles ont pris l'étroit chemin de ferme. Elles ont ralenti devant le bassin de retenue. Quinn a contemplé la vue, et Bronte a gémi en frétillant.

Le bassin à sec du barrage s'était transformé en un vaste étang de couleur bronze.

— On ferait mieux de se dépêcher, j'imagine.

Quinn s'est dirigée d'un pas nonchalant vers le bord du bassin. Bronte suivait le périmètre en reniflant le sol et veillait à ne pas se mouiller les pattes. S'agenouillant, Quinn a plongé les doigts dans l'eau comme pour vérifier qu'elle était bien réelle. Elle l'a trouvée incroyablement fraîche et soyeuse. Quinn est restée accroupie devant, fascinée.

— De l'eau, a-t-elle murmuré. Toute cette eau et personne ici pour s'en servir...

Mais elle était bien résolue à en tirer profit. Elle a sorti son portable de sa poche et pris des photos du barrage sous différents angles, photos qu'elle a envoyées par courriel à l'agent immobilier pour qu'il complète sa liste. Puis elle les a adressées à sa mère et à son frère, accompagnées d'un smiley. Tous les trois avaient été en contact étroit depuis les événements ; Trish avait rejoint sa fille en ville quand elle avait fait sa déposition à la police, lui tenant la main dans la salle d'interrogatoire et la serrant contre elle dans leur chambre d'hôtel le soir.

Quinn a sifflé sa chienne pour la rappeler, puis elle est remontée au volant, prise d'un picotement familier et attendu en approchant de leur maison de famille.

Apercevant le bâtiment de ferme au loin, elle a ralenti, stupéfaite.

— Tout est si différent, Bronte. Regarde-moi ça !

Les toitures lavées par la pluie, l'herbe renaissante, les champs humides. Des tiges de chardons-Marie avaient poussé des fleurs, deux corbeaux étaient perchés dans un gommier rouge des rivières. La tempête avait transformé les lieux en une imitation approximative de la maison Durand, un tableau réalisé avec d'autres coloris. Quinn savait que c'était le moment de dire adieu.

Une semaine avant la seconde comparution de Scott à Adélaïde, Chelsea a tendu sa tablette à Quinn.

— J'ai trouvé quelque chose, a-t-elle dit. Un blog tenu par un journaliste d'investigation aux Pays-Bas. C'est traduit, mais les trois quarts des publications sont en anglais de toute façon. Il semblerait que Scott ait sauvegardé des captures d'écran par sécurité. Soit ça, soit c'était son journal de psychopathe.

— Ça dit quoi ?

— Tu devrais lire par toi-même. Il explique quelques trucs. Viens me voir si tu as besoin de parler.

Avec un sourire fugace, elle a laissé Quinn à sa lecture.

Le blog d'actualités avait collecté des douzaines de messages en ligne échangés par Joost et Scott plus de huit mois avant que Joost débarque en Australie. Les premiers consistaient en bavardages inoffensifs sur leurs partenaires de jeu, suivis rapidement d'autres qui tournaient en ridicule les joueuses féminines. Joost a commencé à évoquer ce qu'il voulait faire à deux joueuses en particulier, encouragé par Scott. Les messages étaient violents, inquiétants dans leurs détails crus de fellation forcée et plus encore.

À ce stade, les modérateurs du jeu les avaient exclus. Les captures d'écran ont changé de format pour devenir des messages privés. Puis Scott a commencé à se plaindre de Hayley et de ce qu'elle ne voulait pas faire durant leurs rapports sexuels. Les réponses de Joost étaient tellement sarcastiques et provocatrices que Quinn s'est demandé pourquoi Scott était resté ami avec ce mec plus jeune que lui de deux ans, vivant à l'autre bout du monde. Joost critiquait sa virilité et en même temps il le soutenait, s'assurant ainsi mystérieusement sa loyauté. C'était une relation de coaching toxique.

Finalement, c'était Scott qui avait suggéré à Joost de venir en Australie. Quinn a parcouru les messages en vitesse, balayant des mois de correspondance, écœurée par la préméditation qu'ils révélaient.

Tu devrais prendre un vol pour ici.
On peut monter un truc sérieux.

Mon pote, je baise pas ta copine
pour toi lol elle a l'air molle.

C'est simple.
On va dans le bush, personne là-bas.

Pas de règles non plus ?

Hayley est d'accord.
Elle croit sérieusement que le road-trip est son idée.

Mince t'es pas TOTALEMENT incapable alors ?

Maintenant il nous en faut une autre.

On regarde en ligne dès que je suis au pays d'Oz.

Putain de merde tu crois que ça va marcher ?

Le plus dur sera de nettoyer après.
Tu sais mentir et être crédible ?

Mec, je suis expert en mensonges à l'heure qu'il est.
On fait semblant de s'être TOUS perdus,
les filles et nous. Ça arrive tout le temps ici.

Ouais. Alors on retrouvera jamais les filles.
On se barre après.

Cool.
Faut refaire surface à différents endroits.
Ça veut dire qu'on se sépare.

Tu es sûr que tu regretteras pas Hayley ?!? Lol

Va te faire foutre.

Les mains de Quinn tremblaient quand elle a posé la tablette à l'envers sur le canapé, avant de bondir hors de la pièce. Elle s'est juré de faire tout ce qu'elle pouvait pour s'assurer que Scott passe le plus de temps possible en prison.

En septembre, Andrea a donné naissance à une petite fille. Quinn a fait le long trajet jusqu'à Adélaïde. En roulant vers le sud, Quinn a regardé le paysage aride se transformer en champs de blé doré et d'orge. Elle s'arrêtait dans les petites villes pour faire le plein d'essence et se dégourdir les jambes, s'acclimatant au nombre grandissant de touristes autour d'elle. À l'hôpital, elle a arpenté le plancher ciré, tâchant d'éviter les infirmières pressées, cherchant la direction du bon service. Quand elle a enfin trouvé la chambre d'Andrea, celle-ci était dans les bras de Matt.

— Félicitations pour la vente de la ferme !

— Merci, Andrea. Quel soulagement ! a répondu Quinn, s'avançant pour embrasser son ancienne patronne, adossée à ses oreillers.

— Tu connais les nouveaux propriétaires ? s'est enquis Matt.

— Non, c'est une grosse société d'élevage. Ils n'utiliseront même pas les bâtiments, ils veulent juste la terre. Bonne chance à eux !

— C'est une nouvelle géniale... Et peut-être un peu triste aussi, non ? a glissé Andrea.

Quinn hocha la tête.

— Oui, c'est doux-amer. Mais ça vaut mieux pour tout le monde. En un sens, on a dit adieu à la ferme il y a longtemps. Mais félicitations à vous deux surtout !

Se penchant au-dessus du berceau proche du lit d'Andrea, elle s'est imprégnée de la bouille du bébé, avec ses yeux bien fermés, ses minuscules doigts repliés, rose pâle et gris, comme une ecchymose fraîche. Maddie était emmitouflée dans une couverture moelleuse. Quelle vie l'attendait ? Quinn a ressenti une violente bouffée d'affection, elle n'imaginait pas à quel point Matt et Andrea devaient se sentir protecteurs à l'égard de Maddie.

Matt est parti chercher Ethan chez les parents d'Andrea. Cette dernière et Quinn se sont étreintes un long moment.

— Alors, c'est sûr, tu reviens au Pindarry ? a demandé Quinn, rompant le silence.

Des mois plus tôt, Andrea avait partagé avec elle ses appréhensions concernant sa future vie au Pindarry avec un nouveau-né.

— Oui, absolument.

Quinn a senti qu'Andrea inclinait la tête.

Elles se sont détachées l'une de l'autre. Les boucles d'Andrea formaient un halo autour de son visage. Elle avait l'air vulnérable sous ses draps, avec sa chemise de nuit ample découvrant ses clavicules.

— On en a assez de la grande ville tous les trois, a-t-elle déclaré.

Quinn a souri en signe d'approbation, songeant aux innombrables feux de circulation sur le chemin. À ses tours infructueux dans le parking souterrain de l'hôpital, à la recherche d'une place. Aux coups d'avertisseur ricochant entre les piliers de béton.

— Je ne vais pas laisser la peur me dicter ma conduite, a poursuivi Andrea. Le Nord, c'est là que je veux être. Ça peut paraître idiot, mais je ne suis en ville que depuis quinze jours et j'ai déjà le mal du pays…

— Ce n'est pas idiot du tout.

— Là-haut, c'est comme si on avait notre petit coin du monde à nous, tu sais ? Loin de cette effervescence.

— Je vois exactement ce que tu veux dire.

— D'ailleurs, Matt va construire un… une cave où nous pourrons nous réfugier en cas d'urgence.

— Une cave ? Tu veux dire un genre de bunker ? Ce serait sage pour les incendies aussi. J'ai entendu parler de fermes qui font ça…

Avec un soupir, Andrea s'est renversée sur ses oreillers.

— Je suis si contente que tu n'aies pas parlé de chambre de sûreté. Je pensais que cette idée te ferait rigoler. Tu ne trouves pas ça excessif ? Un peu paranoïaque ?

— Non, c'est une idée géniale. Tant qu'il y a aussi de la place pour moi et ma chienne…

— Bien sûr !

Toutes les deux se tenaient les mains en souriant.

Hayley est arrivée dix minutes plus tard, marquant une halte dans l'entrée de la chambre, avec un bouquet de lis. Comme ses cheveux avaient poussé, elle plaquait des mèches folles derrière ses oreilles. Même s'il faisait chaud dehors, elle portait un jean blanc avec un T-shirt à manches longues.

— Entre, entre, Hayley, l'a pressée Andrea. Viens faire connaissance avec Maddie.

Quinn a mené la jeune fille devant le berceau. Le regard de Hayley s'est adouci pendant qu'elle contemplait le bébé et que les deux autres la laissaient prendre son temps. Puis Quinn a tiré deux fauteuils plus près du lit d'Andrea.

Hayley a souri en prenant place.

— J'ai l'impression de passer ma vie dans cet hôpital.

— Qu'est-ce que tu veux dire ? a voulu savoir Quinn.

— C'est ici que je viens pour ma psychothérapie. Au sixième étage.

— Oh ! Ça t'aide ?

— Je crois, bien que j'aie encore des cauchemars.

— Moi aussi, a renchéri Quinn. Mais les miens sont loin d'être aussi abominables que les tiens, j'en suis sûre.

— Parfois je suis trop angoissée pour fermer les yeux. Je rêve de Joost, ce qui est apparemment normal. Je rêve qu'on est au pub, parfois ailleurs… mais il a toujours ce sourire effrayant. Si à l'aise, si sûr de lui. Tu vois ?

Quinn et Andrea ont toutes les deux hoché la tête.

— Dans certains rêves, Livia est présente et crie sur Joost. C'était une fille si incroyable ! Elle ne méritait pas ce qui lui est arrivé.

— Je regrette de ne pas l'avoir connue, a dit Quinn.

— Elle t'aurait plu. Je suis triste que le Brésil soit si loin… Et de ne pas avoir eu assez d'argent pour assister à ses obsèques. Ça m'a semblé mal, de ne pas y aller. Tu vois ce que je veux dire ?

— Bien sûr, mais tu es en contact avec ses parents, est intervenue Andrea. Tu leur as envoyé des photos de Livia et nous avons tous fait des dons à son fonds pour le climat. Ça signifie beaucoup pour eux.

— Je n'arrive toujours pas à croire à ce que Scott a fait. Je pensais le connaître…

Hayley a inspecté ses ongles.

— Il préméditait de me faire du mal, il préméditait de…

— Oh ! ma chérie, personne ne peut soupçonner son petit ami d'une chose pareille !

— Je n'arrête pas de me repasser le film, je cherche des signes précurseurs. Tout ce qu'il m'a dit, sa manière de le dire. Je croyais qu'il partait en voyage pour me faire plaisir. Je croyais qu'il détestait Joost. Ils m'ont trompée, ils ont trompé Livia…

Quinn et Andrea écoutaient Hayley pendant que le personnel de l'hôpital s'affairait devant la porte restée ouverte. De l'autre côté des fenêtres, le ciel était d'un bleu éclatant, sans nuages.

— La mère de Scott a même téléphoné à la maison, chez nous, elle voulait me parler.

— Qu'est-ce que tu as fait ? s'est enquise Andrea.

Hayley a fixé le plancher.

— Je n'ai pas pu, je n'ai pas pu lui parler. J'ai dit à mon père de prendre un message. Sa sœur m'a envoyé une collection de SMS aussi.

— Sa famille essaie de comprendre, j'imagine.

— Un jour, peut-être, je leur parlerai, mais pas encore.

Quinn a tendu le bras pour saisir une des mains de Hayley. Son geste a semblé l'aider, car celle-ci a inspiré à fond et réussi de nouveau à sourire.

— Tu sais que tu peux nous appeler quand tu veux ? a déclaré Quinn. On va rester en contact.

— J'aimerais bien.

— Je te donnerai régulièrement des nouvelles de Maddie, a dit Andrea.

— Et moi je t'en donnerai de Bronte, a renchéri Quinn.

Elles ont pouffé de rire.

— Vous savez quoi ? est intervenue Hayley.

— Quoi ?

— Je retourne à la fac l'an prochain. Je vais terminer ma licence.

— C'est fantastique !

Le visage de Quinn s'est fendu d'un grand sourire.

Si bien arrosés un peu plus tôt dans l'année, les gommiers fantomatiques semblent avoir grandi. À l'intérieur du Pindarry,

Chelsea sert un groupe de touristes seniors du Victoria. Ils occupent deux tables et boivent des bières pression dans des chopes de verre. Un jeune couple se balade bras dessus bras dessous le long de la clôture. Originaires de Tasmanie et âgés d'une vingtaine d'années, ils s'arrêtent fréquemment pour prendre des photos sur leurs portables.

Dans quelques jours, Andrea et Matt rentreront à la maison avec les enfants. Ils vont être un peu serrés avec un nourrisson et tout le matériel qui va avec, alors Matt s'est organisé pour qu'une caravane leur soit livrée. Elle sera chauffée et climatisée, avec des lits à chaque bout, et Quinn et Chelsea vont pouvoir s'y installer. Quinn pense qu'il est temps de laisser son intimité à la famille d'Andrea, même si celle-ci a insisté pour qu'elle garde sa chambre.

Une nouvelle année approche. Quinn s'interroge sur son avenir. Elle pourrait descendre dans le Sud et emménager chez sa mère, trouver un autre job dans un des nombreux pubs ou bars à vins. Ryan l'a invitée à le rejoindre à Canberra, il dit qu'il y a plein d'emplois juniors dans l'administration au Trésor et promet de l'aider pour sa lettre de candidature. La jeune fille a entendu les prévisions météo hier, qui annonçaient des chutes de neige anormales sur Canberra. Elle n'a jamais vu de neige, ça pourrait être sympa.

Ou bien Quinn pourrait rester ici au Pindarry, à plus de mille kilomètres de la grande ville. Elle pourrait se réinscrire à l'université en ligne, étudiant entre deux tâches au bar, travaillant à un futur aussi incertain qu'étonnamment prometteur. Elle s'est renseignée sur une préparation aux études vétérinaires, option qui a sa préférence.

Son service débute dans trente minutes. Installée sur un banc de la terrasse, elle embrasse le vaste horizon rose vif, ocre et jaune. Une fois que le soleil sera couché, l'air fraîchira et les visiteurs iront chercher des vestes et des bonnets dans leurs véhicules. C'est son heure préférée, cette porte entre le jour et la nuit, le chaud et le froid. Le carrefour du changement.

Une petite silhouette rondouillarde surgit en trottant de derrière une des voitures de touristes. Bronte a reniflé des pneus étrangers, déchiffré des senteurs venues de loin. Sans faire de bruit, elle accourt vers Quinn, poussant sa jambe pour quémander une caresse.

Quinn enroule un bras autour de sa chienne et la serre contre elle, enfouit le nez dans son cou.

— Je t'aime aussi, murmure-t-elle.

Composé et édité par HarperCollins France.

Achevé d'imprimer en mai 2023.

FIRMIN-DIDOT

à Mesnil-sur-l'Estrée (Eure)

Dépôt légal : juin 2023.

Pour limiter l'empreinte environnementale de ses livres, HarperCollins France s'engage à n'utiliser que du papier fabriqué à partir de bois provenant de forêts gérées durablement et de manière responsable.

Imprimé en France